光阴城

一座用光阴做交易的城池

无格 著
凯西 绘

百花洲文艺出版社
BAIHUAZHOU LITERATURE AND ART PRESS

图书在版编目（CIP）数据

光阴城 / 无格著 ; 凯西绘. –– 南昌 : 百花洲文艺出版社, 2018.2
ISBN 978-7-5500-2677-3

Ⅰ. ①光… Ⅱ. ①无… ②凯… Ⅲ. ①长篇小说 – 中国 – 当代
Ⅳ. ①I247.5

中国版本图书馆CIP数据核字（2018）第023701号

光阴城

无格 著 凯西 绘

出 版 人	姚雪雪
责任编辑	杨 旭
书籍设计	赵 霞
制 作	何 丹
出版发行	百花洲文艺出版社
社 址	南昌市红谷滩世贸路898号博能中心一期A座20楼
邮 编	330038
经 销	全国新华书店
印 刷	江西千叶彩印有限公司
开 本	720mm×1000mm 1/16 印张 21
版 次	2018年4月第1版第1次印刷
字 数	160千字
书 号	ISBN 978-7-5500-2677-3
定 价	39.00元

赣版权登字 05-2018-47

邮购联系 0791-86895108
网 址 http://www.bhzwy.com
图书若有印装错误，影响阅读，可向承印厂联系调换。

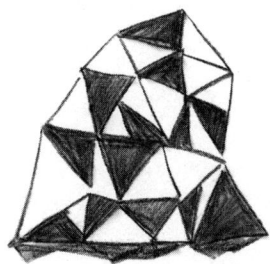

进入光阴城的人都以特定的时间为代价，
求城主达成他们的愿望。

光
阴
城

第一章

郭瞿这辈子都没有遇到过这么诡异的事情——明明前一秒钟还在万里晴空之下漫步，下一秒就被氤氲的迷雾裹得严严实实。他的脚下看不见地面，四周都只有雾气缭绕，让他不安地揣测着自己何时会离开现在站的地方来个自由落体。

他用足尖试探性地触碰着身前的雾气，雾气竟然随着他的动作在他脚下散开，露出雪白光洁的地面，他一颔首就能看见自己扭曲的倒影随着雾气摇曳。

现在，郭瞿已经十分确定自己不在原来繁华的街头了，还在不在地球上都说不准。不过他转念一想，自己仅仅是一个高中英语老师，也没有什么可图的，被外星人绑架的几率应该不大。

不管怎么说，总不能光站在这荒无人烟的地方等死。郭瞿一蹙眉，快步向前走去。他没有回头看，所以没有注意到，他的足迹全部留在了如美玉无瑕的地面上，还发出幽幽的红光。在他走过的地方，除了他的脚印正上方，原本随着他的到来而消散的雾气都在慢慢聚拢，无谓地粉饰太平。

他也不知道自己走了多久，反正如果他带着手机的话应该能以此一举夺下今天的好友健康步数排行榜第一，但当他下意识地抬手瞟到手表时，他的瞳孔刹那放大——这可是他看恐怖片时都没有的反应——他的手表缄默得如同死尸，一动不动。他确信，这块刚买的表不可能这么快就坏掉或是没电，那么就只有两种可能：时间暂停了或是这里存在着特殊的能量场使得手表停止了运转。

这两者都超出了他的理解范围。

郭瞿似乎突然意识到什么，猛地回头，他的脚印发出的红光已经连成了一片，红得像地狱彼岸的曼珠沙华。眼前的景象让他僵直了身子，沉默得如同他的手表。

一鼓作气，再而衰，三而竭。

他久久地站在原地，薄唇几乎抿成了一条线。

似乎就在他晃神之间，他的足迹开始朝一个方向移动，仿佛很多人一齐安静地从四面八方涌来。最终，所有的足迹都站定在他身前不远处，叠加的红光变得灼目难耐，郭瞿抬手挡住了双眼。在他重新面对这个未知的世界时，他看见了一座城池。

没错，是一座城池，电视剧里古城池的模样，少了故意做旧的年代感。高高的城墙通体透明，流光溢彩，颜色和刚刚的红色很相似。而城池四周的烟雾开始消失，露出上面的牌匾，以小篆上书三个大字：光阴城。

郭瞿径直走到城门下，试探性地一推，城门竟然吱呀一声打开了。来到这里后听到的第一声声响如同在黑暗中拉开了序幕，一切都开始变得鲜活起来。

郭瞿站在城门口，目所能及的地方都没有可以定义为路的东西，只有一幢幢紧挨着的建筑，从中式古典宫殿到哥特式城堡，风格迥异。那些建筑唯一的共同点是，都无法从外面窥见里面的情况。

让他很失望的是，他仍旧没有看见人，和他一样的人。

他正纠结于该怎么越过那些毫无缝隙的建筑继续行进时，所有的建筑突然开始缓缓升空，最终隐匿于空中弥漫的雾气里。但郭瞿就是知道，它们仍旧在这里，并没有消失。

于是现在城内唯一存留的建筑——一所学校就兀然出现在他视线范围内。他最初迟疑地向学校的方向迈着步子，尔后越来越快，越来越快，直至最后健步如飞地向学校冲去。

郭瞿认出了这所学校——他的高中。

在这里，这是唯一一样让他能感受到和现实有所联系的东西——即使它的存在如沙漠中的绿洲一般不合理，但对于饥渴的旅人来说，心存幻想就是最好的精神食粮。

没有严厉的保安大叔，郭瞿很轻易地冲进了校园。校园空荡荡的，回荡着郭瞿的脚步声和喘息声。郭瞿四下张望，环顾四周，明明触目都是熟悉的景观，却有说不上来的违和感。

鬼使神差地，郭瞿直奔主席台的方向。就在他因为穿过了什么奇怪的东西而全身一颤后，他听到了人的声音——除了他以外别人的声音。

他已经不想去探究为什么这么大的声音在刚进校园时却听不到，他只想找到声音的主人，至少证明他不是孤零零的一个人。

但当郭瞿的目光触及主席台时，他的心中只在叫嚣四个字——买一送一。

他看到了两个人，一个疯狂地嘶吼着，张牙舞爪的男人，还有一个面对着男人一动不动的女孩。

他呆愣在原地，努力想从男人已经走了音的话语中判断出现在的情况。

"你怎么……样呢？他可……我唯一……"

"为什么啊？……是我！"

"换一个……一次……"

"你——"

在男人一次短暂的暂停之后，他的声音突然拔高。郭瞿一惊，定睛一看，男人似乎是要朝那个女孩扑过去。他想都没想，冲了上去。

郭瞿和女孩并肩坐在操场的台阶上，烟消云散，头顶如同倒映着他进城之前踏过的地面，一片雪白。女孩银色的发丝被微风鼓起，拂过他的脸颊，轻微的搔痒让他从恍惚中惊醒。

"这里没有风。"郭瞿皱着眉头指出。

"是啊，本来没有。"女孩无所谓地耸耸肩，"我看你一直走神，于是就可以有了。"

郭瞿听到这里又是一阵头疼，自己之前为什么会觉得她没有自保能力而冲上去救她呢？

想起刚刚发生的事情，郭瞿觉得就像在做梦。就在他冲上去抱住女孩顺势滚开的时候，他从主席台滚了下去。本着人道主义精神，他不顾女孩的挣扎紧紧抱住了她，防止她受伤，自己的头却狠狠地磕到了地上，头晕眼花。

然后，他亲眼看着女孩毫不留情地踢开自己不小心压在她身上的身体，飘在了半空中，银色的长发在身后披散开来，和她一样维持着反重力场的姿势。

女孩似乎和男人说了句什么，反正等他意识清楚地起身时，男人已经不见了，只有飘在半空睥睨他的女孩。

"你好。"女孩的声音似乎从四面八方传来，"欢迎来到光阴城。"

第二章

郭瞿看着坐在身边的女孩，要是忽略她的一头银发，她就是个清秀的邻家妹妹，谁能想到她竟然是一方世界的主宰。

"我听到了哦，你的心声。"女孩伸手指了指他的心口，"我不是什么主宰，我只是光阴城的城主而已，平常跟人做点小买卖。"

"你能听到我在想什么？"郭瞿下意识地想皱眉，可想到自己现在迷失在光阴城里，只能仰仗这位"神通广大"的城主又抑制了不满的抱怨，"所有人都可以吗？包括刚刚那个男人？"

"对呀。他不知道我完全摸清了他的想法，他还不知道他其实触碰不到我呢。"

郭瞿听到这，刚刚从主席台摔在地上的痛处隐隐作痛，不满地转头瞪着女孩："这么重要的事情为什么不早说？"那他岂不是白救了她！

"对啊，你白救我了，别想着要什么感谢啊。"女孩的笑容此时看起来很欠扁，"光阴城也不是什么人想来就来，想走就走的地方，做好在这里孤独终老的准备吧。"说完，嘴角恶劣的弧度扩大了。

"胡说。"郭瞿轻嗤，撇过头，心中讨好她的心思消了七八分，"那刚刚那个男人去哪了？"

"他啊，回去了啊。"女孩撇撇嘴，很不屑的样子，"这么激动赶紧送到现实世界去，等他冷静下来再让他来找我。"

"他是来跟你做交易的？"郭瞿想到了女孩之前说的话。

女孩点点头："是啊，在谈条件的时候出了分歧，他就气血上头了。"

郭瞿小心翼翼地试探道："方便告诉我是什么交易吗？"

女孩斜睨了郭瞿一眼，目光中满是鄙夷："笨哎你，光阴城顾名思义当然是拿光阴做交易了，简单来说就是拿时间交换你想要的东西啊。"看着郭瞿难以抑制的惊讶，女孩挑挑眉补充道："什么东西都行哦。"

郭瞿已经没什么现实感了，完全把这里的存在当做小说里的设定来处理，倒也一下就反应过来，颔首表示自己知道了。

女孩突然靠近郭瞿，周身的冷冽气息丝丝缕缕绕在郭瞿身上，让他不禁打了个寒颤。女孩舔了舔自己的虎牙，目光戏谑地看向郭瞿："你要不要考虑用哪一段珍贵的时光来换你离开这里的机会啊？"

郭瞿一愣，认真思考起来。

"算了，你怎么这么傻。"女孩一把推开郭瞿，嘟囔道，"只有你能触碰到我哎，你就没有意识到自己有什么与众不同吗？"

"只有我吗？"郭瞿试探性地伸手偷偷去勾女孩披散在身后的长发，没想到那些头发如同长了眼睛一般纷纷飘起，郭瞿对上女孩警告的目光尴尬地扯了扯嘴角。

"一般只有需要和我交易的人才会进入光阴城，但明显你不需要啊。"女孩打量着郭瞿，"怎么说你都是个异类，没搞清楚情况怎么能随随便便放你出去呢？"

郭瞿撑着头看向女孩："城主大人呀，不用交换你就能放我出去吗？"

"是呀。"女孩一本正经地说，"刚刚逗你玩呢。"

郭瞿再次转过头轻叹一声：这姑娘看着也就是寻常高一的年级，自己这个高一年级实习老师怎么就是被她耍得团团转呢。

"因为我聪明呀。"女孩满脸笑意地指了指他的心口，示意自己已经听到了，"傻大个，你叫什么名字啊？"

"郭嘉，郭嘉的郭，瞿秋白的瞿。"说完，郭嘉还不确定地看向女孩，"你应该知道郭嘉和瞿秋白吧？"

"知道啦！"女孩不耐烦地解释道，"虽然光阴城和外界不相通，但是我什么都能看得到。"说完女孩突然刹住了话头，以复杂的目光凝视着郭嘉，神色突然因为添上了缅怀的色彩而柔和了下来："郭嘉啊，听着真像过去呢。"

女孩的嗓音如同带上了魔法，一圈圈地在他耳畔打转，他直觉自己应该回复一句话，徒劳地动动唇却不知道自己该说什么，这种不确定的感觉让他有些焦虑。

然后，他听见女孩继续开口，这次她话语中的内容对他而言竟有一种尘埃落定的意料之中，焦虑的心情也随之烟消云散——

"你好，我叫姜涞，三点水的涞。"

他望着收了方才的嬉笑怒骂，抬眼浅笑的姜涞，突然觉得她离他的距离好遥远，明明就在身边的一臂之间，却像隔着好几十年。

一句话终于迫不及待地脱口而出："你的名字和将来，就是指未来的那个词谐音呢。"

等话说出口，他才突然反应过来刚刚那句话简直不像是他的风格，和一个青春期的毛头小子似的，少了本该有的克制和礼度。但是那句话却像是卷子的标答一般，他的本能告诉他一定要这么回答，这段对话才会是圆满的。

姜涞展颜一笑，蓦地升空而起，停在了他触不到的地方，嘴唇动了动好像在说话，但是声音太小郭嘉并不能听清。

　　姜涞在问，好像在问他，也好像再问自己："你为什么不问现在呢？"

　　"你在说什么？"由于隔得有些远，郭瞿不得不提高了音量。

　　"没啥，傻大个。"姜涞摇了摇头，脸上又带上了满不在乎的笑容，"你回去吧，光阴城内的时间是静止的，所以没关系，你回去还是刚刚的样子，没人会发现。"

　　郭瞿一下没反应过来："你怎么突然决定放我走了呢？"

　　姜涞"扑哧"一声笑出了声，她的笑声很好听，就是回荡在空荡荡的校园有些诡异。"哎，你还舍不得走啊？得了吧，我知道你作业还没改完呢，那啥peanut这个词应该拼错的人有很多吧？"

　　"哎，你……"

　　姜涞打断了他，声音带上了不可违抗的命令："反正我下次无聊了就拉你来陪我啊，反正你好像随意进出光阴城都没什么问题。下次我跟你讲讲那个要打我的男人的故事。"

"今天就算了嘛，看你也不是很有兴致聊天的样子。"姜涞伸出指头在下巴上点了点，"快回去消化一下，信息量或许有点大？"

看着姜涞自说自话得津津有味，郭瞿也懒得问了，点了点头表示赞同。

姜涞眼睛一转，郭瞿直觉她又在打什么鬼主意，果然听她开口道："下次在你上厕所的时候拉你过来玩怎么样？反正你在光阴城里不可改变的状态就是前一刻你在现实中的状态呢！"

郭瞿揉了揉紧绷的额角，无可奈何地喊道："姜涞！"

身边路人探究的目光让郭瞿一惊，这才意识到自己喊姜涞的名字时已经被她送回来了，站在街头大喊大叫活像个神经病。

这小妮子……郭瞿紧了紧拳头，又无奈地松掉——作为人民教师，要对天性淘气的青少年有耐心啊。

第三章

今天重点班的英语老师陪老婆生孩子去了，郭瞿只好代了一节课。重点班的学生们在英语课上活泼得不得了，郭瞿上完一节课已经筋疲力尽了，从洗手间出来后都没有缓过神来。

"你在看哪呢？"姜涞抬头瞪着发愣的郭瞿，"是不是遗憾我没有在你上厕所的时候把你拉过来啊。"

郭瞿环顾四周，发现还是自己高中校园的场景，长叹一声，报复性地揉了揉姜涞的头发："小姑娘呢，说话注意一点。"

"喂。"姜涞把郭瞿放在她发顶的手用力拨开，"都跟你说了光阴城内的时间是静止的，我的容貌永远不会变啦。说不定我比你爸爸都大呢，你小子放尊重一点。"

郭瞿默默把刚刚弄乱的姜涞的头发整好，无奈地喃喃道："真是想象不出来你比老爷子都年纪大的画面呢。"

"我告诉你哦，那个疯男人的交易我前两天给搞定了。"姜涞洋洋得意地说。

郭瞿很好奇："你不是说这次给我讲他的故事吗？他换了什么啊？"

姜涞伸出一个指头，就在郭瞿刚要询问的时候，她的指头摆了摆："他什么都没换哦。他还是放弃交易了。"

"哦。"郭瞿无所谓地耸了耸肩，"那你要说些什么呢？"

"来光阴城进行交易的人们，不管最终交易成功与否，都会将自己的故事留在这里。"姜涞一招手，空旷的操场上空突然飘来一些大泡泡，有的一片纯白，有的却流光溢彩，密密麻麻连绵在一起，如同一床棉被罩住了天空。

姜涞点向其中一个纯白的泡泡，那个泡泡便乖乖地落到姜涞面前触手可及的地方。姜涞解释道："纯白的泡泡，是顾客们留下的有关这场交易的故事；七彩的泡泡，是顾客们用来交易的光阴。"

"这些都是你做的交易？"郭瞿有些不可置信地看着那些飘散的泡泡，目光灼热得仿佛想透视其中的内容。

"对啊，这些都是我的。"郭瞿本来以为姜涞会以此为傲，没想到她的语气中只有习以为常，"这么多年啊，也该有这么多了。历届城主的光阴泡泡都锁在他们自己的地盘里呢，不过我也可以去看罢了。"

郭瞿突然想起来自己第一次进光阴城时看到的那些突然升空的建筑，便询问姜涞那些是不是历届城主封存光阴泡泡的地方。

"是啊。那也是他们进入光阴城以来一直生活的地方呢。"姜涞的目光投向这所学校，"似乎只有我一个人选择了学校呢，他们那些古堡什么的真是俗爆了。"

就在郭瞿刚想开口问她是不是也曾在这所高中读过书时，姜涞转头一笑，又把自己选出来的纯白泡泡拉近了一些："哎，别问那么多，我们来看泡泡吧。"

故事的开始，是一个出生在农村的男人，他没考上大学，出来打工，也在城市打拼出一番事业，娶妻生子，在城里买了一套三室两厅的小公寓，还算是幸福美满。

郭瞿一眼就认出来了，这个男人就是那天攻击姜涞的那个，他姓杨。

　　杨先生的餐厅在儿子杨百里出生后，因为被查出食品安全问题倒闭了。在长达三年没有固定收入的生活后，妻子选择了离婚，并在短期内再婚，已经小学毕业的儿子杨百里跟着杨先生生活。看着从小乖巧伶俐，学习优异的儿子，杨先生突然感觉肩头的担子重了起来。为了让孩子过上更好的生活，他一咬牙东拼西凑了一百万在自己的家乡开了一家小型农家乐。

　　由于地方远，杨先生没法回家照顾儿子，只能让儿子住校。农家乐生意还可以，但前两年都是入不敷出。到了第三年，生意终于有了起色，早年借来的钱也还得七七八八，杨先生一高兴，决定在小长假里带着儿子去旅游。

　　开学前一天晚上，他们才回到所在的A市。过了校禁的时间，杨百里没法回宿舍，只能在小公寓里睡了一晚。因为前一天旅途劳累，父子二人睡得很沉，大清早都没听见闹钟，等起床的时候杨百里已经快要迟到了。

　　"儿子对不起啊，爸爸真的没听到闹钟，不是没有设啊！"杨先生发了狠般地踩着油门，在车水马龙中拐来拐去，心里满是对儿子的愧疚——没想到自己好不容易早上送一次儿子，还有可能让他迟到。

　　"爸爸不要着急。"坐在副驾驶座的杨百里被晃得有点头晕，但还是不忘安抚焦躁的父亲，"真的没关系的，您慢点开，注意安全。"

　　"安全安全。"杨先生完全没有把注意力放在儿子的话上，只是无意识地重复着最后两个字，"爸爸不会让你迟到的。"

　　开到临近学校的地方，已经能听见悠长的上课铃开始响起，杨先生急切地将油门用力一踩，却忽略了不远的前方急急奔向学校方向的少女……

"小心!"

在儿子的尖叫声中,杨先生倏忽一惊,连忙踩上刹车——但是车速
太快,已经来不及了。

"砰"的响声被淹没在车子急刹尖锐刺耳的长鸣中,杨先生奔下车
查看时,少女已经躺在了马路上。

杨先生满心慌乱,颤抖着掏出手机,简单的三个数字却输错了好几
次才拨通急救电话。他已经不敢回头去看儿子,就自然没看见杨百里在
第一时间就跟着他冲下了车,站在不远不近的地方死死地盯着少女好像
了无生气的小脸,双眼通红,泪流满面。

这是杨百里喜欢了两年的女孩子,今年是第三年。

姜涞突然关掉了泡泡,伸手在郭瞿面前晃了晃:"喂,回神了。"

"怎么突然关掉了。"郭瞿不满地蹙眉,"然后呢?"

"你先别管然后怎样了。我想问问你。"姜涞摆上了难得严肃的表
情看着郭瞿,"如果你是杨百里,你会怎么做?"

"杨百里么……"

郭瞿撑着下巴思考了一
会儿,给出了自己的答
案,"大概会恨自己的
父亲吧,毁了自己的生
活,让自己成为了杀人
犯的儿子,又毁了自己
喜欢的女孩。"

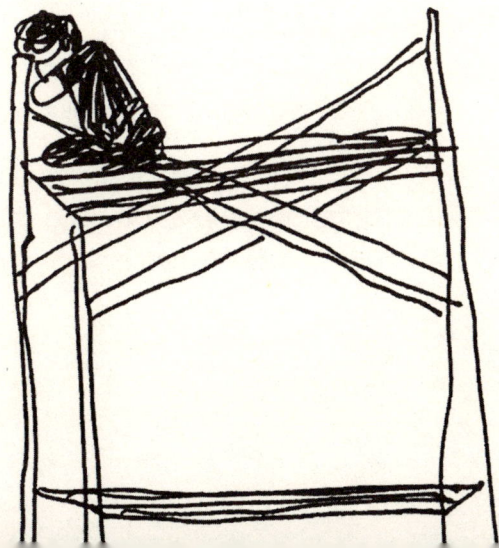

　　姜涞不置可否，继续看着郭瞿："还有呢？"

　　郭瞿微微抬眼，努力把自己代入角色，好一会儿才声音涩涩地道："大概还会恨自己吧，毕竟爸爸是为了让自己不迟到才把车开那么快的。"

　　姜涞踮起脚拍了拍郭瞿的肩头，这个以往看来有些可笑的动作如今没有引得任何人发笑，因为姜涞想以此表达的安抚情绪已经成功传达给了郭瞿。

　　"我要纠正你一点哦。"姜涞笑吟吟地说，"这个姑娘没死，她活下来了。"

　　"真的？"郭瞿有些惊喜，刚刚的代入感突然让他对这个和自己完全无关的故事上了心，"那……"

　　"没失忆，没影响智力，没毁容，没变植物人。"姜涞摊了摊手。

　　"难道一点事都没有吗？"郭瞿有些不相信。

　　姜涞勾起一个意味深长的笑容，嘴角的弧度在这时看起来有些冰冷："不是还剩一项吗？"

　　"你是说……"郭瞿有些不详的预感。

　　"瘫痪。下肢瘫痪。"

第四章

对于那天并没有知晓故事的结局就被姜涞踢出了光阴城的经历，郭瞿还是很郁闷的。但一从光阴城出来后，他要面对的就是连续三天的代课及带班任务，因为那位陪老婆生孩子的英语老师还身兼重点班班主任一职。

而现在，他坐在办公室里，看着面前面无表情的女孩十分头疼。

"孟妹同学，我只是想了解一下他俩打架之前发生了什么而已，不是要惩罚谁。"

孟妹摇了摇头："郭老师，您的表达有误，不是他俩打架，是章天昊同学对陈煜然同学出手，陈煜然同学迫不得已才还了一下手而已。"

郭瞿揉了揉自己的太阳穴，腹诽道：这和打架有什么区别？

看到孟妹坚定的眼神，郭瞿只好硬着头皮问下去："既然你是当时唯一在场的人，你能告诉老师他俩为什么打……不，是章天昊为什么要打陈煜然吗？"

孟妹犹豫了一会儿，才开口道："因为陈煜然说了让他生气的话。"

"什么话？"

孟妹抿紧了唇，低下了头保持沉默。

郭瞿心中长叹一声，知道自己是问不出什么了，干脆示意她离开了。

这时，章天昊的班主任凑了过来："小郭啊，怎么样？问出点缘由来了吗？"

郭瞿无奈地摇摇头，暗忖现在的小孩怎么都这么难懂，简直都跟姜涞一样有个性了。

"其实啊，我知道点内情。"章天昊的班主任蒋老师小声地对郭瞿说。

知道什么内情？章天昊和陈煜然都喜欢孟姝，而孟姝喜欢陈煜然？这事我也知道啊！但为了给蒋老师留面子，郭瞿还是装作很好奇地问："什么内情啊？"

蒋老师"啧"了一声，慢条斯理道："你们班这个陈煜然啊，和我们班的章天昊，都喜欢你们班的孟姝。"

"然后呢？"

"还有什么然后？"蒋老师给了郭瞿一个莫名其妙的眼神，"这不就很好解释这件事了吗？"

原来你不知道孟姝喜欢陈煜然啊。郭瞿微不可见地挑了挑眉。

"那你刚刚问章天昊有没有问出什么？"郭瞿问道。

蒋老师无可奈何地摆了摆手："别提了，啥都不肯说呢。这孩子本来学习挺好的，交坏了朋友，硬是从重点班滚动了出来，现在在我们普通班也是个问题学生。"紧接着，压低声音道："据说还会抽烟呢。"

郭瞿没有打探别人隐私的习惯，要不是章天昊这次惹的事牵扯到了他们班两个孩子，他连过问都不想过问。郭瞿转移了话题："那我找陈煜然谈谈吧。"

这次郭瞿没有选择办公室，而是直接找去了医务室。

看到刚刚从自己办公室里出来的孟姝出现在医务室，郭瞿一点也不意外。倒是孟姝在听到郭瞿要和陈煜然单独谈谈后，有些不自然地退了出去。

陈煜然一米七多的个子，已经是大男孩的模样，但是站起来仍旧没有郭瞿高。郭瞿定定地盯着陈煜然嘴角的淤青和额头的擦伤，轻叹了一口气："没事，你坐吧，老师就跟你随便聊聊。"

在郭瞿的印象里，陈煜然一直是斯斯文文的，戴着眼镜，即使在打球的时候也不会取下。但这次他的眼镜被章天昊打坏了，陈煜然眼镜之下的一双眼给郭瞿的感觉很不一样，他看见了一座初具雏形的高峰屹立在他眼底，挺拔得如同他现在的背脊。

"是要聊打架的事情吧？"陈煜然开门见山，毫不绕弯。

"嗯。"郭瞿和善地笑笑，想让这次谈话变得轻松一些，"孟姝同学说你们不算打架呢，是章天昊同学先出手，你不得以才还手。"

陈煜然扯了扯嘴角，但碍于伤口他不敢将弧度放大："没有的事，就是打架，我先出手的。"

"我可以问为什么吗？"郭瞿尽量让自己的语气听起来随和。

"孟姝告诉我，应该说是我的话让章天昊不爽了，所以他才攻击我的。你知道的嘛，这样便于推卸责任。"陈煜然很坦荡，"但是我不想这么说。章天昊这小子先出言调戏孟姝，所以我出手了，我不觉得保护自己喜欢的人有什么不对。郭老师，您说呢？"他目光炯炯，眼角眉梢全是属于少年的张扬。

"是没什么不对。"在这样的目光下，郭瞿不得不承认。但话一出口，他突然觉得很对不起这个班原来的班主任段老师，他似乎鼓励他们班的尖子生陈煜然早恋了。

陈煜然似乎看穿了郭瞿的担忧，对他投以信任的目光："郭老师，我相信你不会告诉段老师的，对吧？"

　　装模作样地长叹了一口气，郭瞿两手一摊："对啊，要不然还能怎样呢？你们俩现在成绩都没掉，我也懒得管了。"

　　看到郭瞿支持的态度，陈煜然长舒了一口气。郭瞿老师来这里的时间不长，但是大家都很喜欢他，特别是男生们，下课一起打球都是常事；而他们班的人特别庆幸郭瞿跟着他们的班主任段老师实习，这样偶尔能让他们在段老师的高压下喘一口气。似乎是放下了心里的一块大石，陈煜然如同打开了话匣子一般向郭瞿倾诉起来："其实我和孟姝初中就是同班同学，都在这里的初中部重点班。我们初三的时候就一起约好考这边的高中，毕竟是全市最好的高中嘛，家里也是这么希望的。"

　　说到"初三"，郭瞿突然心中一动，想到了光阴城中看到的那个初三男孩杨百里，又联系到了自己代入角色之后想象的结果，心中涩涩的，情绪不由得低落下来。

　　"怎么了？"陈煜然突然停住了话语，有些不安地看着明显情绪不对的郭老师。

　　"没事。"郭瞿勉强地笑笑，"就是挺羡慕你们的，一路顺风顺水没什么意外。"

　　"哪有？初三那年被老师发现了，还被勒令分开呢。我们就是不分，成绩还前进了几名，老师才没管的。"陈煜然少年心性，只当郭瞿单纯地羡慕他们，明明是抱怨的语气却说出了秀恩爱的感觉。

　　望进陈煜然那双在谈及喜欢的人时就神采飞扬的眸子，与他平时安静内敛的样子简直天差地别，郭瞿暗叹果然年少时的喜欢可以轻易地改变一个人。不知为何，他又突然联想到杨百里那双死死地盯着自己喜欢的人倒在爸爸的车下时充血的双眼，一个问题脱口而出："你觉得亲情和爱情哪个更重要呢？"

陈煜然诧异地看了郭瞿一眼，以为他是在暗示如果他和孟姝的事被父母发现了怎么办，倒是认真地思考了一下，答道："其实我的感情我父母是知情的，他们也支持我。但是孟姝那边家里不知道，听说她妈妈的态度比较强硬，有时候让她比较为难。怎么说呢，我觉得这两者并不冲突吧，如果好好谈谈当然是可以并存的。"

"如果真的发生了冲突呢？"

"当然是承担好自己的责任。"陈煜然神色认真，郭瞿仿佛看见了他在考场上沉着答题的模样，"具体问题具体分析，并不能一概而论哪个更重要。即使自己前期因矛盾而纠结，最终也应该负起自己作为儿女、也作为爱人的责任。必要的时候该让步的是自己，没必要让自己在意的两方针锋相对。"

郭瞿目光沉沉地看着陈煜然好一会儿，看得陈煜然都有些不好意思了，他才开口："你有身为男人的担当了，这很好。"

"谢谢老师。"陈煜然腼腆地笑笑，又恢复到了平常斯文的模样。

郭瞿耸耸肩，拍了拍陈煜然的肩膀："孟姝一直在外面呢，我也不好让她多等了。有可能刚刚你的话她都听到了，正好也有话想对你说呢。"

不再去看闻言有些羞赧的大男孩，郭瞿走出了医务室，抬头望着有些阴沉的天空：自己似乎对那个故事的结局有了预测。

毕竟杨百里，是一个和陈煜然一样优秀又有担当的男孩呢。

第五章

再次来到光阴城，姜涞没多说废话，就继续放了上次没看完的泡泡。

郭瞿总觉得姜涞应该看到了自己在现实中处理的那起打架事件，甚至已经猜到了他的想法，才会那么干脆地满足他的好奇心。

画面一闪，场景转换到了医院。一对夫妻正在抢救室外焦急地等候，杨先生和儿子则站在不远处。

"那是邱伊人的父母。"姜涞指着那对夫妻说，"邱伊人就是被撞的那个姑娘。"

郭瞿点点头表示自己知道了，目光又转向了泡泡中的画面。

当抢救室的灯熄灭后，医生走了出来，对匆忙上前的邱伊人父母微微颔首："病人已经脱离了生命危险，目前情况较为稳定。病人胸椎受损，应该会导致下肢截瘫，但还是建议先在ICU观察两天，等生命指标彻底稳定后立即进行胸椎手术。"

"那我女儿以后都不能站起来了？"邱伊人母亲的泪水止不住地往下掉，声音颤抖。

医生遗憾地摇了摇头："神经受损一般难以治愈，但后期还是有不少办法进行缓解的。孩子年纪还小，家长不要太早放弃希望，希望你们能乐观一点。"

郭瞿注意到，邱伊人父母身后的杨百里闻言几乎要跌倒在地，杨先生伸手扶住他，却被他一把甩开。而他的目光，一直注视着抢救室那扇虚掩着的门，一点也没有分给身边满脸倦容的父亲。

光
阴
城

　　在等待下一次手术的两天里，杨先生都陪在医院里，而杨百里一直待在城里那套小公寓里，也没有去上学。即使现在正处在中考前的重要冲刺阶段，他也无法将注意力分给学习。他其实很想去医院看看邱伊人，可是他怕面对邱伊人父母的眼神，不是谴责，不是憎恶，却将层层叠叠将他包裹得喘不过气来。

　　其实邱伊人的父母之前就认识他，不仅是因为他优异的成绩使得他的名字经常出现在家长会上，还是因为晚自习后他送邱伊人回家多次被她父母撞见。其实晚自习的同学大部分都是住校生，但邱伊人的父母平时工作忙，回家都晚，干脆让邱伊人去上晚自习。邱伊人家住得近，所以邱伊人晚自习后都是走路回家，偏偏有一段必经之路上的路灯年久失修，经常明明暗暗的，甚是吓人。杨百里了解到这个情况后，干脆强行跟着邱伊人一块走，等送她回家之后再回学校。邱伊人开始是拒绝的，但耐不住杨百里的坚持，一直默默地跟在她几步外的身后，最后就干脆接受了。邱伊人的父母起初也是担心邱伊人，次次都在小区门口等她，理所当然地就知道了杨百里的存在。也不知道邱伊人跟父母说了些什么，她的父母竟然就默许了杨百里的存在，不再次次都等在小区门口迎接邱伊人了。虽然他们没有对杨百里这么"明目张胆"的行为明确地表示过支持，但每次碰面的时候，对他的态度也算是和蔼了，邱伊人的爸爸还在家长会后对因为住校而被拉过去帮忙的杨百里委婉地表示过感谢。

　　就在杨百里以为自己的一厢情愿有了一丝曙光时，突如其来的一切毁了他所有的希望。

　　有时他在想啊，为什么爸爸要回来呢？爸爸不回来这一切就不会发生了。

他知道这种念头根本就不该有，可是他只要一看到空荡荡的家，想到自己在学校宿舍里度过的无数个夜晚，就难以抑制这种想法的悄然蔓延。

终于，在杨先生带回邱伊人手术成功消息的那一夜，向来乖巧懂事的他和父亲恶狠狠地吵了一架。

杨先生缺席了杨百里近些年的成长，习惯性地将儿子的定位保留在了听话明理的模样，面对面红耳赤的儿子竟然感到手足无措，听到儿子宣称喜欢邱伊人更是震惊得说不出话来。所以，纵使满心愧疚，杨先生的无力应对还是使他和杨百里的关系降至冰点。冰冻三尺，非一日之寒，或许这次的矛盾还包含着杨百里对长期缺失父亲陪伴所积压的怨怼。

然后，杨先生来到了光阴城，因为光阴城感觉到了他的需求。

每一个有需求的人都会自动进入光阴城，在此之前，他们肯定不知道这里的存在。

杨先生请求让这件事从来没发生过，姜涞给出的交换条件是，杨先生和杨百里至今相处的大部分时光——也就是说，作为父亲的杨先生，将在杨百里的记忆里几乎是完全缺席的。杨先生根本无法接受这个条件，因为他的初衷就是缓和他和儿子的关系，如果接受姜涞的条件，那杨百里真要对他冷眼相待了。当年他在开餐馆时，杨百里就住在楼上，虽然他也忙，但好歹父子俩朝夕相处，感情亲厚。而妻子要上班，早出晚归，反而和杨百里相处的时间还没杨先生多，所以他在和妻子离婚后，杨百里才会选择跟了他。如果失去了前些年相处的时间，杨先生对之后的发展就完全没有把握了，或许现在自己的生活就有天差地别。

因此，杨先生甚至怀疑姜涞故意开出这种无理的条件来坑害他，这

些天来自各方的压力终于在这个陌生的地方找到了宣泄口，于是就有了
郭瞿最开始看到的一幕。

"所以他放弃交易了吗？"郭瞿问。

"那是当然。"姜涞斜睨一眼泡泡上停住的杨先生那张狰狞的脸，
"我这里可不能讨价还价。接受条件，就交易；不接受，就滚蛋。"

郭瞿有些不确定地问："那些交易条件完全是由你确定的吗？有什
么固定标准吗？"

姜涞勾唇一笑，带着令人心痒的肆意："没有啊，看我心情喽。"

郭瞿撇过眼，说："那你不觉得这个条件有些过分吗？要我，估计
也不会答应。"

姜涞很果断地点点头："我也觉得有些过分呢，但是不过分他怎么
会放弃交易呢？"

"你存心让他放弃交易？"

"对啊。"姜涞理所当然地一撇嘴，"我觉得这事有解决方法嘛，
何必闹到时光逆转这一步呢？"

"但是，不是光阴城觉得他有交易的需要才会让他进入这里吗？怎
么到了你这里，就变成没必要了呢？"

"光阴城有光阴城的标准，历代城主有历代城主自己的考量。"姜
涞垂下眼，长长的睫毛微微颤动着，"光阴城是死的，城主是活的，而
交易人也是活的。你觉得，应该听谁的呢？"

郭瞿哑口无言，姜涞顿了顿，突然轻叹一声："其实啊，和光阴城
交易是很可怕的事情呢。"

第六章

姜涞没有再给郭瞿开口的机会，直接让泡泡中的画面继续了下去。

胸椎手术只是恢复了椎管口径免使神经再度受损加重病情，但受损的神经仍出于麻痹休克状态不能恢复。所以，手术成功这个消息对所有人来说意义并不大。

杨先生回到现实后，态度强硬地带上杨百里去了医院，直接站在了邱伊人的病床前。

杨百里站在一旁一动不动，头垂得很低，完全看不清表情。

杨先生长叹一声，和邱伊人的父母走了出去，开始正式协商赔偿金额。

"我和孩子她爸商量了一下，现在花去的治疗费、手术费、住院费已经不少了，还有后期治疗所需要的费用。孩子还小，这事对她以后有什么影响我相信你也心知肚明，总还要留笔钱给她照顾自己。"邱妈妈平静地看着眼前这个沉默的男人，虽然她恨他为女儿带来的伤痛，但是通过这几天寸步不离的坚守，他已经让他们看到了他的诚意。而且事发当时女儿应该也是怕迟到，匆匆忙忙穿过马路，也有自己的责任；再加上还有杨百里这层关系在，他们也不愿意跟杨先生闹得太难看。

"您说吧，多少钱。"杨先生做好了心理准备。

"两百万。"邱爸爸开口道，"我知道这不是一个小数字。但是我家女儿这个情况已经是一级伤残了，如果提起诉讼的话你也赔的不少。两家孩子都是同学，何必闹得那么难看呢？"

"我接受。"杨先生点点头，面上看不出喜悲，"但是我手上流动资金不多，不可能一下付清。我会尽快的。"

"具体的赔偿项目我会叫律师列一份给你。"邱爸爸接着说道，"你要觉得有什么不合理的可以直接跟律师提。"

其实邱伊人已经醒了，却一直都在装睡。大人们没有发现，他们走后一直低着头的杨百里更没有发现。

邱伊人听到大人们都出去了，关上门的声音，顿时意识到房间里只剩下她和杨百里了。她的心砰砰地跳着，对杨百里会对她说些什么竟然有些期待。

可是她等了许久，也没有听到熟悉的声音，终于忍不住将眼睛睁开了一条缝，没想到却看到杨百里一个人默默地站在他的床边，一向挺拔的身姿弯成了一个令人心酸的弧度，而她的床单角已经湿了一片。

"喂，杨百里。"邱伊人的声音还很虚弱，但是在安静的病房中如惊雷般将杨百里炸醒，抬眼时猝不及防地撞进邱伊人那双蓊水秋瞳。

"你、你醒了。"杨百里的声音带着刚哭过的沙哑，他尴尬地顿了顿，不再开口。

"喂，男子汉哭什么啊。"邱伊人嘟囔着说，"我都没哭。"

杨百里闻言心中一痛，仿佛有一根细钢丝将自己的心脏死死勒住，将头埋得更低："对不起。对不起。"

"你有什么对不起我的？"少女嗔怪地瞟了他一眼，"我听到你提醒你爸的声音了，要不是你，或许你爸压根就不会踩刹车，我指不定现在就躺在太平间了呢。"

"不许说！"杨百里猛地一抬头，眼中通红的血丝让他的神色有些狰狞，但是邱伊人分明看出了他死死压抑的痛苦。意识到自己的反应太激

烈，看着出神的邱伊人，杨百里还以为自己吓到她了，死死咬住牙关，放软了声音，用近乎哀求的语气说道："求求你，别这么说自己。"

"哎，我的意思是，我很感激你。"邱伊人微微一笑，刹那间仿佛点亮了整个色调苍白的病房，"你也别怪自己啊。"

"那你怪我爸吗？"

少女将头往被子里缩了一点，声音闷闷的："不怪怎么可能呢？我的一生就此改变了啊……"

"我爸他……"杨百里习惯性地想为爸爸辩护两句，嘴唇徒劳地开合却说不出一句话，最终他无力地垂下了头，嘴里反反复复还是那句"对不起"。

邱伊人看着杨百里颓然的模样，其实很想安慰他。可是一想到自己毫无知觉的下肢，和前途渺茫的未来，她就带着一丝痛快的恶意，希望能有人多为她难过一会儿，再多一会儿，帮她把那些痛苦全部都消费掉，这样她还能扮演好乐观向上的少女这个角色。

理论上这是可行的，记得杂志上说人的脑子里有一种叫镜像神经元的神经细胞，可以使人类看到别人在干什么，就好像自己也在干同样的事情一样。那么，痛苦什么的，不用自己亲身体验也是可以的吧。邱伊人这样想着，干脆放弃了安慰杨百里的念头。

直到杨先生进来，把杨百里领走，邱伊人都没有再说过一句话。

回到家，杨百里冷静了下来，开门见山："邱伊人爸妈要求赔多少钱？"

"两百万。"

"那你能赔吗？"杨百里干脆连"您"的敬称都省了，周身的气息沉如死水。

"爸爸今年生意有了些起色，本来预计今年能把之前借的一百万还清，但现在估计是没指望了。"杨先生分析道，"如果仅仅是靠农家乐的收入，有些困难，可能还要另辟蹊径。"

"如果我帮着你一起还呢？"杨百里的神色很认真，应该说他从没有像此刻这么认真过，"我不上高中了，我去打工。省了学费，还能赚钱，能还得起吗？"

杨先生瞪大了眼睛："你是在开玩笑吗？你成绩这么好？你跟我说要去打工？"

"或者退一步，我去读中专或者技校，早点出来赚钱。"杨百里此时理智得让人害怕，抿紧的唇角显示着他严肃的态度。

"不许！"杨先生觉得儿子的反应简直超出了他的掌控，虽然他愿意和他一起分担的态度让他欣慰，但是这么好的儿子绝对不可以毁在了自己手上。"爸爸砸锅卖铁也要让你上重点高中，早点打消那些偏门的心思吧！"

"为什么呢？为什么你一定要我上重点高中呢？"杨百里的眼神紧逼着杨先生。

"你成绩这么好，一直在重点班，所有老师都经常表扬你……"杨先生细数着儿子的有点，试图说服他，让他意识到他的优秀根本和他描述的未来格格不入，但是却被杨百里一句话给打断。

"那邱伊人呢？她能上重点高中吗？"

"她……"

"她成绩不好，她不在重点班，老师没有经常表扬她吗？"杨百里的情绪随着一个个"她"的出口越来越激动，眼眶又红了，"我去上重点高中，领着名校文凭，对她来说公平吗？"最后那句话，他说得咬牙切齿，仿佛想将自己咬碎。

杨先生怔住了，他从来没想过，儿子竟然存了折了自己去赔邱伊人的心思。他以为儿子口中的喜欢，不过是孩子间的小打小闹罢了。

第七章

———

杨先生根本没法劝住在他看来如今已经失去理智的杨百里，干脆甩手留下一句："要不你自己去问问邱伊人，她要你怎样你就怎样好了。"然后便进了房间。

随着房间的房门"砰"的关上，剑拔弩张的气氛又归为死一般的寂静。偌大的客厅装着一个小小的少年，他空荡荡的心里装着一个小小的姑娘。

杨百里全身的力气仿佛在一瞬间被抽空，靠着沙发慢慢地滑坐在地上，屈膝蜷成一团，把自己抱得紧紧的。他很想痛痛快快地哭一场，可是眼眶干涩，一滴泪也流出不来。

窗外华灯初上，将暮霭点亮，杨百里却不想开灯，呆呆地看着最后一丝晚霞消失在天际，自己微不足道的身影被黑暗一点点吞噬。一扇窗，隔绝了两个世界——你在外头，我在里头。杨百里不知怎的，突然想起了送邱伊人回家的路上，那明明暗暗的灯光——一直乐此不疲地闪着，在人绝望地以为它不会再亮起的时候，它又突然用光亮拥抱黑夜。

杨百里想，他明天要去问问邱伊人，公不公平，她说了算。

当杨百里再一次独自站在邱伊人的病床前时，脑子一片空白，之前打好的腹稿全部付之一炬。

邱伊人看着杨百里呆愣的模样，"扑哧"一声笑开了："杨大傻，你不去上学啊？怎么天天往我这跑？"

"你希望我去上学吗？"

"难道你不应该去上学吗？"邱伊人诧怪地瞪着他，"你可别想借着我这事逃学。要逃也是我逃，关你什么事？"

"可是，邱伊人……"杨百里咬住了下唇，"你什么时候去上学啊？"

"我好了就去上学啊。"邱伊人理所当然地说道，"我又不像你，还想着不上学。我可热爱学习了，绝对不会落下学业的。再说了，我又没撞坏脑子呢，现在就刷一套《天利38套》给你看要不要？"

"邱伊人，你想上哪所高中？"杨百里小心翼翼地问道。

"当然是附中啊！"邱伊人拍了拍胸脯，"我这么好的成绩，不上最好的高中都对不起自己。"

看到这，姜渌用手肘捅了捅身边的郭瞿："喂，A市的附中好像全国闻名吧？"

看到郭瞿点了点头，姜渌若有所思地将视线移回了泡泡上。

杨百里没有接话，只是盯着邱伊人，眼中专注地倒映着她一人的身影，眼底却茫然若失。

邱伊人搓了搓手臂："别这么看着我呀，瘆的慌。喂，你不会不想考一中吧？"杨百里迟疑了一瞬，刚想开口，就被邱伊人截住了话头："不会吧？杨百里，你成绩可比我好！"

杨百里沉默了许久，才艰难地开口道："你不会觉得，这样，很不公平吗？"

邱伊人莫名其妙地歪着头看向杨百里："成绩好就去读好学校，这哪有什么不公平？"

"可是你，你……"杨百里突然就说不下去了，如鲠在喉。

"我啊。"邱伊人突然笑了，所有的烦恼似乎都在她扬起嘴角的那一刻烟消云散，"我知道，我以后说不定生活都不能自理了，但这并不阻碍我上高中啊。我妈妈特意咨询了一中的校长，只要我考得上，一中的大门还是为我敞开的。只是比别人学得辛苦一些，我这么聪明，也没关系的吧。"

邱伊人还是心软了，她觉得自己再让杨百里这么痛苦下去，她指不定就更难过了。现在，她想给予杨百里一些快乐，据说快乐也是会传染的，自己会不会也高兴一些呢？

"杨百里。"邱伊人收了笑容，神情严肃，"我要问你一个问题。"

"你说。"杨百里也跟着紧张起来。

"你是不是喜欢我啊？"

杨百里的心跳在听到这句话后好似漏跳了一拍，突然又猛地加速，如擂鼓般的心跳声让杨百里怀疑邱伊人是不是也听得见。此时少年的脸上红得像烧起来一样，方才还一片死寂的眼中盛满了慌乱，口中的话也跟着结巴起来："你、你知道啊。"

邱伊人看着他乱了分寸的样子不由自主地笑出了声："杨大傻，你以为我也傻啊，虽然你不说，但是哪个不喜欢的人会天天坚持送我回家？"

少年羞赧地把手藏在了身后，眼中的慌乱却沉淀了下来，余留一片清明。他一字一句坚定地说道："邱伊人，我喜欢你。"

邱伊人本来只想套个话，没想到却换来杨百里这么正式的告白，脸上浮上两抹红云，衬着她之前苍白的脸蛋终于有了些生气。少年灼灼的目光让邱伊人颇为不好意思，小脸一偏，含糊地"嗯"了一声算是答复。

杨百里拿不准邱伊人的意思，心中七上八下的，惴惴地不敢贸然出声。

邱伊人等脸上的红晕消退才转过身来正视着杨百里："既然这样，那你照顾我吧。"

"啊？"

"去考一中啊，笨蛋。"邱伊人推了呆若木鸡的杨百里一把，"不和我上一样的学校，怎么照顾我？"

"你说真的？"杨百里沉浸在突如其来的惊喜中，有些不可置信。

邱伊人一撇嘴，对着杨百里又是一推，言语间颇有些恼羞成怒的味道："假的假的，刚刚都是跟你开玩笑的啦！"怎么觉得他越来越呆了？说到底还是自己吃亏了啊！

杨百里被连推了两下也没有丝毫不满，反而向前跨了一大步拉近了他和邱伊人的距离。他用目光锁住邱伊人因为不好意思而飘忽的眼神，声音带着变声期特有的沙哑："可是，我当真了。"

"那就说到做到喽。"邱伊人努力想表现出淡定的模样，语气轻飘飘的，好像在讨论一道无关紧要的选择题的选项一样。

"我决定了。"杨百里逆光而立的身影在此时显得格外高大，让邱伊人看着出了神，"我要去读医，然后一直照顾你。"

"一直是多久？"

"你想多久，就是多久。"

杨百里走出病房时，意外地看见了杨先生和邱伊人的父母就守在门口，顿时有些尴尬。

"小子，刚刚你说的我们可听到了。"邱爸爸和邱妈妈交换了一个眼神，摆出最严厉的表情瞪着杨百里。

杨百里毫不退缩地迎上邱爸爸的目光："叔叔，我是认真的。"

邱妈妈说："你才多大啊，十五吧，就敢轻言未来？小孩子说的话哪当得准哦。"

杨百里挺了挺胸膛，仍旧不屈不挠："我会为我说的话负责，这和年龄无关。"

邱爸爸定定地看了杨百里一会儿，继续说道："那你知道伊人以后还会有哪些问题吗？会大小便失禁，可能会有继发性脊髓损伤，伴有严重疼痛和抽筋，护理不当还会导致骨性残疾。她从小骄傲，日后因为病痛折磨肯定脾气渐长，会时不时地发脾气，这些都没关系？"

杨百里毫不犹豫地回答："没关系。"他的脸上没有嫌弃，只有满满的心疼。

"那就去做吧，做你承诺的。"

等杨百里反应过来，邱伊人的父母已经踏入了病房，只留给杨百里两个背影。杨百里转过头，看见一直沉默着的父亲，顿了一秒便走到了他身边。

"爸爸。"杨百里微微抬头唤道。

"儿子。"杨先生一把抱住杨百里，手微微颤抖，"爸爸为你骄傲。谢谢你，能和我一起承担这一切。"

"这是我应该做的。"杨百里毫不犹豫地回抱了父亲，这才意识到他在短短几日里就消瘦了那么多。

杨百里退出杨先生的怀抱，抬手拍了拍杨先生的肩膀："爸爸，以后有我。"

第八章

如愿以偿地看完了故事的结局，郭瞿突然为自己之前怀疑姜涞任性地随便提条件的想法感到愧疚。即使他隐隐猜到了最后杨百里会承担这一切，但杨百里最后熠熠发光的神采确实给了他很深的震撼。其实，姜涞更应该被感谢，是她给予了这个男孩成长的机会。

郭瞿还没来得及开口，就被一脸了然的姜涞踢出了光阴城。

郭瞿一脸郁结，这丫头怎么这么任性呢，自己只是想为之前误会她而道歉啊。

"老师，您没事吧？"

郭瞿转头一看，看见陈煜然关切的神情，才发觉自己瘫在椅子上，状似很疲惫的样子。

"咳咳，没事。"郭瞿连忙端正坐姿，对陈煜然报以感激的微笑。

陈煜然把作业本放在郭瞿的桌上，却不忙着离开，压低声音道："郭老师，上次的事谢谢你没有告诉班主任。"

"哎。"郭瞿因为杨百里事件的完美结局心中正舒畅着呢，和颜悦色地拍了拍陈煜然的肩膀，"当然会替你保密的啊。你们之前不都叫我郭哥吗，怎么突然改口叫郭老师了呀？"

陈煜然挠挠头，露齿一笑："郭哥说的是。"

郭瞿突然想到了什么，问道："来来来，说句实话，你们俩是不是还约定上同一所大学啊？"

陈煜然回答说："这个倒是没有，大学的选择那么多，我们倒不必为了对方刻意迁就。但是，能在一个城市当然是最好的了，毕竟有对方的未来才更值得期待。"

郭瞿笑着摇摇头："现在的小孩啊，说情话真是信手拈来。你们还真的约定过未来吗？"

陈煜然眼镜下的双眼目不转睛地迎上郭瞿探究的目光，说道："其实未来谁说得准呢，虽然嘴上说着有心理准备，但是未来的路有多长多苦谁也说不清。现在许下约定，是对未来抱有期望，也是逼迫着未来的自己，即使遇上了难以克服的困难，也不要轻言放弃。"陈煜然自上次事件之后换了一副眼镜，由原来厚重的黑框换成了轻薄的金边，整个人多了一丝锐气，像是一把刚出鞘的剑，在阳光下闪烁着夺目的光泽。

郭瞿问陈煜然对未来的看法，是因为想到了杨百里。在他们这些大人看来，十五六岁的少年许下对未来的诺言不过是天真的童话，用作自我欺骗，毫无真实性可言。然后，陈煜然的话让他转换了看待问题的视角。若要说他怀疑年少约定的原因是少年们还不懂未来即将面对的艰辛；陈煜然却表示正是因为他们明白自己把握不了未来，才会许下这种约定来束缚自己，不要被现实磨平棱角，而应该走上自己真正期待的人生之路。

这个问题郭瞿日后也问过姜涞，姜涞是这么回答的：

"杨百里其实没有完全意识到自己以后面对的会是什么。说句不好听的话，邱伊人会成为他一生的包袱。他考大学要考虑邱伊人，找工作要考虑邱伊人……如果他遵守自己的承诺，他以后一切的一切都会烙上邱伊人的标签。我不是他，所以不敢断言他以后会不会后悔，但是他肯定会因此感到疲惫，会和邱伊人争吵，与邱伊人的感情会有所动摇——挺过这一切，都要靠他十五岁这年在邱伊人病床前许下的承诺。或许他的照顾会从心甘情愿变成迫不得已，但他不会轻易放弃，因为这是他自己对自己未来的定义。就像你和朋友途径一家奶茶店，点了一种你闻所未闻的奶茶，入口之后才发现并没有你想象得那么可口；这时候，大多数人并不会立刻扔下已买的奶茶去换一杯新的，而是会尽其所能将它喝完，最多后悔一下当初的决定——因为这是你在朋友的见证下，自己选择的奶茶，也是自己看到名字就认可的奶茶。"

郭瞿听完之后豁然开朗，但直到很久以后，他才明白姜涞话中的深意。

下班之后，郭瞿才有时间刷刷手机。由于郭瞿已经成功打入同学内部，所以大部分学生的空间和朋友圈都是对他不设防的，郭瞿因此有幸获得第一手八卦信息。

映入眼帘的是孟姝发的一条动态，晒出了两张路演的票，内容只有一颗爱心，但是郭瞿深切地感受到冷冷的狗粮扑面而来。

定睛一看，郭瞿才发现是傅望舒的新片《江星》的路演，不禁又平添了几分艳羡。

傅望舒是娱乐圈的一个奇迹，刚踏入娱乐圈没多久就当选为一个大IP剧的男主角，在IP剧还不是那么流行的年代就凭着这部剧和他在其中塑造的国民男神的角色红遍了大江南北，收获了百万粉丝。傅望舒之后的星途可谓是顺风顺水，并不高产的他创造了几乎每剧必火的神话，在前几年正式进军电影界，第一年就一举拿下多项大奖。而傅望舒本人低调守礼，几乎零绯闻无炒作，业内好评如潮，更是让他吸粉无数。最重要的是，他现在才30岁，单身未婚。

粉丝们都称傅望舒为"傅公子"，意取"陌上人如玉，公子世无双"。他们都说，傅望舒啊，若他看你一眼，就那么一眼，你就能明白所谓"一眼万年"。

郭瞿以为像孟姝看起来这么无欲无求的姑娘应该不会被傅望舒出色的外表所俘获，没想到她也是迷妹大军中的一员。

虽然郭瞿自己也对傅望舒很感兴趣，因为傅望舒在前几年一部电视剧中塑造的军人角色深深打动了他，甚至让他在短期内重塑了自己的价值观，但此刻郭瞿还是自动排除了是陈煜然喜欢傅望舒的可能。

为自己错过了这次见面会唏嘘了半晌，郭瞿才收拾东西回家。一踏入家门，郭瞿习惯性地拿出手机开始看新闻。浏览完国际新闻和国家大事，郭瞿顺手点开娱乐栏，傅望殊的名字再次撞入眼帘。

看到标题，郭瞿不可置信地连忙戳开全文，喃喃道："这什么情况？"

看完整篇新闻报道之后，郭瞿握着手机百思不得其解。傅望舒其人，根本是绯闻绝缘体，为什么这次会突然曝出他隐婚呢？这内容来源相对可靠，虽然没有直接证据，但是循着蛛丝马迹的推理十分合理，让人不得不相信其中陈述的观点。在报道的最后还言之凿凿地说，现在傅夫人肯定就住在傅望舒在首都的别墅里。但是郭瞿觉得这事很诡异，这么大的事，怎么事先一点风声都没有显露？

而且现在傅望舒忙着跑新片路演呢，在这个点曝出这个新闻岂不是别有用心？

郭瞿觉得这事还是不要胡乱猜测的好，应该理性地等待官方回复。

万万没想到，郭瞿第二天早上打开手机的时候世界都变了——傅望舒的工作室官方微博账号发表声明表示傅望舒已婚，妻子并不是圈内人士，希望粉丝们不要打扰到他们的生活。

圈内公认的黄金单身零绯闻男神，一朝直接跳过恋爱变成了已婚，粉丝们纷纷表示不能接受。

1. 2. 3.
4. 5......

第九章

郭瞿已经做好因为国民男神结婚而被办公室女老师们狂轰滥炸的准备，但他并没能如愿踏进办公室，而是一脚踏入了光阴城。

姜涞这次选择的地点是教室里面，只见银发的小姑娘翘着二郎腿坐在讲台上，气势好不嚣张。

"你下来。"郭瞿颇有些头疼地对着姜涞招招手。经过这几次相处，郭瞿对姜涞的城主身份的敬畏早已消失殆尽，经常被姜涞毫无预兆的小性子弄得哭笑不得。

姜涞一撇嘴，并没有照做，反问道："是不是我们人民教师觉得我坐在讲台上太不尊重了？"

郭瞿点点头，说："你知道就好。"

本来郭瞿还做好了和姜涞唇枪舌剑三百回合的打算，没想到姜涞闻言就乖乖地从讲台上跳了下来，还抱歉地吐了吐舌："好吧，我只是想感受一下做坏学生被老师训斥的感觉，真是在我人生中缺席的经历啊。"

郭瞿无奈地耸耸肩，开门见山地问道："你这次叫我来有什么事吗？"

姜涞拉开一张椅子，正打算坐下，却发现和郭瞿的身高差太多会显得自己很没有气势，于是一屁股坐在了课桌上，语气颇有些洋洋得意："我看到你今天早上刷微博了哦。"

"然后？"郭瞿眯着眼打量着姜涞，"不会傅望舒的事情和你有关吧？"

"Bingo！"姜涞打了个响指，笑逐颜开，"傅望舒很帅呀，我也挺喜欢他的。我特意来满足你的八卦之魂，快点顶礼膜拜感谢我！"

"算了吧。"郭瞿斜睨一眼，"这都盖棺定论了，还有啥好八卦的。具体人家老婆是什么人，我可不感兴趣。"

姜涞冷哼一声，双手在胸前抱臂："我还偏要告诉你，他老婆就是个普通人。你真觉得嫁给傅望舒这种听起来就像上辈子拯救了银河系的事，会天上掉馅饼，随便砸中一个普通人？"

"你的意思是……"郭瞿心中突然有了一个大胆的猜测。

"嗯哼。"姜涞身为光阴城的主宰，窥探郭瞿的心声这种事当然不在话下。听到了郭瞿的猜测，姜涞作出了赞同的回应，直言道："你还不算太笨。没错，那个嫁给傅望舒的女孩和光阴城做了交易。"

"嫁给傅望舒，代价很大吧。"

"以她那股不要命的狠劲，就算再大的代价她也会接受吧。"姜涞回忆起最初见到那个名叫丁裕的姑娘的场景，有些感慨，"要不然为什么想嫁给傅望舒的人那么多，偏偏只有她一个人进入了光阴城呢？"

"是不是有什么契机？"

"你又猜对了。"姜涞点点头，"她来之前，交往时间不短的男朋友和她分手了，原因是丁裕，就是那个嫁给傅望舒的姑娘，是傅望舒的脑残粉。她的男朋友无法忍受丁裕永远把傅望舒的存在摆在自己之上。"

"啧啧，这姑娘是不是傻，现实中的良人不好好把握，偏要……"

郭瞿话还没说完，就被姜涞打断了："其实姑娘们也想找一个理解自己的喜好与追求的身边人，你看你们班那个孟姝，不就有男朋友陪着去看见面会吗？只能说丁裕和她男朋友不是真爱，你这种批判性的态度不对啊。"

郭瞿觉得姜涞说得很在理，一回想到自己刚才有些无礼的评论就颇感羞愧，有些尴尬地抿了抿唇："好好好，是我不对啊。"

姜涞丢给郭瞿一个"你明白就好"的眼神，继续回忆道："她来我这的那天，特别坚定地说要嫁给傅望舒。她从她十六岁在电视屏幕上看见傅望舒的第一眼开始说，一直说到如今二十四岁的她生活如何被傅望舒的存在所主导。她对我说，本来作为一个粉丝，是绝对不会妄想嫁给自己偶像的，但是经过这次的事情，她发现她根本没有办法专心和别的男人在一起，这样还不如让她自私一回，去到傅望舒的身边，以她全部的爱为他奉献一切。"

感受到郭瞿的视线，姜涞停下来搓了搓手臂，说："真肉麻，对不对？当时我也是这样想的，所以终于受不了就答应了。"

"那代价呢，是什么？"

姜涞勾唇一笑："我要她，过往八年里所有追星的时光。因为这段时间不能再她的生活里完全空白，所以取代而之的，会是她埋头苦读的时间。"

郭瞿意味深长地看向姜涞："你是在帮她？"

姜涞一摊手，状似很无可奈何："傅望舒男神那么好，配丁裕实在可惜。总要让丁裕上升个档次吧，要不然我实在看不下去。"

姜涞接着说道："所以啊，在你们生活中存在的丁裕，是已经被重置过的丁裕，一流大学毕业，学富五车，完全没有脑残追星的可能性。那个被男朋友甩的脑残粉丁裕已经不存在这个世界上了。"说完，姜涞调侃道："这还要归功于她追星的时间太多了，全用来读书的话，不成学霸都说不过去。"

郭瞿突然从姜涞的话中找到了重点，问道："那这样一来，丁裕不就不喜欢傅望舒了吗？那不就完全没有非要嫁给他的理由了吗？"

姜涞笑得更开心了，拍手称快："对，这就是真相。虽然丁裕对傅望舒的喜爱并没有被我剥夺，但是没有时间的堆积，这种喜爱就很浅薄了，可谓吹弹可破。什么全部的爱奉献一切啊什么的就没有可能了。"

姜涞突然身影一闪，出现在郭瞿身后，探头出来神神秘秘地说道："而且你忘了一个很重要的因素。"

"什么？"

"丁裕只要求傅望殊娶她，却没有要求傅望殊爱她呀。"

丁裕一个人坐在大大的落地窗边，窗帘紧闭，屋内一片昏暗。

丁裕伸出手撩开窗帘一角，窗外的闪光灯交相闪烁，远远近近连绵的白光，仿佛一条无法逾越的星河。

她看到了微博，也看到了粉丝们几百页评论中爆发的不满，她觉得很痛快。

可是，傅望舒还是没有回来。

甚至，连一个慰问的电话都吝啬。

丁裕一把扔出手中的手机，手机撞到了拐角处的花瓶，和花瓶一起滚落在地。刹那间，寂静的房子被清脆的响声填满，倏忽又归于平静。

丁裕踢开脚边的拖鞋，赤着脚摸黑往楼上走。她没有刻意绕过花瓶碎裂的地方，在陶瓷碎片扎进她脚底的那一刻，她还是忍不住叫出了声。带着一股狠劲，她冲了过去，"啪"的一声打开了整个房间的灯，地上鲜血淋漓，触目惊心。

丁裕捡回了扔出去的手机，平静地重新开机，将这满目疮痍照了下来，发给傅望舒，然后自己一个人吃吃地笑了。

第十章

姜涞之前就告诉过郭瞿，只要进入光阴城的人，就会有记得来过光阴城和完全失去这段记忆两种情况，而这个人属于前者还是后者，完全随机。

杨百里的父亲杨先生，其实是记得光阴城内发生的一切的。

但是很不凑巧，丁裕忘了这一切。和光阴城进行交易的记忆，连同她追星的八年时光一同被抹去，烟消云散，了无痕迹。在遇见傅望舒之前，这个名字对现在的丁裕而言仅仅意味着一位帅气的国民男神。她看过傅望舒的几部电视剧和电影，当他的新闻霸占头条时，她也会点开来看，傅望舒精湛的演技和良好的作风都使她对他喜爱有加，但总是空不出时间去关注再多的信息——纵使喜欢，也点到为止了。

直到她二十四岁那年，遇见傅望舒，嫁给傅望舒，恨上傅望舒。

丁裕回想起二十四岁的那场初遇，总觉得是命运捉弄，造化弄人；却不明白这是她自己的选择，即使她那天没有参与那场酒会，她仍旧会在那一年的另一个地方碰上傅望舒，然后嫁给他。

"要让丁裕顺理成章地嫁给傅望舒真的很难。"姜涞调侃道，"我只能从我看过的小说中汲取灵感，所以难免这个过程天雷与狗血齐飞。"

丁裕从一流大学毕业后经导师推荐就职于首都一个时尚品牌BE的总公司，虽然只是很小的职务，但相较于同龄人，丁裕也算也走在前沿。

在她工作两年后，BE在当地举办了一场酒会，有幸邀请到傅望舒出席，而丁裕作为工作人员被安排在场内服务。本来按照丁裕的资历，她是完全没有机会正面接触到傅望舒的，可是其中一位关键的女性工作人员突然来了月经，已经换好的制服裙也弄脏了，还痛得直不起身。在这种紧要关头，主管也顾不得三七二十一，拽过身边穿着同款制服裙的丁裕，就命令她顶上了那位工作人员的位置。

当傅望舒出现在大厅的刹那，丁裕没有少女心怦怦的激动感，内心反而有一种尘埃落定的畅然，如同等待着一个不知归期的人，从翘首以盼到心如死水，最后他的身影出现在了视线里，也只是一句"你来了啊"。

傅望舒其实也注意到了丁裕，她站在人群靠中央的位置，却格外年轻，粉黛轻扫，看着就是个干干净净的小姑娘。似乎丁裕这种如白纸一般的定位从第一眼起就在傅望殊心里根深蒂固，所以当一向冷静自恃的傅望舒破天荒地失手将酒洒在丁裕身上时，才会上了心，好像自己在一张雪白的白纸上滴上了第一个污点，难以忽视。

傅望舒诚恳地向丁裕道歉，还不忘偷偷观察她的表情，发现她只是求助性地看向了主管，内心小小地失落了一下。在主管的示意下，丁裕头也不回地奔向了洗手间。看着丁裕疑似落跑的身影，傅望舒不禁有些好笑，鬼使神差地向主管询问了她的名字。

"丁裕，是个新人。"

"这些巧合都是你设计的？"郭瞿戏谑地看着姜涞，"你真的不是个好编剧。"

姜涞不在意地笑道："本来小粉丝嫁给大明星就是无脑玛丽苏小说里才会有的情节，只有将这些狗血梗生搬硬套才能勉强达成她的愿望。"

郭瞿调笑道："难不成接下来更狗血？"

姜涞两手一摊，作无辜状："情势所迫，这可怪不了我。"

傅望舒没想到这么快就会收到母亲病危的消息，即使他知道母亲身体一直不好。

等他推掉一切通告，赶到母亲病床前时，母亲刚刚经历了一场大手术，手术还算成功，但也保不了母亲多久了。

傅望舒的父亲在他读书时就去世了，他的母亲一直不支持他进入娱乐圈。即使目睹了他一步步登上娱乐圈的巅峰，她也不置一词，和儿子渐行渐远。傅望舒是个孝顺的孩子，知道母亲不支持，就从来没有在家里谈论过工作。但是随着傅望舒的人气水涨船高，回家的时间越来越少，陪伴母亲就更是有心无力了。

这次他蹲在病床前凝视着母亲苍白的病容，那些深深的皱纹如同一刀刀刻在了他心上，让他心如刀绞，眼眶瞬时变得通红。

"小傅啊。"母亲勉力睁开眼看着傅望舒，声音沙哑，喉咙间仿佛有石砺在摩擦；但是傅望舒听到母亲对自己熟悉的称呼，如闻天籁。

"小傅啊，我快要去找老

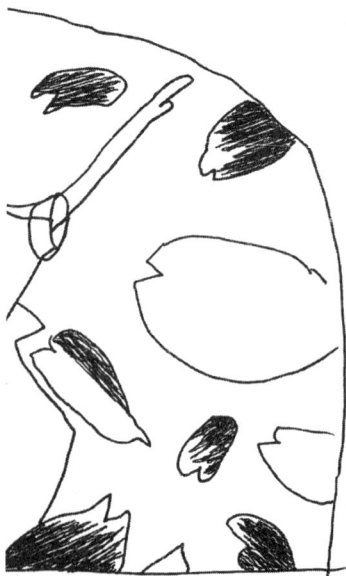

傅了。但是啊，有件事我没办法向他交代
呢。"

"妈！"傅望舒紧紧握住母亲的手，努
力让自己的声音听起来不是那么颤抖，"您
说。"

母亲稍稍用力回握住傅望舒的手，说
道："你也不小了，怎么还不找个媳妇呢？
妈要是走了，谁来照顾你啊？"

傅望舒定定地看着自己的母亲，她浑浊
的双眼里只有对他的关怀。他知道此刻自己
不应该反驳任何一句话，只能顺着母亲的意
思，便安抚似的摸了摸母亲的手背，微微一
笑："妈，我知道了，会找的。所以您别走
啊，至少看到儿媳妇再说。"

"不要娱乐圈的，一定不要！"母亲警
惕地看着他。

傅望舒好脾气地拍了拍母亲的手："好好好，不要，不会要的。"

老人弓起的腰背终于舒缓了下来，颤巍巍地抬手顺了顺儿子的头
发："要是能看到你们俩结婚就好咯，这样我也走得安心一点啊。"

傅望舒微微低下头，让母亲摸起来更顺手一点，心里一阵酸楚，已
经有了盘算。

在得知母亲最多还有一个月时间后，傅望舒终于把自己的终身大事
提上日程。在娱乐圈中混迹这么多年，什么样的女人他没见过？早就过

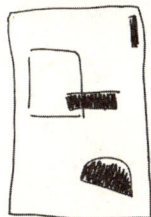

了奢望真爱的年纪，还不如在恰好的时间点挑一个最符合母亲心意的女人作为妻子，也算了却母亲一桩心愿。

要说圈外人士，傅望舒也认识不少，可第一个跃入脑海的名字竟然是"丁裕"，一个他还算不上认识的姑娘。他清楚自己并不需要一个背景多复杂的妻子来助自己一臂之力，像丁裕那种白纸一般的姑娘刚刚好，而且应该也能让母亲放心吧。

那次酒会之后，傅望舒和BE还有后续合作，正好借着这个理由让经纪人打了个电话过去，状似不经意地问起丁裕，再要到了联系方式。

虽然贸然打探他人的个人信息的行为并不符合他的作风，但傅望舒觉得有一股力量推动着他完成这一切。

再然后的情节，对丁裕而言就如同看小说一般不真实——身为当事人的她，事后回忆起来都恍恍惚惚如置身事外。

在傅望舒单独约丁裕见面并且和她坦白实情后，答应的话语就不受控制地脱口而出。事后想想，虽然那个夜晚很美，微风醉人，倒映在傅望舒眼底的星光很夺目，但这些都不足以成为她在半个小时内决定了自己终身大事的理由，还是只能怪命运作祟。

他们俩以迅雷不及掩耳之势低调地在民政局扯了证，然后状似恩恩爱爱地拿着两本红本子来到傅望舒母亲的病床前，看着傅望舒母亲欣慰的笑容，丁裕只有自己做了一桩好事的成就感，完全没有意识到这桩婚姻意味着什么。

第十一章

成功地应对完傅望舒的母亲之后，傅望舒和丁裕就要解决很多现实问题了。

虽然这桩婚姻做戏成分居多，但傅望舒并不打算过河拆桥，委屈人家一个清清白白的小姑娘，所以他还是决心要将这桩婚姻继续下去。丁裕并没有反对，终于有些缓过神的她第一反应是自己占了便宜——国内万千少女梦想着的"傅太太"一位，就让她这么不费吹灰之力地占了。

傅望舒跟着丁裕回老家见了父母，但丁裕父母并没有表现出百分百的支持，反而对他们的未来充满了担忧。在这时，傅望舒的经纪人提出了"不能曝光这桩婚姻"的要求，理由非常充分：傅望舒正处在事业上升期，结婚的消息很容易为他的星途带来不利影响。傅望舒本人也默认了这一点，只能推给丁裕一份结婚协议作为补偿，协议中提出如果双方离婚，丁裕将得到傅望舒的一半财产。

有了物质保障，丁裕的父母终于对这桩看似虚幻的婚姻有了些真实感，默许了这个不请自来的巨星女婿。

要说丁裕之前对"明星能有多忙"没有概念的话，结婚之后就有了。在拜访过丁裕的父母之后，傅望舒当天就离开了，只和丁裕交换了手机号码。

丁裕重返首都工作的那天早上，纠结了很久，终于试着拨通了傅望舒留下的号码。她心里想的是，作为新婚夫妻，总要让对方知晓一下自己的行踪。

"喂，丁小姐，您好。"是经纪人的声音。

丁裕听着经纪人疏离有礼的声音，不由得有点紧张，说道："喂，您好，请问傅望舒在吗？"

"他在忙，您有什么要紧的事吗？"

准备好的话语突然梗在喉头，丁裕实在不好意思将报备行踪当做比傅望舒工作更重要的"要紧事"，有些赧赧地回答道："没什么，就是想告诉他我回北京了。"

"好，我会传达的。还有什么事情吗？"

"没有了。"丁裕匆忙地挂断电话，内心的不适在无限扩大。刚刚那番对话里，明明经纪人的语调一直是那样的温和有礼，但他应付她的态度让她觉得自己像极了一个无理取闹、打扰大人工作的小孩。然而这通电话的出发点是那么合理——难道夫妻间互通行踪不必要吗？

丁裕这时才意识到，原来自己早就接受了"已婚"的定位，和单身时的心境还是有了微妙的变化。

接下来的生活中，这种变化在她身上体现得淋漓尽致。

丁裕死守着自己已婚的秘密，每天过着单身的自由生活；可是她再也没法心安理得地享受异性同事的照顾，或是放纵任何暧昧举动，纵使她打开电视就能看见傅望舒和貌美如花的女星们并肩而立，谈笑风生。以往她看见女同事们秀恩爱，最多就是羡慕，然而现在除此之外还多了一种隐隐的心酸——同样是已婚，她们在下雨时有人送伞，天冷时有人叮嘱加衣，生病时有人关怀，工作遇挫时有人安慰；而她，只能默默独自承受一切。

丁裕开始留心与傅望舒有关的消息，刻意寻来他出演的影视剧作为日常消遣。越是了解，她就陷得越深。她终于理解了他的粉丝念念叨叨的"一眼万年"——傅望舒无论身在何处，都自成一道夺目的风景。

她以身为"傅太太"的身份去浏览这些信息时，除了暗自窃喜，还有逐渐扩大的空虚与不满足。在不了解傅望舒时，她以为他只是一颗金子；了解之后，才发现他是一颗无与伦比的钻石。这颗钻石如今已经属于她，可是她只能远远看着，无法对它伸出手，也无法向别人宣誓主权。

傅望舒忙于工作，又有心隐藏自己结婚的事实，自婚后半年内就只和丁裕见过一次面，平时短信来往也少，电话几乎不会主动打。丁裕不会自找没趣，从来不巴巴地黏着傅望舒，在有限的交集中也只会对他的事业表示恭喜，有时间再提起自己在公司取得的成绩，以证明自己并不会配不上他。

年轻女孩在首都独自打拼并非易事，其中所要承受的压力非常人能比。丁裕没有知心好友可以倾诉，也从来不和父母说起，因为不敢让父母担忧；这些琐碎的事情，丁裕更不敢和傅望舒提，因为知道他不会关心。这种心理从年幼时就陪伴着我们——如果摔倒了，身边有人关心安慰，才会放声大哭；若是身边空无一人，最多哀嚎两声，然后忍痛自己爬起来，一声不吭。

丁裕经常安慰自己，嫁给傅望舒是别人八辈子都求不来的事情，有得必有失。她还告诉自己，虽然自己现在并没有爱上傅望舒，但是已经很喜欢他了，如果想要让他喜欢自己，就要做一个在背后默默支持他、不给他惹麻烦的好妻子。如今的生活并没有比以前差，自己还是要习惯才好。

有些谎言，你说多了便自以为骗过了自己，但是它到了情感面前仍

旧如蚍蜉撼树。有些感情，如果你不正视它，放任它在心底默默发酵，它就会迅速占领你的理智，变成你都预想不到的模样。

　　真正的导火线是《江星》的路演，第一站就在首都。

　　了解到傅望舒是半夜的飞机，出于不打扰他休息的考虑，丁裕之前并没有提出见面，而是默默买了一张路演门票，决定给傅望舒一个惊喜。

在傅望舒出场的那一刻，丁裕没有放任自己跟在场的粉丝们一同放声尖叫，而是矜持地抿紧了唇露出一个难以抑制的笑容。她觉得即使自己站在粉丝群中，也是不一样的，傅望舒会不会第一眼就注意到她？

耀眼的灯光打在傅望舒的身上，他星河倾落的身姿立在舞台中央。大屏幕上放大了那张面容，眉间敛尽寒夜霜雪，薄唇勾起破春之色。望进他的双眼，便从此交付一生。

交付一生。

丁裕激动的心情一直维持到了路演结束，她偷偷地绕开离场的人群，往后台溜去。看到围在门口的一堆粉丝和面无表情的保镖，丁裕有些不安，快速的脚步也放慢了下来。

她蹉跎了一会儿，咬咬牙，挤进人群里。耳边喧哗的声音让她耳膜阵痛，丁裕有些难受地眯起了眼，没想到恍惚之间就被挤到了人群最前方，一头撞上了保镖。丁裕刚想抬头道歉，就被一股大力一把推开，丁裕措手不及地摔坐在了地上。

丁裕恼羞成怒，虽然此时粉丝们也被驱散，但是被推得坐在地上的只有她一个人，更多戏谑的目光自然集中在了她身上，对才高气傲的她来说如芒在背。本来丁裕只是来后台试试运气，并没有抱有一定要见到傅望舒的心思，可是此刻自尊心作祟，让她铁了心思要撞这南墙。

丁裕坚信，她和这些粉丝，不一样。

丁裕直直走向守在门口的保镖，抬起下巴，冷冷道："我要进去，我不是粉丝，你让傅望舒的经纪人出来，他知道。"

保镖的表情没有一丝波澜："抱歉，我们事先没有得到通知。"

感觉到身后的目光更加灼热，好像要把她刺穿，丁裕不敢回头，深吸了一口气，硬着头皮拨通了傅望舒的电话。

"喂，傅……我想见你，现在就在后台门口。"丁裕顾及到身边还有外人，省去了对傅望舒的称呼，但此时的声音难免带上了方才的火气，有些不客气。

那头沉默了一会儿，傅望舒有些疲惫沙哑的声音传过来："乖，外面还有别人，我们之后再见行吗？"

丁裕咬紧了下唇，耳畔嘲讽的窃窃私语仿佛被放大了声音一般清晰地传入她的耳中，说什么"这个女人还假装在打电话找路子，以为我们都是傻子？""不就是个没进后援会的散粉，装作不是粉丝有用吗，竟然不懂得见好就收""人家保镖都说了不让进了，还在那挡路，真是不要脸"……每一句话都在她心头点燃燎原之火，她引以为傲的理智在烈火中灰飞烟灭——成绩优异的她，从未被人用话语这般作践，偏偏还句句无理字字诛心。

没有人听得到她心中在大声怒吼——不是的！傅望舒是我的！我的！

是啊，没有人知道。

丁裕没有回答，赌气地挂了电话，但仍旧没有勇气挪开脚步去回应那些人的讽刺，只是挺直了腰板站在那里，一言不发。

保镖的电话突然响了，他警告性地看了丁裕一眼，走到一旁接了电话。待他回来之后，他的态度明显好了很多，但仍旧坚持："抱歉小姐，您还是先回去吧。"

丁裕明白，这回是傅望舒打电话要赶她走了。

第十二章

丁裕醒来的时候，是在一张陌生的大床上。

她茫然地环顾四周，发现房间的风格很简约，并没什么特别有生活气息的摆设，但是打扫得很干净，看起来平常似乎有人暂住。

丁裕难受地捂住自己的额头，宿醉的痛楚仍旧不断敲击着她的太阳穴。她对昨晚的回忆仅仅停留在她离开见面会后直奔了最近的酒吧，对于自己怎样来到了这个陌生的地方毫无头绪。

这时，丁裕才警觉地检查起自己的衣服来，发现还是昨天那套衣服，也没有什么衣衫不整的情况，才长舒了一口气。

丁裕撑着床沿坐了起来，瞥见自己的手提包正放在床头柜上。她打开手提包，确认了一遍没有东西丢失，安心坐到了床边。她昨日的那双高跟鞋不见了，放在床边的是一双一次性拖鞋。

这种彬彬有礼却让她格格不入的风格让她想起了一个人。

丁裕推开门的时候，正巧听见楼下传来了他的声音——低沉沙哑，像一块稳稳的磁铁让你无法抗拒，当你被吸引着靠近时，他仍旧岿然不动波澜不惊。

傅望舒啊。

她的，她的，她的傅望舒。

"你醒了？"傅望舒独自坐在大厅里，抬眼看见她下楼，展开一个淡淡的微笑。阳光从他身旁的落地窗外不遗余力地倾洒进来，将他的轮廓镀上一层金边，他仰头笑着，宛若神祇。

丁裕并不喜欢这种感觉，人神注定是没有好结果的。

"嗯。"丁裕突然生出一种冲过去把傅望舒就地压倒的念头，这种念头太过疯狂以至于她只能僵硬地回复一个单音节的字，不足以让傅望舒察觉出端倪。

"女孩子别喝太多酒。"傅望舒温柔地望着丁裕，"我这边帮你温着醒酒茶呢，来喝一点吧。"

"你昨天接我过来的？"丁裕努力别过眼去拒绝沦陷在傅望舒的温情里，自己还有满脑子的疑问没有答案，"这是你家？"

"是，昨天酒吧服务员通知我去酒吧接你，我就把你接回家了。"傅望舒毫无芥蒂地笑了笑，"要是你的手机设了密码，估计你就只能在酒吧睡一晚上了。"

丁裕愣愣地盯着傅望舒，昨日酒吧里的氛围仿佛又把她包围——灯红酒绿，觥筹交错，台上的主唱画着浓浓的烟熏妆，嘶吼着不知所云的歌词……每一次的鼓点都敲打着她的神经，即使被酒精麻痹，她仍然能听见自己的心随着鼓点越跳越快，即将失控。

她的第一次烂醉，是因为面前这个男人。

"你说我要是在酒吧睡一晚上会怎样呢？"丁裕突然莞尔一笑，"如果大众知道傅望舒的妻子在酒吧过夜会怎样呢？"

傅望舒眼中的墨色沉了些，定定地看着丁裕，问道："你怎么会这么想？"

"怎么想？以你的妻子自居吗？"丁裕自嘲地笑笑，眼底一片荒凉，"难道我有这么让你不堪？是了，连见一面都不肯，更不要说让别人知道了。"

傅望舒有些头疼地揉了揉额角："你明明知道不是这个原因……"

"我知道？我知道什么？"丁裕拔高了声音，"我知道的还没你的
粉丝多！你见面会第一站的时间地点、你的行程安排、你的航班号……
这些都是我混进你的粉丝群才知道的！你自己从来不和我说！可是，我
明明不是你的粉丝啊！"

"还有这里！如果我猜得没错这里是九天华庭吧？你知道这里离我
住的地方只有多远吗？步行五分钟就到了！你当初提出跟我结婚之前应
该调查过我吧，知道我住在哪吧？既然这么近为什么你这么久都没有跟
我提过？是真的一点都不想……见到我么……"说到最后，丁裕的声音
有些哽咽，但是她不想让傅望舒看见她的泪水，于是她亟亟转身，咬住
下唇不让自己哭出声。

身后传来一声喟叹，让丁裕身体一僵。然后，她并没有听见傅望舒
微不可闻的那句低喃——

"没有我的时候，你明明很快乐呀。"

无法再面对傅望舒的丁裕将自己锁进了房间，埋头于被子中间。

她知道自己现在的行为可以算是无理取闹了，傅望舒说得对，她对
于这些事的原因心知肚明。但是她心底总是有一个声音在不停喊着"不
是这样的！不是这样的！"。她的潜意识告诉她，现在的这些事情其实
是脱轨了的，但是她完全不知道事情原本的轨迹该是怎样。

该是怎样呢？是她找到姜涞时自己说的那样啊。

"以全部的爱奉献一切"什么的对于现在的她来说完全不可能了，
所以，脱轨的是她自己啊。

为了让自己冷静一点，丁裕打开了房间里的电视，没想到映入眼帘
的又是傅望舒的脸。

这是一部最近的现代剧，其实丁裕已经看完了一遍了，但此时看着

傅望舒深情的表情，丁裕拿着遥控器的手不可控制地停住了。

剧情发展到男女主角产生了误会，女主歇斯底里地冲着男主发脾气，相较丁裕方才的模样有过之而无不及。傅望舒饰演的男主一直深情款款地注视着女主，眼中的疼惜都快满溢。

在女主终于赌气转过身要离开的时候，傅望舒冲上前从女主身后一把抱住了他。这时，镜头给了傅望舒一个特写，他靠在女主的肩窝，垂下了眼，睫毛轻轻颤动，唇角紧抿。女主仍旧在不住地挣扎，傅望舒沙哑的声音响起："别闹了，我爱你。"

丁裕呆呆地看着屏幕，双手不自觉地环绕住了自己，紧紧地，紧紧地。

她闹时，他从来不会哄她。

他没有错，他只是不爱她。

"你怎么突然暂停了？"郭瞿恨铁不成钢地看着泡泡飘走，"然后呢？这样很吊人胃口哎。"

姜涞笑盈盈地拍了拍郭瞿的肩膀："然后的事你不是知道了吗？微博头条嗯？"

"婚讯曝光？"郭瞿不可置信地看着姜涞，"不会是丁裕自己主动曝光的吧？"

"没错，要不然这事怎么可能这么突然，之前一点风声都没露啊。"姜涞随处坐下，纤细的手指绕着自己的一撮银发，"你别问什么'这不是违背承诺吗'之类的蠢问题，女人心海底针，她爱咋地咋地。"

郭瞿这时也冷静下来，分析道："不过你看，傅望舒竟然官方承认了已婚事实，这就表明在这件事上他们并没有不可调和的矛盾。或许对傅望舒本人来说，婚姻并不是事业的拦路虎。"

姜涞捧着脸痴笑道："哎，傅望舒那么帅，即使他结婚了我也喜欢他啊。"收到来自郭瞿的白眼，姜涞才轻咳了一声，正色道："大部分女粉丝呢，应该都是这样想的，所以我也觉得不冲突。"

姜涞没等郭瞿接话就继续说道："其实呢，这头脑一热地曝光一下，问题就接撞而至了。对傅望舒来说没什么，对丁裕来说生活可就是翻天覆地的变化。其实隐婚，哪里不是在保护她呢？"

"这么说来，丁裕挺吃亏的啊。"郭瞿若有所思地说。

"没事，反正她也不爱傅望舒，傅望舒不爱她这件事最多就是激发了她的占有欲，不会有多大伤害的。"姜涞说，"丁裕就是那种受了刺激就会头脑一热做决定的人，重置前是这样，重置后还是这样。"

"我猜是丁裕醒来之后没看见傅望舒。"郭瞿猜测道，"甚至在网上看见了他的绯闻？"

"绯闻算不上，就是一般的见面会粉丝福利啦。"姜涞回忆道，"我记得没错的话，好像是后台一个嘲笑过她的粉丝在见面会上抽中了粉丝福利，然后让好朋友录下来发到了网上。其实当时她也在现场，但是位子不前，又刻意忽视，就没太注意吧。"

郭瞿勾了勾嘴角："说不定发视频的时候又嘲讽了丁裕一次。"

"嗯哼。"姜涞摊手，"那姑娘现在不知道有没有把傅望舒妻子的脸跟丁裕对上号，要是想起来估计得气死。"

郭瞿无奈地摇了摇头，换了一个话题："你真的觉得丁裕不爱傅望舒吗？"

姜涞撑着头望着郭瞿，反问道："你要是在路上捡到一张金卡，你会爱上这张金卡吗？你又不知道密码！"

第十三章

傅望舒隐婚消息曝出的第二天早晨，丁裕被床头急促的电话铃声吵醒。

丁裕迷迷糊糊地把手伸过去拿起听筒，听筒冰凉的触感让她倏然一惊，这才意识到这里是傅望舒家里，再怎么说她也不该随便接电话，于是急匆匆地就想挂断。令她没想到的是，电话那头传来傅望舒焦急的声音——

"丁裕？你在吗？"

丁裕第一次在电视以外的地方听见傅望舒如此这般失了冷静的声音，电话的手不自觉停在了半空。傅望舒一直在那头不停地说些什么，但是丁裕把听筒放得比较远，并不能听清，只觉得他的声音在她脑中织了一张密密麻麻的网，将她紧紧勒住，动弹不得。

过了许久，丁裕才把电话放在唇边，轻轻地"喂"了一声。

"你终于说话了。"傅望舒长舒了一口气，"你怎么了？那张照片里的血是你的吗？"

丁裕轻轻地笑了，笑声在空荡荡的房间里回荡着，在房间里的家具间冲撞。

"丁裕。"傅望舒的声音放柔了许多，带着无法让人抗拒的魅力，"乖，我让人送你去医院好吗？"

"傅望舒啊。"丁裕的声音也是柔柔的，像是配合着演一场对手戏，"你不知道你的房子早就被媒体包围了吗？我怎么出去呀？"

"这些都是小事。"傅望舒的声音沉下来了，耐心得如同哄着小

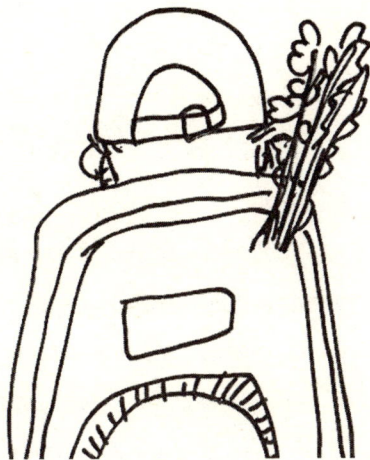

孩，"受伤了要去医院啊，别想太多。"

"傅望舒。"丁裕突然就觉得很委屈，"傅望舒你早干嘛去了，现在那么温柔不觉得很假吗？我受伤是我的事啊，与你何干？反正你都不愿意让人知道我是你老婆，也不愿见我……"

"老婆。"

"你说什么？"丁裕愣住了，不可置信地拔高了声音，"你再说一遍？"

"叫你呢，老婆。"电话那头的傅望舒声音带着撩人的笑意，丁裕不可自拔地陷入一片酥麻之中，刹那间忘了何年何月今朝今夕。

明明理智警醒着丁裕不要沦陷在傅望舒的甜蜜攻势里，但她的心早已开始一点点融化，化成暖融融的浆糊沿着她的神经流淌。那是傅望舒啊，万人景仰的傅望舒啊，闪闪发光的傅望舒啊，一眼万年的傅望舒啊，有谁能听见他在自己耳边唤着"老婆"还无动于衷呢？

"你、你、你……"丁裕平静无果，说话都不利索了，心中还有一股气憋着。

傅望舒又笑了一声，在丁裕听来只觉得耳边炸起了一朵烟花，顿时面红耳赤。

傅望舒说："我怎么会不愿意让别人知道你是我的妻子呢？我只是觉得啊，你这么单纯的小姑娘，不该被我扯进娱乐圈那些不干不净的事儿里去，才想尽量保持你原来的生活才好。"

丁裕闷闷地问："那你经纪人不是说会阻碍你的娱乐事业吗？"

"经纪人代表的是公司的利益立场，当然有他们的一套说辞。你嫁的是我，又不是我的公司，那些话你不必理会。"

"所以……傅望舒你现在是在向我解释？"丁裕觉得有些不可思议，"你难道不因为被曝出隐婚而生气吗？"

"我知道是你。"傅望舒的声音听起来并没有起伏，丁裕闻言心却悬了起来。

傅望舒接着说道："那些证据根本不可能被媒体偷拍，所以一定是当事人给的线索。"

丁裕咬紧了下唇，心中的甜蜜烟消云散，取代而之的事惴惴不安。"对不起，是我违背了约定。"丁裕努力让自己的声音听起来冷静，"但是我不后悔这么做。"

"那么，我的傅夫人。"傅望舒的声音突然变得轻快起来，如同清泉激石，"准备好以后的路和我一起走了吗？"

然后呢？

丁裕并没有准备好，但是她决定要和傅望舒一起走完剩下的路了。

丁裕问："虽然我违规在先，但要是哪天我走不下去了，离婚财产分我一半的话还算数吗？"

傅望舒抬手揉了揉丁裕的发顶，低声道："当然算数，那可是白纸黑字啊。"

于是丁裕就放宽心，开始了这场随时可以放弃的长跑。

在那之后的一天，丁裕做了一个梦，梦见自己青春里最美好的八年都用来追星，对象正好是躺在她身边的这个男人。

在一片黑暗中，只有窗外隐约的灯火和着她的目光，细细地勾勒着傅望舒迷人的轮廓。似是察觉到丁裕的注视，傅望舒缓缓睁开了眼，一把将丁裕搂进怀里，轻轻地摩挲着她的长发："怎么了？在想什么？"

"我在想啊，为什么你当年没有娶你的粉丝呢？"丁裕在傅望舒怀里翻了个身，拿发顶蹭了蹭傅望舒的下巴。

"因为我的粉丝永远不可能完全把我当丈夫来爱啊。"傅望舒紧紧地箍住了乱动弹的丁裕，"其实，我喜欢你想要独占我的样子，这才是一个妻子该做的。"

"好啊！"丁裕闻言暴起，拿起枕头就往傅望舒身上扔，"你不会当年是故意激我的吧？"

"哪敢哪敢。"傅望舒连声求饶，趁着丁裕一个重心不稳又把她扯入怀中，低声笑起来。"娶了你，总要负责啊。"傅望舒说，"我怎么可能对你不管不顾呢？"

"傅望舒。"丁裕的声音闷闷的，"我可能没有你的脑残粉那么爱你，你有点亏。她们都说你是人群中唯一的光芒，如同骄阳。"

"我本来就不是骄阳啊。"傅望舒用手梳理着丁裕方才挣扎时打结的发尾，"你知道我的名字的来历吗？《离骚》有言"前望舒使先驱兮"，其中"望舒"一词意为神话中为月驾车的神。"

"亲爱的，你的人生中不仅仅有我，所以我不愿意占据你全部的目光。只要能成为月光，照亮你的黑夜，就够了。"

郭瞿面无表情："这就Happy Ending了？他们之前那么激烈的矛盾呢？"

"矛盾？没了呀。"姜涞摊手，"毕竟傅望舒也是在娱乐圈混了那么多年的人，要是连丁裕都搞不定，岂不是很丢脸？"

"那在后台傅望舒不让她进去的那件事呢？傅望舒不是没解释么。"

"没关系啦，丁裕会自己找好理由的，类似于什么不想让她被狂热的粉丝们人身攻击啊之类的。"姜涞信誓旦旦地说，"最大的问题不就是所有权吗？傅望舒自己不也说了很高兴能属于某个人吗？"

郭瞿皱着眉想了许久，才无奈地说："好吧，果然傅公子那个段位的我无法理解。"

"明星嘛，高高在上久了，就想体验一下家庭的温暖，说不定还喜欢被老婆管着呢。"姜涞笑嘻嘻地说道。

第十四章

郭瞿离开光阴城，回过神来的时候，脚下一个不稳，差点跌进了办公室。因为他弄出的声响大，吸引了办公室不少的目光，原本有些嘈杂的办公室刹那间安静下来。

"咳……你们继续啊继续。"郭瞿单手握拳放在唇边，装模作样地咳嗽了一声以缓解尴尬。

不出他所料，办公室女老师们的关注点果然都在傅望舒承认隐婚的新闻上。要说之前他还有些丈二和尚摸不着头脑，说不定还会加入老师们的讨论中，如今他却气定神闲地坐在一旁，对同事们激动的表情视若无睹。

"喂，小郭啊。"旁边桌的蒋老师八卦兮兮地用手肘轻轻捅了捅郭瞿，"你知道傅望舒的事情不？"

联想到上次章天昊和陈煜然打架一事，郭瞿对蒋老师的八卦能力了然于胸，很配合地点了点头。

"那你怎么一点反应都没有啊？"蒋老师纳闷地看着郭瞿，"我记得你挺喜欢傅望舒的啊。"

"我喜欢傅望舒，又没想过嫁给他。"郭瞿斜睨蒋老师一眼，"他结婚关我何事？"

"不是，就是……"蒋老师有些急躁地搔搔头发，"就是吧，你不觉得，这个什么丁小姐名不见经传，挺配不上傅望舒的吗？这个为偶像不值的心情，还是可以有的吧？"

现在这个丁小姐已经是改良过的呢。郭瞿腹诽道，面上却不显，微微一笑："他们俩能幸福就行，没有什么配得上配不上之说。"

看到蒋老师郁闷地回到自己位置上，拿出备课案。郭瞿忍不住弯了眉眼：这个八卦的蒋老师是不好意思加入女老师们的讨论，所以急哄哄地来寻找同性革命战友吧？可惜自己早已看穿了一切。

郭瞿又瞟了一眼蒋老师：对不起啊，蒋老师。无敌是多么寂寞啊。

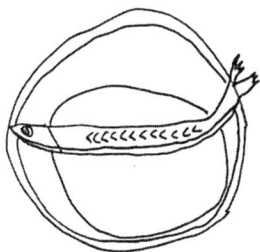

由于今天是周五，明天没有课，所以郭瞿决定在晚上去城郊的夜市放松一下。

要说这夜市呢，也不是常年都有，就是临近节假日的时候会在城郊临时搭办一段时间。所以即使位置偏远，还是会吸引很多人加入这暂时的热闹中。

郭瞿试着给自己几个好哥们打了电话，表示出想约去夜市玩的想法，没想到几个人要么是工作繁忙，要么是有异性没人性地要陪女友，气得他这个孤家寡人冷着脸挂了电话。夜市再过几天就没了，没办法，郭瞿只好一个人去感受一下了。

"突然有点想姜涞这小丫头了。"郭瞿咂咂嘴，"要是有她陪着应该挺好玩的。"

就这么想着，郭瞿甚至冒出了能不能带点小吃给姜涞的念头。可惜在他面对灯火通明，长陌飘香的夜市一条街时，这个想法已经被他抛之脑后了。

当郭瞿心满意足地拿着羊肉串走向街尾时，路边的灯光不复明亮，慵懒阑珊，柔和的光晕幽幽融入夜色，只有寥若晨星的小贩一言不发地守着冷清的摊子，原本食物杂香的空气中也混入了夜晚凛冽的气息。

"夜市到这里就到头了啊。"郭瞿呐呐自语道，本想掉头就走，没想到看到了一个坐在街边的少年。

郭瞿本来以为他是哪家小贩的孩子，但是仔细打量他的衣着却不像。别是和父母走散了啊。郭瞿暗忖着，身为人民教师的责任感促使他上前询问。

少年独自一人坐在街边，一身黑色运动服让他看上去比夜空还深邃，风携着揉在空中的灯光绕过他，绕过一颗不安的心。

郭瞿小心翼翼上前，拍了拍少年的肩头，开口道："呃，同学，你是和家人走散了吗？"

少年盯着街对面发愣的眼神，过了许久才吃力地聚焦到郭瞿身上，默默地摇了摇头。

"你……"郭瞿不知道该说些什么，但是直觉自己不应该在此时离开，坐在了少年身边不远处。郭瞿想了想，把手上热腾腾的羊肉串递给他，问道："要不要来一串？"

少年盯着散发着诱人香味的羊肉串，过了一会儿还是摇了摇头。

郭瞿自讨没趣，坐在一旁掏出手机就开始刷。他注意到，QQ空间和微信朋友圈都有一条传疯了的寻人启事，说是有一个叫周冬梓的男生在同学聚会之后失踪了，电话也打不通，家人很着急，底下附上了周冬梓母亲的电话。按照寻人启事中的描述，周冬梓失踪的时间并不长，所以警察局不予立案，只能靠人脉帮忙寻找。

郭瞿本来只是顺手转了一下，但是对照着里面的外观描述，郭瞿的眼神就黏在了身旁的少年身上。

"你是不是叫周冬梓？"郭瞿其实心中已经有了肯定的答案。

少年闷闷地"嗯"了一声，随即又陷入了沉默。

"你妈妈在找你。"郭瞿挥了挥手中的手机，"你快回去吧。是不是遇到了什么困难？我可以帮你的。"

"我知道。"少年终于说了第一句完整的话，不知是不是长久没开口的原因，声音有些变调，"我不想回去。"

"是故意离家出走？"郭瞿立马摆出一副严厉的样子来，"你这样不行啊，你知道家人会多担心吗？要是有问题好好沟通就是了，自己一个人乱跑是不对的。"

"就是因为会担心，所以不想回去。"周冬梓处在变声期，声音有些沉闷。

郭瞿被这句毫无逻辑的话搞糊涂了，说道："这什么跟什么啊？家人会担心你，不就应该立马回去让他们不担心吗？"

周冬梓斜睨了郭瞿一眼，眼神淡淡，宛如一潭死水。他看到郭瞿噤了声，才继续开口道："这是我的事，你别管我，你走吧。"

郭瞿闻言蹙紧了眉头，拿着手机往他面前晃了晃："我今天不管你是不可能的了，我就直接打电话给你妈，你看你要不要回去。"

"别打。"周冬梓面无表情的脸终于有了一丝松动，尔后声音竟然软了下来，带着哀求的意味，"别打，真的，你别打电话给我妈。"

郭瞿只觉得这个孩子不可理喻，不管怎样都是先和他母亲联系上好了。这么想着，郭瞿的手指按上拨号键盘……白光一闪，他竟然又进入了光阴城。

这次的场景是学校食堂，姜涞规规矩矩地坐在餐桌前撑着脑袋。要不是她一头银发一袭白裙太过突兀，郭瞿都要以为自己见到了高中时期的女同学。

看到郭瞿来了，姜涞立马从凳子上蹦了起来，直接如流星一般飘到了郭瞿的面前，一把夺走了他手中的羊肉串。

"谢谢啊。"姜涞笑得眉眼弯弯，"我知道你是特意带给我的，你的心意我当然要领。"

郭瞿突然想起来之前自己似乎有过给她带小吃的念头，虽然知道姜涞并不能在现实世界读出他的心思，他不免得还是有些心虚。

姜涞毫不客气地咬下一个肉块，嚼得腮帮子鼓鼓，吃完后还伸出舌头舔了舔唇上的油光，笑眯眯地说道："真好吃呀。那个站在郭瞿旁边的同学，你真的不来一串吗？"

郭瞿这才注意到，周冬梓竟然跟着他一起来到了光阴城！

周冬梓没有扭捏地上前一步，要了一串羊肉串也开始吃，吃得比姜涞还快，看来真的是饿了。郭瞿郁闷地思忖着，为什么他之前给周冬梓吃他就不吃呢？不会是担心他下了毒吧？虽然作为一名人民教师，郭瞿应该为现代青少年强烈的自我防范意识感到欣慰，但是被怀疑对象是自己这一点还是需要花时间去接受的，毕竟郭瞿自诩长得一脸正气，人民教师的光环挡也挡不住。

"这是哪？"解决完肚子的问题，周冬梓终于开始关注周边环境，"是学校吗？"

"是光阴城。"姜涞边吃羊肉串边回答，"算是另外一个世界吧，可以许愿，然后用时间来为你的愿望买单。"

这种不着调的语气真心让人无法相信，但是目睹过刚刚姜涞双脚离地直接"飞"过来的场景，其实周冬梓内心已经做了些准备，很轻易地就接受了"光阴城"的设定。

"那我为什么会在这里？"

"因为你需要光阴城。"姜涞勾唇一笑，原本邪魅的表情被她唇上没擦干净的油光破坏殆尽，但姜涞丝毫不在意，"光阴城感知到你迫切地希望实现一个愿望，所以召唤你进来了。"

"真的可以实现愿望吗？"周冬梓期待地看着姜涞，"什么愿望都可以？"

"可以哦。"

"那我能不能求你，让妈妈别那么爱我？"

第十五章

"真是个有趣的愿望。"姜涞笑嘻嘻的表情和身旁眉头紧锁的郭瞿形成鲜明对比，"那你要付出代价哦，你觉得未来你的孩子六岁前和你相处的时间怎么样？"

郭瞿不等周冬梓回答，就狠狠地瞪了姜涞一眼："别唆使人家小孩子破坏家庭和谐。"

"我才不是小孩子。"周冬梓冷着脸对郭瞿说，"倒是你，你是谁？为什么在这多管闲事？"

"我是谁？"郭瞿冷哼一声，一反之前谆谆教导的样子，语气也不客气起来，"我是谁和你有关系吗？像你这种冷血的人，怎么会对母亲的爱弃而不顾？"

"你不懂，你什么都不懂。"周冬梓垂首不住地摇头，突然抬头对姜涞喊道，"求求你，帮帮我，帮我好吗？"

姜涞面对激动的周冬梓面不改色，反而转头看向郭瞿："你不想让我帮他？"

郭瞿果断地摇摇头："你这根本不叫帮他。"

姜涞撇了撇嘴，转向周冬梓，说道："你看咯，他不让我帮你。你要不要解释给他听，你为什么许下这个愿望？"

周冬梓不情不愿地就近找了个位子坐下，点点头算是默认了。

"我妈妈很爱我，这一点毋庸置疑。所有人都认为这是一件很幸福的事情，可是我只觉得喘不过气。小学的时候她接我放学，只要我晚了十分钟出来她就会急躁地跑到我教室去找我，如果我恰好不在教室，她马上就会去找老师询问我的行踪。因为这一点，我被同学笑了很久，他们说我长得跟个娇弱的小姑娘似的，所以我妈妈才会天天担心我在学校遭遇不测。我试着劝过妈妈，可是她竟然抱着我哭起来，我只能作罢。"

"上了中学，放学时间晚，她没空接我，就只好让我自己回家。在回家的路上我必须每隔十分钟给她发一条短信，不然她就会不停地往我手机上打电话，直到我接通为止。因为这样，我都不敢把手机放进包里，怕看不到时间，拿出来也不方便。有一次就是因为我把手机放在口袋里，在公交车上被人偷了。我惴惴不安地回到家，拿家里的座机给妈妈打了个电话，没想到她一开口就是哭腔，质问我为什么不发短信也不接电话。"

"这次也是，我本来是去同学聚会，玩真心话大冒险输了不得不和同学交换电话卡一天。我结束之后立刻回家，就是怕妈妈打不通我电话又要着急。但是这个地方我不熟悉，不小心坐过了站，没有多余的钱再换乘别的交通工具了。我打算溜达着走回家，没想到就是这一会儿工夫，她竟然发寻人启事？这下全世界都知道有一个叫周冬梓的人了，这个周冬梓还傻分分地走丢了。"

"如果是你，这样的母爱你想要吗？"

这样的母爱他想要吗？郭瞿陷入了沉思，虽然他知道这样说很无情，但是他内心也是不想的。如果可以选择，谁不愿意要一个能给自己留足够的自由空间，又理解自己、信任自己的母亲呢？

"所以你干脆不回去了？"姜涞问道。

"对。"周冬梓自嘲一笑，"我现在很害怕面对我妈，我不知道该如何应付她的眼泪，也不知道被紧紧抱在怀里的时候手应该往哪摆。"

"这样说，你们能懂吗？"周冬梓望着姜涞，眼底一片渴望认同的希冀。

姜涞抱臂一笑："我懂。周冬梓，我知道的其实比你多。"

一直陷入沉默的郭瞿这时突然开口问道："周冬梓同学，你妈妈为什么会这样呢？寻常的母亲也不是这样的啊。"

周冬梓愣了一下，抿紧了唇，似乎很不愿意回答。

"放轻松啦。"姜涞拍了拍周冬梓紧绷的肩头，"在我这也没外人，想说就说，不想说就别说呗。"

周冬梓深吸一口气，说道："这也没什么不好说的。我爸妈离婚离得早，我六岁之前一直都是爸爸这边在带，六岁的时候才被妈妈抢了回来。"

"抢？"

"对啊，是抢。"周冬梓苦笑道，"据说离婚时，我的抚养权判给了妈妈，但是不知为何是爸爸把我养到了六岁，然后妈妈找到了我，在爸爸这边亲戚的反对下，强行抱走了我。"

郭瞿有些不忍地问道："这些你都记得？"

周冬梓仰头看着光阴城上空，视线被氤氲开来，长叹道："怎么会不记得呢，毕竟我都六岁了啊。"

六岁的周冬梓记忆中有什么？

不是甜甜的糖果，多彩的涂鸦，也不是背着小书包走进校园，懵懂地念着拼音，而是，眼泪、尖叫与再见。

那时的他并不知道，"再见"的意思不仅是下次再见，还是再也不见。

那时的他并不知道，还有一个更准确的词，叫"离别"。

他清楚地记得那一天，姑姑牵着他的手，带他散步，路过一个小公园。他指着那里说要进去玩，却被姑姑拒绝了。

"为什么呀？我为什么不能进去？"周冬梓有些生气。

"因为那里不是公园啊，是小学。"姑姑摸摸周冬梓的头，"你不是他们学校的学生，所以你不能进去。"

"我为什么不是学生呢？"

"你还小呢，不适合去学校。"姑姑的眼神有些闪烁，急切地拉着他要离开这里，"走吧，姑姑给你买零食去。"

后来周冬梓才知道，姑姑在说谎，他明明已经满了六周岁，是时候进入校园了。

在此之前，周冬梓也没有去过幼儿园。但是他知道幼儿园的存在

——有很多和他一样大的小朋友，还有漂亮又温柔的老师，有摆放整齐的桌椅和各式各样的玩具。

他其实挺喜欢幼儿园的，但是爸爸说幼儿园很危险，会有坏人把他抓走，所以他还是别去了吧。

周冬梓买到了零食，心满意足地跟着姑姑回家了。走到巷口，他的面前突然冲出来一个有些面熟的女人，那个女人往姑姑身上甩了一叠纸，然后一把抱起他就往外走，在他耳边低语："阿梓，跟我走，我是你妈妈。"

姑姑在一旁气得直跳脚，指着那个女人就开始叫："抢孩子了！光天化日下抢孩子啊！没天理啊！"

听到声音的爷爷奶奶从门里冲出来，奶奶看到女人抱着周冬梓，都急红了眼，脚步一个趔趄差点摔倒。爷爷本想抄起门前的扁担，但扶了奶奶一下的功夫，就耽搁了。

"冬子啊！"周冬梓听到奶奶在叫他，凄厉得如同一把剑，划破了阴沉沉的天空。

周冬梓趴在自称为自己母亲的女人肩头，目睹着爷爷奶奶和自己的距离越来越远。这是一个温暖的怀抱，他不想挣脱，但是他也舍不得爷爷奶奶，还有姑姑。

周冬梓被女人抱进一辆车里，女人二话不说就发动了车辆，一刹那他熟悉的一切都消失在了他的视野中。

他终于忍不住哇哇大哭起来，因为他忘记和姑姑还有爷爷奶奶说再见了，再见是约定下次还要见面的意思，这是不是就意味着他们再也见不到了？

第十六章

郭瞿久久地看着周冬梓，在他眼里，周冬梓瘦弱的肩头上突然变得沉重起来。

周冬梓很瘦，宽大的运动服裹着他，显得空荡荡的。他乌黑的发丝显得很软，一丝轻佻的微风都能将他额前过眉的刘海轻巧地撩起，露出他长睫毛下楚楚的双眸，眼底宛若卧着一汪清泉。他的眼角缀着一颗小小的泪痣，孤零零地缀在他有些苍白的脸颊上。

姜涞仿佛没看到周冬梓周身忧郁的气息，仍旧大大咧咧地拍了拍他的肩膀："你看，他不反对你了啊，我当然同意。但是看你年纪小，不会做生意，咱也不欺负你，要不给你个免费试用期吧？先让你感受一下你妈妈的变化，如果满意，我们就继续交易，你说怎样？"

"真的？"周冬梓的眼角眉梢都诉说着雀跃。

"真的，诓你干嘛？"姜涞从虚空中随手一摸，摸出来一个冰激凌，放在嘴边就开始舔，说话也含糊不清起来，"唔你怪（快）走吧，万一，唔（我）反悔了呢？"

郭瞿发现姜涞一说完话，自己和周冬梓就被送出了光阴城，仍旧保持着坐在街边的姿势。

周冬梓没缓过神，呆愣地看着郭瞿，喃喃道："刚刚的光阴城不是幻觉吧？"

郭瞿莞尔一笑："不是，现在你可以放心回家了吧？"

周冬梓有些不好意思地低下了头，都快埋到宽大的领子里去了。过了一会儿，郭瞿才看到周冬梓微微点了点头。

郭瞿拨通了周冬梓母亲的电话，不一会儿，就有一位气场凌厉的女性开车来把周冬梓接走了。

郭瞿目送着他们离开后，一人站在灯火阑珊处仰望着灰蒙蒙的夜空——突然，也有点想自家老妈了呢。

"妈妈。"周冬梓坐在副驾驶座上，双手不安地握着安全带，"对不起，我错了，不该跑那么远不跟你联系的。"

周妈妈愣了一下，腾出一只手握住了周冬梓的手："阿梓，没关系，孩子爱玩我理解，下次叫你同学跟我说一声也行啊。不过我也不知道为什么会脑子一抽就发了寻人启事在网上，你不会怪妈妈吧？"

这回换到周冬梓愣住了，这完全不是自己妈妈的风格啊！这个时候妈妈难道不会一言不发地继续开车，直到有地方可以停车，妈妈才会停下来一把抱住自己哭诉"自己是不是不爱她想摆脱她了"吗？周冬梓突然记起和光阴城的交易，没想到这么快就起效果了，周冬梓对那位看着不正经的城主姐姐在心里点了个赞。

"不怪妈妈。"周冬梓连忙乖巧地答道，"这次是我的错，要怪也是妈妈怪我才对。"

"傻孩子，这有什么好怪的，你都这么大了，天天赖在妈妈身边也不正常啊，以后多和同学一起出去玩玩。"周妈妈拍了拍周冬梓的手，继续开车。快开到家了，她才猛地一拍脑袋："对了，阿梓啊，今天你晚饭吃了吗？"

"还没吃。"周冬梓摸了摸瘪平的肚子，那几串羊肉串根本不够塞牙缝的！虽然他平时吃得不多，可是今天身心俱疲，感觉身体被掏空。

"你还没吃啊？"周妈妈露出一个有些尴尬的笑容，"我忘记准备你

的晚饭了，待会儿我跟朋友还要出去玩，要不你在附近餐馆凑合一下？"

周冬梓面上不显，心里却翻江倒海：妈妈平时根本不让他吃外面的馆子店啊，说是不卫生，平常有什么揭露地沟油、死猪肉的黑暗餐馆内幕全要逼着他看完，导致本身就有洁癖的他对不太卫生的小餐馆也是避之不及。说什么忘了做饭以前也是不可能的吧？妈妈那么注重他的饮食，每天回来第一件事就是为他准备晚饭，菜式丰富不说，就连营养搭配都要均衡。

"妈妈不是说旁边的小餐馆不卫生吗？"周冬梓小心翼翼地试探道。

"啊？我说的吗？"周妈妈摇摇头，"算了，可能是新闻把我们这些小市民搞得太紧张。没事没事，不干不净，吃了没病嘛。"

"啊？"周冬梓傻眼了。

说话间，车已经开到了小区附近的小餐馆，周妈妈抓过自己的钱包，取出一百元递给周冬梓："来，吃晚饭的钱。这家的菜听说挺不错的，你要吃饱啊。"说完，还把家里钥匙递给了周冬梓，随口叮嘱了一句自己可能会晚点回来，就温柔地把他推下车了。

周冬梓看着妈妈扬长而去，哭笑不得，只觉得自己刚刚摸过钱的手满是细菌，恨不得找块肥皂搓它个十遍。

这餐饭对周冬梓来说吃得十分折磨，且不论那个没有肥皂的洗手盆和满是油污的旧桌子，他缺少生活经验，点菜的时候没问清楚，来了碗放眼全是辣椒的面；他不能吃辣，又不想再点一份，延长他这个洁癖患者在此受折磨的时间，只好对看着没那么"红"的汤下手了。没想到他一口汤喝下去，热辣的口感呛得他差点把肺咳出来。他涨红了脸，火速买完单就往外跑。

真丢脸……周冬梓默默捂住了脸，突然想起这双手刚刚还从一双拿着抹布的手里接过了一把脏兮兮的零钱，想死的心都有了。

回到家把自己收拾干净，周冬梓才放松下来。此时的夜色更加深邃了，他瘫在沙发上看着无聊的肥皂剧，肚子又开始咕咕叫。周冬梓已经放弃在家里找食物了，家里的零食已经被一篇"搞得小市民很紧张"的新闻消灭无踪。

家里电话突然响了，是个陌生号码。周冬梓想了想，还是接起来了，礼貌地问道："您好？请问您找谁？"

"是我。"郭瞿在电话那头的声音温润亲切，"今天送你回家的人民教师。"

"您好……等等，你怎么知道我们家电话？"周冬梓莫名地警觉起来。

"天下教师是一家，没听说过吗？"

"你是说你认识我的班主任？"周冬梓紧张地问道，"我的班主任李老师？"

"咳咳，是这样的。"郭瞿不得不撒了个小谎，毕竟暴露幕后黑手，不，是同战壕的伙伴是不道德的。想到他的伙伴，郭瞿又义正辞严起来："小伙子，别想跟我攀亲道故啊，我可是正直的人民教师。"

"切。"周冬梓冷哼一声，对郭瞿的客套早已消失殆尽。

郭瞿也冷哼一声，回复道："我就单纯来问问你对现在的生活，特别是对你妈妈，满意不？"

周冬梓立马答道："特别满意，真的，从来没有这样放任自由过。"

郭瞿继续冷哼道："听说你现在还饿着肚子啊，真的很满意吗？"

"呃……"周冬梓突然意识到，"你怎么知道我饿着肚子？"

"嘿嘿，光阴城城主时刻关注着她的潜在客户呢。"

周冬梓觉得周身一阵恶寒，仿佛背后有一双眼睛在盯着他："喂喂，你和城主大人什么关系啊？"

"同一战壕的伙伴关系，不要太嫉妒我。"

"谁会嫉妒……"周冬梓还想嘴硬两句，没想到对方竟然立马挂线了。

"什么啊！"周冬梓气恼地放下电话听筒，"还正直的人民教师呢，还会挂娇弱的祖国花朵的电话。"

其实郭瞿也是身不由己啊，此时他坐在高高的升旗杆上，脚下就是瓷砖铺就的升旗台。他面前漂浮着一个笑语盈盈的姑娘，歪着头看向他："谁告诉你我们是伙伴关系的？明明是从属关系！你从我属！"

说完还觉得不够，姜涞又恶狠狠地补充了一句："别想跟我攀亲道故啊，我可是正直的光阴城城主。"

第十七章

周冬梓没能等到妈妈回来就先去睡了。尽管明天充满了未知，但是周冬梓觉得一切都在向他预期中的美好方向发展。经过晚饭的经历，他深刻意识到了自己自理能力和生活经验的严重缺乏，"离开妈妈无微不至的关怀就不能生活了"这个设定听起来就让人反感。

他陷入睡梦中时，嘴角都挂着微笑，这一幕被轻轻推门进来的周妈妈尽收眼底。

"晚安，阿梓。"周妈妈轻柔地拨开周冬梓额上的碎发，吻上他光洁的额头。

也不知姜涞用了什么手段，郭瞿第二天再打开朋友圈时，昨天那条寻人启事已经不见踪影，也不见有人再提及。

周冬梓应该会很开心的吧？郭瞿笑着关上了手机，走进办公室。

虽然姜涞表现出很不重视周冬梓的态度，可是郭瞿就是觉得姜涞对周冬梓特别上心，比对之前他了解到的交易关切得多。真是个口是心非的小姑娘啊，郭瞿暗忖着，脸上浮现出揶揄的笑意。

所以，当郭瞿再次来到光阴城时，就自然而然地问了这个问题。

"原来你也发现了啊。"出乎郭瞿意料的，姜涞不遮不掩，大方地承认了，"不过周冬梓没看出来就好。"

郭瞿神情莫辨地看着姜涞："你……不会是喜欢周冬梓吧？"

姜涞毫不客气地丢给郭瞿一个白眼，没好气地道："抱歉，我这个爷爷辈的老女人对吃嫩草没兴趣。"

"说什么老女人。"郭瞿被逗笑了，顺手揉了揉姜涞的发顶，"明明看上去是跟我学生一样大的小姑娘。"

"别动手动脚！"姜涞一把拍掉郭瞿放在她头顶上的手，气鼓鼓地踹了他的小腿一脚。

郭瞿没有闪躲，实打实地挨了姜涞一脚，看着姜涞面色稍霁才继续说道："那就是另有隐情喽，说说看嘛。"

姜涞昂着头，一袭银发将脖颈优美的线条勾勒无余，像极了骄傲的白天鹅。姜涞冷哼一声，说："另有隐情没错，但是我为什么要告诉你？"

郭瞿心中暗叹一声，看来又要给炸毛的小猫顺毛了。

"城主大人英明神武，城主大人兰心蕙质，城主大人国色天香。"郭瞿诚恳地俯视着努力将自己拔高的小姑娘。

姜涞撇了撇嘴，双手抱臂搓了搓不存在的鸡皮疙瘩："真没有诚意，这次我偏不告诉你。"

郭瞿哭笑不得，那上翘的嘴角要不要这么明显啊！还真是口是心非的小姑娘。

虽说郭瞿并不是那种好奇心爆棚的人，但是姜涞对周冬梓的态度确实引起了他的求知欲望。这次姜涞摆明了是不打算为他解惑了，看来他还得自己寻找答案。

就在他毫无头绪的时候，老天雪中送炭，让他在回家的地铁上偶遇了周冬梓。

"嗨，人民教师。"周冬梓看起来心情很好，竟然主动和他打招呼。

郭瞿哑然失笑："你今天心情不错？"

"那是当然。今天妈妈终于不来接我了，我自己坐地铁回家。"周冬梓眨了眨眼，如同微风拂过湖畔的柳枝，清亮的眼漾着空山新雨后的清澈。郭瞿突然就偏向于相信姜涞喜欢周冬梓了，少年绝色，一笑蛊心。

"有没有人说过你笑起来很好看？"郭瞿鬼使神差地就问出来了。

"当然。"周冬梓唇畔的笑意又加深了几分，朱唇皓齿，顾盼生辉，"我一直都知道，这是天赋。"

郭瞿不得不承认这是事实，那天晚上夜色遮掩，再加上周冬梓灰头土脸满脸阴郁，生生忽略了他长了一张足以被称作祸水的脸。偏偏他又那样瘦弱，总能激起女人骨子里的关怀，难怪他妈妈那样宝贝他。

"要我是你妈我也得时刻盯着你。"郭瞿有感而发，"你要是被拐卖了，估计能卖个好价钱。"

"这是什么话？"周冬梓冷嗤一声，"要表扬我好看就直说。再说了，我妈之前还真是超出了时刻盯着我的范畴了呢，有好多事情我还没跟你们说。"

郭瞿的直觉告诉他，被姜涞隐藏的真相可以从周冬梓身上挖掘出来。虽说别人的家事和他关系不大，但是他好像最近和蒋老师走得太近，好奇心成倍数激增，若是周冬梓愿意讲，他当然是洗耳恭听的。

"那你现在要说吗？"

"反正已经过去了，说就说吧。"不知道周冬梓是不是被郭瞿捧得心花怒放，很容易就松了口，"在我看来也就是一件小事，喏，和哥们打架，这种事情不是很寻常么？也就是初一的时候吧，打架的时候我踹了人家一脚，结果自己没站稳从台阶上跌下去了，眼睛附近留了个伤口。这件事惊动了班主任李老师，然后就请来了双方家长。我哥们没挂彩，我也就是这一个小伤口，在我们打完架看到老师的那一刻其实我们已经和好了，没什么大不了的事情嘛。但是我妈妈一看到我就抱着我哭，斥责我哥们的爸妈怎么教孩子的，要是我从此失明了怎么办，然后硬是逼着他们带着我哥们和我一起去医院检查。"

"你没有解释是你自己跌下去的吗？"

"有，我当然解释了，自己的错怎么能让别人背黑锅呢？可是我妈没听进去啊，我只好跟我哥们的爸妈说了，让他们别怪我哥们。到了医院，医生说还是要缝针，我妈当时脸都白了，颤抖着手拍着我的肩膀安慰我说'不怕'。我当时真的特别尴尬，因为我真觉得没什么好怕的，而且我哥们还在旁边呢，多丢脸啊。缝针的时候我一声没吭，可是我听到我哥们他哭了，明显是被我妈吓到了啊。从此以后呢，我就没敢邀请他来我们家玩

过。"

说完之后，周冬梓长舒了一口气，掩面道："现在回想起来，还是觉得受不了啊。"

郭瞿认真地拍了拍周冬梓的肩膀："上帝为你开了一扇门，总要给你关上一扇窗。你长那么好看，你妈肯定是担心你破相了之后卖不了一个好价钱。"

周冬梓扯了扯嘴角："呵呵，这个笑话真好笑。"

郭瞿整理了一遍刚刚听到的信息，发现并没有什么特殊的线索，于是发问道："你妈妈除了表现得激动了点，没说什么特别的话吗？"

周冬梓陷入了沉思，突然神情有些古怪地说道："她好像说了一句'你怎么可以这么不小心，要是妈妈再次失去你会受不了的'这样的话，是不是很奇怪？"

"再次么……"郭瞿想了想，"那之前那次是指你爸妈离婚之后你跟了爸爸？不对啊，你好像说过法院把抚养权判给了你妈妈？"

"是啊，抚养权一直是她的。"周冬梓语气淡淡，仿佛在说着与自己无关的事情，"但是谁知道她早些年为什么不要我呢，都是爸爸把我养到六岁的。"

郭瞿沉默了一会儿，许久才低沉地说道："周冬梓，你从来没有怀疑过这一切吗？"

第十八章

周冬梓回到家之后，于意料之中，妈妈还没有回来。

他放下书包，给妈妈打了个电话。

"喂，妈妈。"

"是阿梓啊。"那头环境很吵，妈妈温柔的声线奇异地融进一片格格不入的嘈杂，"宝贝，妈妈刚刚忘记和你说了，今天妈妈也不会来吃饭，你是自己去外面吃呢，还是等妈妈给你打包？"

周冬梓回忆了一下今天的作业量，说道："还是等你打包吧，出去吃有点浪费时间。"

"好的。"话一说完，那头就率先挂了线。

周冬梓长舒一口气：虽然有点不习惯，但是这样干净利落的通话内容真是省去了很多不必要的麻烦。他本来还担心妈妈会像平常一样问东问西呢，看来光阴城的城主大人真是神通广大啊。

周冬梓恹恹地把自己埋在沙发靠垫里，盯着客厅正上方的水晶吊灯。欲颓的阳光从落地窗斜射进来，在一个个玻璃球间跌跌撞撞。眼前的光影交织的景象就和郭瞿留给他的话一样捉摸不透。

——为什么要怀疑自己的人生呢？

当时，郭瞿看着他的双眼问他："你真的相信你妈妈抛弃了你六年吗？你明明知道她那么爱你，爱到你必须削弱这份爱的程度。"

"我的记忆说不了谎。"——他是这么回答的。

"现在你妈妈相信她没那么爱你了，难道不是她的记忆在说谎吗？"郭瞿反问道。

周冬梓突然无言以对。

当人在无限靠近一个足以颠覆自己人生的真相时，往往都会选择逃避。这不是胆怯，这是本能。

这是本能。提前下车的周冬梓这样安慰自己。他无法再站在那列地铁上，站在郭瞿的身边。他要远离郭瞿，因为郭瞿随时可能说出自己无法接受的答案，如同一颗随时会引爆的炸弹，将他的人生炸得天翻地覆。

他所有清晰的记忆，是从六岁那个午后开始的。他印象中第一次被妈妈抱着，如同新生的婴儿永远离开了妈妈的肚子，在短暂的分离之后又回到了妈妈的怀抱一般；在这个"短暂"的分离之中，他只记得日复一日、年复一年重复而枯燥的生活，岁月就像门边积了灰尘的织布机，用令人昏昏欲睡的语调咿呀着流光。

前六年他见过妈妈吗？他不记得了。明明是那样一个爱着自己的女人，灼热的爱足够刺眼，他怎么可能没有注意到？

周冬梓的直觉告诉他，不要去探究这个问题。

他的直觉还告诉他，姜涞一定知道答案。

"你是不是和周冬梓说了什么？"姜涞架着脚，昂着下巴打量着面前的郭瞿。

"你又不是看不到。"郭瞿以他的身高优势俯视着姜涞，在姜涞身上投下一片阴影，"问我是想确认什么吗？"

"难道不是你想确认什么？"姜涞毫不示弱地反问道，用脚尖顶了顶郭瞿的小腿，"还有，你给我站远点行么？"

郭瞿不在意地往后退了几步，开口道："好，那我问你，你觉得是

什么原因会让一个如此深爱着自己儿子的女人抛弃自己儿子六年？"

"工作？爱情？或是有什么不得已的苦衷，类似于绝症什么的。"姜涞的表情显示她明显没有郭瞿那么严肃，"电视剧里一般不都是这样演的吗？"

郭瞿挑了挑眉，说："那你认为周冬梓妈妈的情况是哪种呢？"

"我哪知道？"姜涞满脸不耐烦，"你怎么这么无聊，老去打探人家的私事？"

郭瞿刚想开口，就被姜涞打断了："喂，要是没什么事我就把你踢出去了啊，本来还想着这是你第一次主动想进来，看看能不能帮你什么的，没想到你是个这么八卦的人。"

话音刚落，郭瞿的身影就在光阴城里消失不见了。

"出来吧。"姜涞对着门后唤道。

一个女人从门后的阴影处走了出来，眼角的细纹为她添上了时光的从容。

"抱歉啊，周妈妈。"姜涞对女人报以微笑，"我也不清楚怎么回事，郭瞿这次完全没有通过我就出现在了光阴城。"

"郭瞿，是刚刚那个小伙子吗？"周妈妈不在意地笑笑，"他就是那次打电话通知我去接阿梓的人，你们竟然认识。"

"对啊，早就认识了。"姜涞大方地点了点头，"他认识周冬梓，所以关于你的事情我不能让他知道。刚刚让你躲起来也是无奈之举，请谅解。"

"不必这么客气。"周妈妈摆摆手，"你帮了我两次，我怎么会怪你。"

姜涞笑着摇摇头："在光阴城里没有人情。我说过，那是交易。"

"上次且不说，那这次呢？我可没有付账呢，是你主动告诉我阿梓对我的看法，还暗示我进行改变的啊。"周妈妈笑眯眯的，眼角的皱纹加深了些许，"丫头你还是个心软的人。"

"或许吧。"姜涞耸了耸肩，不置可否，"上次的情况本来让你忘了和光阴城的交易最好，谁知道系统随机竟然没有抹去你的这部分记忆。我也是为了保证不让你在事情变得更糟之后，把光阴城的存在广而告之，才主动找上你的。"

"上次交易之后，我可一句话都没透露。"周妈妈说，"虽然我说了也不会有多少人相信，但是我还是很在意阿梓因此误会我抛弃了他六年。"

"这是你自己选择的。"姜涞一针见血地点明事实，"当年可是你愿意以陪伴周冬梓的前五年光阴来换取你的愿望达成。"

"是啊。"周妈妈感叹道，"要不是这样，哪有他和我的现在与未来呢？"

周冬梓前六年的记忆里，只有最后一年是没有被修改过的，这也是周妈妈不敢回忆的、与儿子被迫分离的一年。周爸爸与周妈妈结婚以后不久，周爸爸因为工作调动到外地，很少回家，与周妈妈的隔阂越来越大，这种情况在周冬梓出生后都没有得到改善。不仅没有了恋爱时的温存，周爸爸一言不合就对周妈妈拳打脚踢，甚至周冬梓在旁边时都不会避讳。周妈妈为了家庭的完整，一直忍气吞声，没有提出离婚。

然而，家暴，变本加厉的家暴，是压倒这段婚姻的巨石。

在周冬梓五岁那年，周妈妈终于受不了周爸爸的暴行，起诉离婚。法院批准了周妈妈的离婚诉求，并将周冬梓的抚养权判给了周妈妈。在抚养权这个问题上，周爸爸并没有多加纠缠，反而像是甩下了一个大包袱一般转身就走。

身后是周冬梓不绝于耳的啜泣声，稚嫩的童音反反复复地哭喊着"爸爸怎么就走了，我还没有跟爸爸说再见"。

不久之后的春节，周爸爸邀请周妈妈带着周冬梓回老家一起过年。

想起周冬梓因爸爸的离开而留下的泪水，周妈妈决定带着孩子回去见爸爸和爷爷奶奶。

春节之后，周妈妈再没能把孩子带回来。

第十九章

无论何时何地，孤身一人的女子都抢不过一大家子人。

这次，他们要抢的，是孩子。

当周妈妈在饭桌上遭受了不公平待遇，强忍了一天提出要带孩子离开时，被丈夫一家人拳打脚踢赶出了家门。

而周冬梓，一个人安静地待在上锁的房间里，不知道是否听见了外面的动静。

从那以后，周妈妈一次又一次地来到这偏僻的乡镇，只为见到儿子一面，每一次都无果而终。她哭过喊过，坐在门前没日没夜地等过，带着判决书来理论过，找人帮忙过，但是丈夫一家用舆论将她塑造成一个不知好歹、水性杨花的女人，纵使她千般占理，街坊们也对她的哭求视而不见，有时还会落井下石。

"为什么不让我见我的儿子？"这是一个母亲的哭诉。

"因为你没有资格。"这是一个奶奶的强词夺理。

周妈妈想到了法律手段，她灰暗的天空终于燃起了希望的曙光。她想象着能用法律的重剑给予丈夫一家一个狠命对穿，她又能牵起儿子白白嫩嫩的小手，听着甜糯的嗓音叫"妈妈"。

但是，当她满心憧憬地走进警署时，警察给出的答复是：这是家庭纠纷，不予出警。

周妈妈撸起袖子，指着自己手上触目惊心的淤青，不可置信地说："可是我们已经因为他家暴离婚了！我们不是家庭！"

她得到的答复仍然是不出警。

　　周妈妈不甘心，她带着判决书向法院起诉执行抚养权。她不想再给前夫留情面，这次，她申请到了强制执行。

　　她等啊等啊，秋风带走了她满地的落发，寥落的星辰细细数着它们在她眼中倒映的身影，可是她还是没有等来自己的孩子——那个漂亮得不沾烟火气息的孩子，那个与斑驳的土墙格格不入的孩子，她的阿梓。

　　她找上了执行局，质问执行局的工作不力。执行局的工作人员满脸无奈地问她："我们该如何强制执行？是踹开他们家的大门抱走孩子，还是偷偷潜入他们家偷走孩子呢？我们也有困难啊。"

　　她听见了什么碎裂的声音，伴随着汩汩鲜血汇成细细的涓流。她的眼前一片猩红，她咬牙切齿地说："我不管，强制执行，哪有不强制的道理？"

　　她每天都等在执行局，用执着的目光看向同一个方向，在她看不见的远方，有一面惨白的墙壁，对面坐着一个眉眼如画的孩子，痴痴地盯着紧闭的窗户。

　　终于有一天，法官通知她："那边协调好了，你可以去接孩子了。"

　　在那一刻，她听见了宇宙洪荒的欢歌，阴沉的天空曙光乍破，有千万缕阳光迫不及待地冲向她——真好啊，真好，她可以接回自己的孩子了。

　　她和前夫约在前夫在市内的小公寓，如愿以偿地见到了阔别一年的周冬梓。周冬梓的脸明显圆了，原本吹弹可破的脸颊缀着两团毛躁的红色，眼睛里不再有一整片生动的星空，取代而之的，是夏日百无聊赖的晴空。

　　短暂而虚伪的寒暄之后，周妈妈在前夫和前夫妈妈的注视下，牵着周冬梓走进了电梯。眼看电梯门就要关闭，他们就能和这难熬的分离告别时，一只脚顶住了电梯门。

周妈妈抬头，撞入视线的是前夫那张满是戾气的脸，五官好像都纠在了一起。她下意识地就想回身护住儿子，可是周冬梓另一只手被他奶奶拽住了。

"冬子啊！"奶奶脸上摆出柔弱的心碎表情，手上往回拽的力气却逐渐加大，"你要是跟着你妈走了，你就再也见不到爸爸和爷爷奶奶了！"

前夫虽然没有伸手拽儿子，但是却一把拽住了周妈妈的头发，厉声喝道："还不赶快放手，没看到儿子不想跟你走吗？"

周妈妈闭着眼死死拽住儿子的手，这样才不能让人看见头皮上紧绷的疼痛刺激着示弱的泪水在眼眶里打转。

微不可闻的倒抽气声逼着她睁开了眼，只见儿子瞪着那双水汪汪的大眼睛，委屈地喊着手疼。

她还是，先放手了。

披散着凌乱的头发独自一人走出了电梯。

在她以为她将永远失去她的阿梓时，她来到了光阴城。

"你还是在帮我，或者在帮阿梓。"周妈妈回忆道，"你当时承诺我可以让我带回我的孩子，提出的条件看起来很不合理，但是却抹去了阿梓记忆中最阴暗的那个部分。即使他并没有那么爱我，我也希望他健康快乐地长大。"

姜涞扶额叹息道："为什么一个两个总觉得我是那么乐于助人？我只是为了提出一个合理的价格，让这桩交易容易一些。"

"那这次是为什么要提醒我呢？"

"周冬梓同学太过好看。"姜涞咧嘴一笑，"要是他以后有一个更加漂亮的小孩，却因为失去六年父爱长歪了怎么办？周冬梓我是不指望了，他的孩子要是也这么好看我可以考虑拐走的呀。"

"当着我的面说要拐我孙子，你呀，哪有女孩子家的矜持样？"周妈妈和善地微笑着。

"就当着你的面了，你能怎么办？"姜涞嘟着嘴跳上一个台阶，"我这次可是帮了你大忙，提前告诉了你周冬梓的愿望，让你装作已经被光阴城改变了的模样。要不然等愿望生成，你压根就意识不到，更别说后悔了。"

"是是是，感谢城主大人大恩大德啊。"周妈妈展颜一笑，眼角的鱼尾纹俏皮地挤在一起，像是花瓣上被晨露沾湿的纹路。

"你以后注意点啊，别把周冬梓逼得太紧。"姜涞说，"虽然我知道你装这几天也挺难受的，可是小不忍则乱大谋，别真把你孙子的终生幸福压在我身上了啊。"

"记住，这件事情，周冬梓永远都不会知道。"

没有任何一个人有权力告诉他，你前六年的记忆，都是假的。

没有任何一个人有机会告诉他，妈妈态度的转变，不是因为神通广大的光阴城，而是一场名为"爱"的骗局。

他最终，还是被妈妈的爱层层包裹。

第二十章

"这几天过得怎样啊？"姜涞笑眯眯地接过周冬梓递过来的棒棒糖，一把撕开包装，将糖果含进嘴里，生怕有人和她抢一样。

"托城主大人的福，自在多了！"周冬梓又露出了那种犯规的笑容，"其实妈妈还是会关心我的，只是没有之前那么恐怖了。"

"哦，是吗？"姜涞漫不经心地转动着棒棒糖，"据我所知，你好像有了很多新的尝试？对于新事物的探索，总是伴随着伤害吧？"说完，眼神有意无意地从周冬梓刻意藏在身后的手上拂过。

周冬梓毫不在意地笑笑，但手还是在身后藏得死死的："不过就是试着自己煮方便面，被锅烫到了手，没什么要紧。"

姜涞状似讶然地挑眉："我还以为，你真的如你的长相这般不食人间烟火。"

周冬梓摇摇头，说："怎么，又扯到我的长相上去了？我可是从小在偏远乡镇长大的孩子，哪有那么娇弱？"

姜涞闻言愣了一下，投以一个意味深长的眼神，问道："你不过是在那待了六年，你还真把那里当自己的归属地了？"

周冬梓突然想起了自己前几日百思不得其解的问题，下意识就想绕开话题，接口道："这个话题等我的人生长达数不清的六年时，再说吧。对了，你真的看得到外界发生的事情吗？"

姜涞含着糖果，口齿不清地"啧"了一声，回答说："那是，我还看到你前几天失眠，怀疑人生了呢，你真的就这么被郭瞿动摇了？我现在告诉你他其实是个骗子还来得及吗？"

周冬梓哑然失笑，神色归于平静后隐隐浮动着一丝阴翳，像是有什么东西霎时冲破了禁锢，霸占了他的思想："我很清楚你在开玩笑。虽然这对你来说并非什么大不了的事情，可是对我们凡人来说，并不喜欢在完全不知情的情况下就被你们这种凌驾于普通世界之上的人随意篡改人生。"

"凌驾于普通世界之上啊，这个评价真有意思。"姜涞将手里的糖果晃了晃，沾着唾液的糖果在光阴城诡异的光线环境下显得晶莹剔透，"那你现在成功地贿赂了凌驾于普通世界之上的人，要是你问我，我就告诉你答案。机会只有这一次，你要问吗？"

周冬梓完全没有想到事情会发展成这样，就像自己手持着模糊不清的藏宝图，好不容易下决心放弃这波可能会带来不幸的宝藏，咬牙掉头就走，突然有人将他领到了宝藏跟前，问他要不要——他不用垂眼，就能看到脚边的万丈深渊。

他的心跳在这一刻擂起战鼓，他面对着白裙的瘦弱少女，眼里却看到了手持银戈的千军万马。他感觉自己的手盖在了潘多拉魔盒的盖子上，一股说不清道不明的力量敦促着他揭开盖子。

姜涞看着脸色苍白的周冬梓，敛去了眼底的笑意，徒留漠然。她握着糖的手一松，棒棒糖垂直下落，砸在光阴城的地上竟然发出了金属撞击的清脆声响，在一片死寂中游荡。

"周冬梓，你这种难看的表情，真是可惜了你这张脸。"姜涞的声音带着不可抗拒的冷硬，"好，我现在明确地告诉你，我篡改过你的记忆，你又将如何？你质疑人生，质疑的到底是什么呢？是你存在的意义还是你妈妈对你的爱？你真的觉得，一个答案就可以改变你的一生，从此引领你走上无法自控的命运吗？"

"我只是……在害怕，不知道自己是否曾经错过了什么。"周冬梓茫然地看着明显脸色不爽的姜涞，声音都带上了颤音。

"然后呢？你希望我帮你弥补吗？无论是意义还是爱，你觉得这是我能决定的吗？"姜涞的语气中带着恨铁不成钢的意味，"你能永远被动地去接受我为你带来的改变嘛？这样，你永远是那个离不开妈妈的周冬梓。"

"你在生气。"周冬梓终于看明白了，但是仍旧很纳闷，"你到底在气什么呢？"

姜涞略显疲惫地阖上了眼，久久没有言语。一丝微不可闻的叹息从她唇畔溢出，只听见她幽幽的声音："我只是在生气，为什么你明明拥有让人羡慕的条件，承担着那么多人的心意，却从来都不知道珍惜眼前，而是那么容易被一些你无法改变的事情动摇。"

"谁会羡慕我啊……"

"我。"姜涞睁眼，露出一个转瞬即逝的微笑，"我真是，羡慕得要命啊。"

"所以我以后都不能再见周冬梓了？"郭瞿不可置信地瞪大眼睛看着姜涞，"为什么？"

"我把他关于光阴城的记忆给抹了，他自然也不会记得你。"姜涞微笑道，"如果你单纯看人家长得好看一定要去勾搭，我也不介意。"

"是因为他还是和光阴城交易了吗？然后他正好被随即消除了相关记忆？"郭瞿微微皱眉，"不对啊，你之前不是说所谓交易，都是你和他妈妈联手骗他的吗？怎么会真的生成，抹去记忆呢？"

"我之前也没骗你啊，不过这事你还是别管了。"姜涞摇摇头，

"我就是再跟他做了个交易而已，在梦中征得了他本人的同意，不过他醒来应该是给忘了吧。"

"我第一次知道原来人在梦中说的话也算数。"郭瞿学着姜涞一本正经地微笑，"虽然你肯定不会告诉我你为什么对周冬梓特别上心，那坦白你到底换了什么愿望还是可以的吧？"

"秘密。"

——这个愿望，就是抹去他关于光阴城的记忆啊。

姜涞赶在周冬梓决定和光阴城进行交易之前进入他的梦境，拐骗他答应了新的交易，于是，他不再记得光阴城，不再记得自己提出的愿望，只知道因为某个契机，妈妈突然改变了对自己的态度。

这个新愿望，周妈妈并不知情。

姜涞知道，周妈妈是没法真正放下对周冬梓的无微不至的关心的，但是为了以后的孙子不会因父亲在前六年的缺席而受到伤害，她必须假装成令儿子满意的模样——这未免有点可怜。

姜涞决定拉她一把。

忘了光阴城之后，妈妈的改变对于周冬梓来说就不再是交易内容了，而是妈妈真心对于自己的体谅，为了他追求的自由与快乐。终有一天，周冬梓会明白妈妈的一片苦心，对她说一句迟来的"辛苦了"。

虽然鲜少告诉过他人，但是历任城主都心知肚明一件事——

光阴城，从来都控制不了感情。

第二十一章

这次找上姜涞的人，有着令郭瞿眼熟的面孔。

"你是W卫视那个找人的什么节目的主持人来着……"郭瞿眯着眼想了好一会儿，还是没能接下去。

"是W卫视的《天涯咫尺》节目。"跟前的女人眉眼弯弯，落落大方，是很容易博得人好感的模样，"我是主持人路壹。"

"哦对，路壹。"郭瞿击掌一笑，习惯性地伸出一只手，"你好，我很喜欢你们的节目。"

"谢谢支持。"一只保养得很好的芊芊玉手握上了郭瞿的手。

路壹收回了手，才目露疑惑，不紧不慢地询问道："请问这里是哪里？"虽然眼前是完全陌生的学校，但是路壹放眼只有两个人，并不像是会对自己不利的样子。

"嗨，路小姐。"看上去和两人不是同一年龄段而被忽略的姜涞懒洋洋地挥了挥手，"你还记得我吗？"

路壹礼貌地打量了姜涞一会儿，眼中惊讶乍现："你是昨天我梦里那个……"

"是我。"姜涞勾起一抹慵懒的笑意，像极了一只午后小憩初醒的猫，"我如约邀请你来到光阴城了，关于光阴城的一切我都在梦里解释过，相信你都记得。"

路壹长舒了一口气，一直因挺拔而紧绷的肩膀稍稍塌下来了些。她掩面叹道："我还以为，还以为是假的。"

"说吧，你的愿望。"姜涞站着没动。

"我和一个人失散很多年了，你可以帮我找到她吗？"

"都失散很多年了，为什么会现在才产生强烈的愿望而进入了光阴城？"郭瞿忍不住问出了自己的想法，突然意识到自己插了嘴，他面上微赧，连忙道歉。

"没事。"路壹安抚性地笑笑，"大概就是，接手这个节目以来，一直都是帮别人找人，自己想找的那个人却杳无音讯吧。总不能有一期节目来做主持人找人，岂不是乱套了？"

姜涞追问道："是什么人？"

"一个高中时期的好朋友，叫夏夜阑。我欠她一段纯净的友谊，一段长久的爱情和一次完美无瑕的人生。"

路壹的话成功勾起了姜涞的兴趣。其实姜涞有能力去翻阅路壹的过去，但是她没有这么做，还是选择了亲口问路壹。

"我……"路壹的唇开合了几次，喉头却如鲠般沉寂。最后，她有些黯然地垂下了眼："抱歉，我还是没办法说出来。如果了解背后的故事是找到她的前提的话，我可以把当年的日记给你看。"

姜涞转了转眼睛，似乎在为自己纯粹的好奇找台阶下，气氛顿时陷入一片尴尬中。还是姜涞开口破了僵局："算了吧，谁没有点无法说出口的过去呢。这不是前提，但是如果你想找人分享你的故事，完全无法涉足你现实生活的我无疑是最好的选择。"

路壹点点头，问道："那代价呢？是什么？"

"如果只是找人，而不需要改变任何时光的话，代价是很小的。"姜涞解释道，"这次就是缺席一期收视率最高的《天涯咫尺》好了，理由会自动生成的，你不用刻意去做。"

路壹毫不犹豫地同意了——纵使缺席一期，大家还是会记住《天涯咫尺》的主持人是路壹，这根本是无关痛痒的代价。

"那我送你回去吧。"姜涞耐心地说道，"在你回到现实的那一刻，交易即刻生成。光阴城会随机选择保留或者抹去你对本次交易的记忆。你的愿望会在适当的时候达成的，你别着急。还有，最好不要对他人说起你和光阴城的交易，不然对你的愿望达成可能会有一定的影响。当然，关键的一点是——"

说到这，姜涞刻意地停顿了一下，随机微微一笑："你说了人家也不会相信。"

"结果如何？她的记忆还在吗？"一直沉默地当背景板的郭瞿待路壹一走就开口问道。

"唔。"姜涞随手招来一个纯白的泡泡，还调皮地在看起来吹弹可破的泡泡上拍了拍，声音清亮地回答道，"哎呀，保留了呢。"

"你真的不问了？也不去翻她的过去了？"郭瞿满脸不信任，竟然还唱了起来，"路小姐，她才不是一个没有故事的女同学~"

姜涞一本正经地说道："当然不会啊，我可是有原则的城主。不过呢，对于交易人后续发展的关注还是很有必要的，要是交易人在我观察她的时候不经意翻起了日记，被我看到了什么内容就不是我的过失了。"

郭瞿闻言，抱臂调侃道："行啊，姜涞，就知道你不会轻易放过你的好奇心的。"

"明明是我的好奇心不放过我。"姜涞撅着嘴瞪向郭瞿，"还有啊，你这站在道德制高点评论我的样子，肯定是对名主持路壹的高中时代不感兴趣了，到时候别求着我告诉你啊。"

郭瞿心里一"咯噔"，连忙赔笑道："别别别，姜城主，你绝对是

我见过最有原则的城主了。"开玩笑！上次周冬梓的事情姜涞咬紧牙关就是不透露一个字，生生让他夜不能寐地琢磨了一晚上，姜涞这丫头至少在这点上面还真是特别有原则。

就在郭瞿觉得姜涞的态度有一点回暖的时候，他再次被姜涞一声不响地踢出了光阴城。

回到家后，郭瞿顺手打开了电视，懒洋洋地窝在沙发上不想动弹。

他突然意识到，今天正好有《天涯咫尺》节目，随即抱着一种微妙的心情调了台——不得不承认，路壹真人看着真不会比电视上的差。自己竟然还跟她握了手，恍然间彼此的距离好像拉近了很多，不再仅仅局限于小小的屏幕以内了——当然，这只是他个人的想法。

等了一会儿广告，熟悉的开场音乐很快响起了。主持人路壹在简约的舞台上迎着光缓步走出，面上挂着无可挑剔的微笑。

走过简单的开场形式之后，路壹很快就切入正题。通过一个介绍视频，郭瞿了解到第一位求助者是一对衣着朴素的夫妻，脸上爬满了岁

光
阴
城

月的痕迹。他们上节目是寻找自己当年被拐卖的孩子，这也是《天涯咫尺》中最普遍的求助者。

看完视频，这对夫妻开始讲述自己的经历，他们仍清晰地记得儿子的模样——左眼角有着胎记，大门牙因为顽皮磕掉了半颗，小小的眼睛笑起来眯成一条缝……他们说话的声音越来越低，间隔的时间越来越长，最后，话语彻底被哽咽代替。丈夫抱住了妻子，两人温柔地抚摸着对方弯曲的背脊，像是一座久久伫立的山峰。

这时，镜头给了路壹一个特写，她的眼中也荡漾着水光，如同阳光下波光粼粼的深海，美好得不真实。郭瞿思忖着，路壹此刻的泪水，到底是出于真心，还是掺杂着虚伪呢？如果是一个那么执着地想要寻找昔日好友的女人，应该内心也是柔软的吧。

郭瞿反问自己，那他呢？有没有一心想要寻找的人？

他突然想起自己每天早上莫名伤感的情绪，心里像是被掏空了一大块。他总是归结于每晚都重复着一个噩梦，但从未记住过梦的内容和梦中人的相貌。

是否他也在自己不自觉的情况下，翻来覆去地找寻着一个人呢？

第二十二章

破天荒地，郭瞿耐心地看完了这一整期的《天涯咫尺》，这是他之前从未做过的事情。

原本放在路壹身上的注意力逐渐被求助者和他们的故事分散，郭瞿突然对"寻找"与"等待"有了新的思考。

在那么多寻常的日子里，没有光亮也没有黑暗，一直找寻的那个人也没有来。于是就一直等啊等啊，所有人都摇摇头走开了，自己内心其实早已接受最残酷的事实，但还是要等下去。等到最后，已经不是在等那个人，而是在等自己说服自己放弃的那一刻。

你看，他今天也没有回来啊。

姜涞只身一人坐在偌大的光阴城里，守着一个巨大的泡泡，和郭瞿一起看完了这期《天涯咫尺》。在夜晚也艳阳高照的光阴城，突然下起了倾盆大雨，雨幕模糊了校园的轮廓，将浓郁的色彩糊在一起。

在之后的一周里，路壹都没有遇上她想找的那个人，与光阴城达成的交易仿佛石沉大海。因此，姜涞如愿以偿地通过路壹的视角看完了她的一整本日记，在那些不安翻动的纸页间，讲述着一段难以忘怀的青春往事。

故事的开篇，是高傲的小女孩路壹。初中时期的路壹，长得漂亮，成绩优秀，家境良好，护短，刀子嘴豆腐心，有些敏感多疑……那么多的特征，都归结于他人口中的"自私高傲"四字。明明最开始只是从嫉妒她的人口中传出来，路壹却破罐子破摔地将这四个字诠释得彻底，身边除了一两个知心好友，也无人接近。

事情的转折点，是那年的初中毕业聚会。路壹从来无心打探毕业聚会的具体信息，反正心知肚明并不会有人欢迎她去，就不知道毕业聚会的日期恰好是她的生日。15岁的生日，对路壹来说是天鹅展翅的日子，再也不用在聒噪的小池塘里顾影自怜，可以去追寻属于自己的天空。她满心期待地给自己的闺蜜发出了邀请，从未想过她们会拒绝——事实上，她们真的想也没想就拒绝了。

不知是不是出于怕伤了路壹的心的缘故，她们并没有坦诚她们是要去参加班级毕业聚会，而是扯出了一本正经的理由，例如"要回老家看爷爷"之类的，像是在跟老师请假。路壹不好强人所难，只好放弃了大办一场的念头，乖乖地和家人出去吃饭。

事情就是这么凑巧，当全班一行人途径路壹所在的酒店时，路壹透过玻璃窗找到了自己闺蜜的身影。

少男少女们，在阳光下笑得肆意，酷暑尾随着他们，只为了带走一把汗水作纪念。路壹穿着优雅的连衣裙，吹着舒适的空调，窗帘在她的脸上投下阴影，使她的表情模糊不清。

高傲如路壹，并没有多少被背叛的愤怒。她只是突然无比渴望，在阳光下被簇拥着的是她。

这个愿望在她的高中生活开始一个学期后，变得愈发浓烈。她的高中和初中就是一所学校，全市最好的那所，所以初中大部分同学现在仍旧是她的高中同学。彼此知根知底，总是会有不好的地方，比如即使有心做出改变，也不过是吃力不讨好。

路壹向父母提出转学，要转去离这最远的那所老牌名校，几乎没有人认识她的地方。

为了能融入新班级，路壹做好了充足的准备。她找来了一堆往昔她最不屑的青春校园小说，逐条分析获得友谊与关注的途径，最后得出一条金规玉律——投其所好。换句话说，了解班里人最喜欢的是什么，将自己也伪装成喜欢那样事物的一员，就有了共同话题。

来到新班级后，路壹敏锐地发现，全班女生最爱讨论的是同班一位男同学，叫魏冰河。

魏冰河其人，以路壹的话来说，就像一只小孔雀。外表出众，作风装逼又骚包，体能弱鸡，最适合四十五度角仰望天空。此人深谙自己唯一的优点就是长得帅，时不时就在校园各处刷脸，于是各种被偷拍照长期霸占校园贴吧首页，供女生们每日评论——

"呀，这张照片把冰河男神拍得好帅呀！我要去找楼主要原图！"

"哎这个楼主的ID有点眼熟啊，不会是隔壁班的小美吧？"

"走走走，下课就去找小美。"

共同话题由此展开。

路壹来到新班级后，因其出色的外表也吸引了暂时的轰动，连续好几天一下课就有人围了上来，说是要多多了解新同学。

不论别人问什么，路壹都挂着甜美的笑容耐心地回答，让大家对这位新同学的印象又好了不少。

当路壹被一个女生提问"觉得班里哪个男生最好看时"，路壹知道自己的机会来了。她状似害羞地眼珠乱转，小声地回答道："那个，坐在窗边的那个男生。"

"是魏冰河吗？"女生马上露出了看着自己人的笑容，"就是现在戴着耳机的那个？"

路壹轻抿唇瓣，绽开一抹羞涩的笑容："呐，他叫魏冰河啊，是铁马冰河入梦来的冰河吗？"然而根据路壹本人的日记，她此时正在吐槽这人自带制冷效果的名字。

"对对对！"女生激动地拍了一把桌子，"你竟然猜对了男神的名字取自哪句诗，很有加入我们冰河后援会的潜质啊！"

日后的相处中，路壹了解到，这位自诩冰河后援会会长的女生人称花花，放着"学霸"这等高大上的名头不要，偏爱挂着"花痴"的名号行走江湖。据她所言，帅哥才是她努力学习的动力，有因才有果，不能舍本逐末。

预备铃已经打响，大家都依依不舍地回到位子上坐好，等候老师的到来。

路壹感觉自己刚刚登台唱完一出大戏，身心俱疲，刚想趴在桌子上休息一会儿，就被同桌用笔戳了手臂。

"怎么了？"路壹偏头看向自己

的同桌。

路壹的同桌被大家喊做"夏爷"，是个女生，个子很高，五官看着很英气，经常甩着一根长马尾辫走路带风。然而这几天，除了向路壹介绍班级和课程情况以帮助她尽快适应，完全没有和路壹聊过私人话题，这让路壹有些纳闷。

夏爷靠近了点，问道："你真的喜欢魏冰河啊？还是跟着她们瞎起哄的？"

路壹心里一"咯噔"，澄清的话语脱口而出："不是起哄，我是真的觉得魏冰河很好看。"

夏爷一沉吟，还是没放过路壹："除了好看，还有呢？"

被夏爷锐利的眼光一扫，路壹觉得自己如果不说出个所以然来，绝对会就此被定义为肤浅的女生，连忙搜刮出最好的词语来形容魏冰河："还有……嗯，除了女生，男生缘也很好呀，一般长得帅的男生总会多多少少被男生顾忌一点吧，但是魏冰河没有，说明他的人格魅力确实很大。"

夏爷被路壹的回答呛了一下，随即展开了一个无声的笑容："魏冰河一定很高兴你会这么看他。"

路壹从夏爷熟稔的语气中察觉到了一丝丝不同：同桌和魏冰河似乎关系很好？

第二十三章

夏爷本名叫夏夜阑，据说是三更半夜出生的。原本随性的父母打算就此给她取名"夏三更"，家里老人坚决反对，才翻字典翻出了意思差不多的"夜阑"二字。

路壹听说魏冰河名字的时候，脑海中第一个浮现的人是夏夜阑——夜阑卧听风吹雨，铁马冰河入梦来。

生来敏锐的直觉告诉路壹，这绝对不是巧合。

当天关于魏冰河人格魅力的话题，夏夜阑并没有和路壹继续下去，但是对她的态度明显柔和了许多。近水楼台先得月，在大家眼中矜持又不造作的小女神路壹，没过多久就被夏爷霸道地宣布了主权。

说实话，路壹并不擅长和夏夜阑这类人相处。每次面对夏夜阑专注的眼神，路壹满腹的套路百无一用，好像又变回了初中时那个毫不掩饰的路壹，在每一道灼热的目光下都坦诚得近乎赤裸。夏夜阑的思维十分跳脱，路壹根本没法跟上她的思维节奏，被绕得晕乎乎的情况下，自然也没多余的心思去考虑该如何把自己伪装成讨人喜欢的模样了。

夏夜阑的心思根本不用费心思去猜，大笑就是高兴，皱眉就是不满，所有面无表情的时候都是因为，嗯，她真的什么都没想。

两颗炽热的心碰撞在了一起，微妙的反应让空气中都沾染了甜丝丝的香气。

在夏夜阑的影响下，除了最开始已经说出口的"喜欢魏冰河"的谎言，路壹渐渐放弃了之前所有精密的计划，试着去适当地改变自己，而不是一味地用谎言和微笑去伪装。虽然生日会那天她站在阴翳处窥探着阳光下的同学们的情景仍历历在目，但是路壹感觉自己已经走到了阳光下，畅快地挥洒着汗水，放弃所有的矜持引吭高歌。

其实坚持自己喜欢魏冰河，路壹还基于另一层考虑——夏夜阑。

不出路壹所料，夏夜阑果然和魏冰河是青梅竹马，由于夏夜阑比魏冰河大半岁，自然担起了守护自家美貌小竹马的重任，对魏冰河来说是姐姐一样的存在。

夏夜阑对每个真心喜欢魏冰河的女生都十分友善，因为魏冰河本人十分享受被众人喜爱着的感觉。夏夜阑曾经对路壹说过，魏冰河小时候特别瘦小，同龄的小男生都不愿意带他玩，经常骗他说要玩捉迷藏，然后把他一个人留在毫不起眼的角落。魏冰河总觉得是因为自己不够瞩目，别人才找不到他，或者是忘了来找他，所以一直都在努力让自己变得耀眼——现在，依旧是。他会计算好时间状似随意地从校园的某处风景路过；他会特意在课间摆出完美的角度；他会假装对偷拍的相机熟视无睹，然后偷偷对着镜头调整姿势——像一只傲娇的雄孔雀，对自己美丽羽毛的杀伤力心知肚明。

当时，夏夜阑看着路壹，还是一样专注的眼神，让路壹从她那双黑白分明的大眼睛里清晰地看到了自己的倒影。她说："你知道吗，现在那么多人喜欢小河，我真的很替他高兴。可是我还觉得不够，小河那么好的人，还值得更多人去喜欢。不论有多少人喜欢他，他都永远不是一个足够自信的人，所以他需要身边人持续的关注来证明自己的存在。如果有一天，他再次被送回了那个毫不起眼的角落，他是没有办法自己走出来的。"

"这听起来并不正常。"路壹微微蹙眉，"很抱歉，我说得可能比较直接。"

"他在最需要关怀的时候孤身一人，我很后悔我还是晚了一步去他身边。"夏夜阑毫不在意地扯出一个笑容，"你看我们的名字，我注定要站在他前面保护他，期限可能久到现在的我都无法想象。"

没等路壹接话，夏夜阑就继续说道："路壹宝贝，我真的很喜欢你，如果是你陪着小河，我也会很高兴。所以，你要我帮你追魏冰河吗？"

鬼使神差地，路壹应下了。

这无疑是个错误的选择，路壹对关爱缺爱少年一点兴趣都没有。

她归咎于那天阳光太好，映着夏夜阑眼底熠熠发光，像极了皇冠上最耀眼的宝石，只要她点点头就触手可及。

少女选择了皇冠，来到了宫殿，成为了国王。她一直都知道自己并不适合这座宫殿，但是要拿到皇冠，只能迈进来。她不知道的是，这顶皇冠一直都属于那位美貌的皇后，不属于自己的东西，终有一日是会失去的。

自从那天以后，路壹和夏夜阑的关系更加密切了。

夏夜阑变着法子给路壹提供接触魏冰河的机会，路壹也每次都十分配合地装出欣喜若狂的花痴模样。其实也不完全是装，路壹内心的欣喜来源于看着最好的朋友为自己忙前忙后，满心满眼全是自己的模样。夏夜阑开心，她也开心，这有什么不好？

路壹以夏夜阑好朋友的身份，挤进了原本只有魏冰河和夏夜阑的两人小团体。自然而然，路壹也和魏冰河熟络起来，成为广大迷妹羡慕嫉妒恨的对象，好几次也荣登校园论坛首页话题榜。路壹了解到的魏冰河，与夏夜阑描述得所差无几，也意外地单纯好懂。怀着一腔愧疚之情，虽然路壹并不是特别欣赏魏冰河的性格，却仍旧掏心掏肺地对他好，也算是让夏夜阑又欢欣雀跃了一把。值得庆幸的是，魏冰河似乎对路壹谎称喜欢他的事情毫不知情，这让路壹在身为朋友相处时少了一份尴尬。

路壹给魏冰河取了个外号叫"冰块"，魏冰河拿着一元钱笑称她为"硬币"，夏夜阑站在旁边笑得前仰后翻——这是路壹记忆里，他们三个最欢乐的时候了。

不知是不是因为蹭了魏冰河的热度，路壹也变成了男生口口相传的对象。本身就成绩好，相貌好，身材好的路壹，收到了不少男生的告白。路壹十分清醒，自己此时的设定是"喜欢魏冰河"，想都没想就全部无视了，还被魏冰河调侃了一阵子。魏冰河那个幼稚鬼，还开小号上校园论坛发帖封她为"情书收割机"，使得路壹在校园内好几次碰到陌生的同学亲切地称她为"收割机妹子"。

与魏冰河和夏夜阑的关系越密切，路壹心中就越不安。她从来不

担心自己不喜欢魏冰河的秘密会被发现，但是肩上背负着夏夜阑"攻下魏冰河"的期望，路壹总觉得有些喘不过气来。这么久的相处，让路壹深刻地明白了魏冰河此人，特别适合当朋友，要是男朋友还是算了。她珍惜着这个朋友，可是这段建立在谎言上的友谊危如累卵，让她心神不宁。她越不安，就对魏冰河越好，魏冰河就对她越好，夏夜阑也对她越好，然后她的不安进一步扩大——这是恶性循环。

路壹已经不是以前那个路壹了。站在阳光下的路壹，带着青春特有的冲劲，她打算找到夏夜阑坦白。

她完全没想到，就在她打算坦白的前一天晚上，魏冰河曾特意去找夏夜阑。

夜空中的疏星坠入少年璀璨的双眸，燃起跃动的火苗，点亮了他整张面孔，嫣红的双唇开开合合，难掩的兴奋从唇畔滑落："阑姐，我好像，真的，喜欢上一个人了。"

第二十四章

第二天，路壹起了个大早。她起床的时候天还没亮，只有稀薄的云朵乘载着缕缕微光。

她早早地达到班上，此时班门才刚刚打开，只有三两个人坐在位子上写着作业——夏夜阑和魏冰河还没来。

夏夜阑和魏冰河以前住在一栋楼，现在住在一个小区。据说是魏冰河家里的经济状况出了点问题，把房子给卖了，在魏冰河的坚持下，还是租了同一个小区的另一套小户型。所以，在上学的路上，两个身影并肩走了十年。

路壹已经想好了最坏的后果——夏夜阑不再信任她。不知为何，她从来没有想象过她们两人友情的截止。就像夏夜阑说她的名字注定了她要站在魏冰河身前，路壹也前所未有地笃定这世上会有一对天长地久的好朋友，叫夏夜阑和路壹。

年少气盛，总是把永久挂在嘴边。这两个字眼就像一句咒语，说的次数多了，好像就把未来的好运也耗尽了——要有多幸运，才能和一个人永远在一起。

路壹有令人倾慕的脸庞，有令人眼红的成绩，有令人咋舌的家境，但是没有令人艳羡的运气。

在看到夏夜阑出现的那一刻，路壹毫不犹豫地奔向她身边，一把把她从魏冰河身边拽开，坚定地说："夏夜阑，我有话对你说。"

夏夜阑笑眯眯地看着路壹，说道："巧了，我也有话想对你说。"

"我先说吧。"路壹一咬牙，准备好的腹稿就如蹦豆似的往外倒，最后才敢抬起头说一句："夏夜阑对不起，真的对不起，你要是生气就对我发火吧。"

夏夜阑面上却是出人意料的沉静，深邃的眸子里看不见亮光。她问道："你是说，你一点也不喜欢魏冰河吗？"

路壹坦白道："完全没有男女之间爱慕的那种喜欢，只是单纯看作朋友来看待。最开始我确实对他有些偏见，但是相处下来发现，作为朋友我还是很喜欢他这种性格的。"说完，路壹顿了顿，又补充了一句："但是我不会像男女之间那样喜欢他的，他不是我会动心的类型。你跟我相处这么久，应该也看出来了吧？"说到这里，路壹想起了一件往事。当时夏夜阑知道路壹喜欢的男明星是硬汉型时大吃一惊，心里肯定是怀疑魏冰河完全不符合路壹的审美，是如何被她喜欢上的。虽然最后路壹胡乱搪塞了过去，但是她相信怀疑的种子已经埋在了夏夜阑心里。

"我没看出来。"

"什么？"路壹猛地把自己从回忆中拔出，抬头就撞入夏夜阑毫无温度的黑瞳，不可置信方才那冷到刺骨的嗓音出自夏夜阑之口。

"我说，我没看出来你不喜欢魏冰河。"夏夜阑语气平静，面无表情，大概此时心里什么都没想，完全遵循自己的本能说出了这些话，"没办法，我就是这么傻。或者说，你演得太好了，骗了我，还骗了小河。"

"我没有骗魏冰河！"辩解的话脱口而出，路壹心中隐隐的不安在扩大，"魏冰河并不知道我喜欢他啊，我没说，你也没说，别人说的话他不都当风言风语随便听听吗？"

"是啊，别人说别的什么话，他都是随便听听，可是偏偏，却把关于你的消息听进去了。"夏夜阑死死地盯着路壹，反问道，"你觉得是为什么呢？"

路壹一时失语。

"因为在乎啊，他在乎你啊！"夏夜阑突然笑了，像枝头的黄鹂被困在脏乱的麻绳网里胡乱地扑腾翅膀，绝望又负隅顽抗，"你呢？你在乎过他吗？你把他当作和大家交朋友的台阶，想也没想就踩了上去。你把他当作博取关注的工具，在收到那么多情书的时候你是不是自以为自己真的那么引人注目，讨人喜欢？你……"

"够了！"路壹忍无可忍地打断了夏夜阑的话，"我从来没骗过魏冰河，我对他好也是出自朋友的真心，这点我问心无愧！我承认我对不起你，看着你一直帮我出谋划策如何追他，其实我是很高兴你能把我放在心上的。这是我们俩之间的事情，你能不能不要老是扯到魏冰河身上？"

"我？"夏夜阑一时有些怅然若失地抿了抿唇，扯开一抹苦笑，"路壹，你要是真的只对不起我就算了。你高兴，小河高兴，我怎样都没关系，这些我本来都不会计较的。"路壹承认她就是算准了夏夜阑这一点，才有恃无恐地选择坦白，所以夏夜阑之前有些崩溃的情绪完全出乎她意料。

"但是，路壹，你听清楚了。"夏夜阑话锋一转，目光凌厉地扫向路壹，"你觉得让全世界除了魏冰河都知道你喜欢他，和让全世界包括魏冰河本人都知道你喜欢他，有差吗？你能不能不要总是想当然，好像每一步

都能在你的算计里？我再问你最后一遍，如果我不计较你之前的所有欺骗，从现在开始，你有可能喜欢上魏冰河吗？"

沉默了一会儿，路壹才艰难地发声："对不起，我还是不会……"

"好，你不用说了。"夏夜阑收起眼底仅存的期望，留给路壹一个复杂的表情，这是路壹第一次完全捉摸不透夏夜阑的情绪，只能眼睁睁地看着她离自己越来越远，"路壹，你以后离我和魏冰河远点吧。"

"为什么？"路壹完全不能理解，自己喜不喜欢魏冰河，对夏夜阑来说有那么重要吗？

"因为我不可能再去帮我喜欢的人，追一个永远不会喜欢他的人。"

一句话将路壹定在了原地，无力挽留夏夜阑决绝离去的背影。她抬头看向天空，还是阴沉沉的——原来她早上看到的天空并不是还没放晴，而是根本不会放晴了。

她怎么从来就没想过，夏夜阑喜欢魏冰河呢？

一个女孩到少女的十年，都留在了一个男孩身边，名为守护，怎么可能没有一份足够坚定的喜欢呢？

夏夜阑，到底是抱有怎样的心情帮自己追魏冰河啊？

路壹那份笃定的心情，在此刻烟消云散，只是一句话，一眨眼，一抬首--我就没有勇气留住你了。

第二十五章

路壹沉默地回到座位上，身边的位置早已被它的主人占据。明明是触手可及的地方，路壹觉得如隔群山般遥远，就连目光都难以逾越。

"硬币。"魏冰河不知何时站在了路壹的桌子旁边，目光虽然欲盖弥彰地绕过了路壹，耳根却可疑地红了，"学校旁边开了一家新的奶茶店，放学之后要不要一起去？"

要是平常，路壹绝对一口应下。但是这次，路壹的眼神飘忽转向了身边置若罔闻的夏夜阑，心头如同被一根细针缓缓穿刺。

看到路壹沉默了一会儿，神色有些不对，魏冰河的脸色也白了些。"既然这样，就当你答应了啊。"魏冰河抢先开了口，状似毫无察觉地笑容满面，"放学后我要扫地，记得等我一会儿。"

"不！"路壹下意识地排斥着魏冰河不合时宜的自作主张，拒绝的话脱口而出。话刚说出口，路壹就后悔了，果不其然地看见魏冰河的笑容霎时僵在了脸上，像是在烈日下杵了一宿的雪人，摇摇欲坠，随时可能融化。

路壹试着放缓语气，做出补救："抱歉冰河，我今天家里有点事，真的没空。"

"好吧，那下次我们再……"

"魏冰河，你能不能不要自己骗自己？路壹分明就是不想和你出去！"坐在一旁的夏夜阑突然开口，一句话让气氛陷入尴尬。

魏冰河的眼中有墨色晕开，将他眼中的光亮湮灭。他以复杂的目光打量着夏夜阑："阑姐，你不是说你会帮我的吗？"

夏夜阑就像来势汹汹的气球，被魏冰河一句话突然戳穿了，全身都漏了气。她撑着头，问道："小河，你的男神架子呢？"

"必要的时候总要丢掉。"魏冰河回答道，"有时候一个人的注视，就能抵上千百人追捧的目光，我觉得你会懂。"

"是，我懂。"夏夜阑丢给路壹一个意味深长的目光。这双眸子一直印刻在路壹脑海中，像是一把钥匙，彻底打开了一扇只能由夏夜阑孤身一人通过的大门，让身后的人眼睁睁目送她消失在门后的一片漆黑里。

"那你懂不懂自己视若珍宝的东西被别人弃如敝屣的感觉？"夏夜阑反问道，"我觉得你不懂。"

魏冰河莫名其妙，摇了摇头，回到了自己的座位。

就算有人催赶，有人拖延，时间的脚步还是不紧不慢地来到了放学的时间。

路壹不知道如何面对魏冰河和夏夜阑，逃也似的背起书包就走，完全忽略了来自身后如影随形的目光。

魏冰河长叹一口气，把书包一甩，对夏夜阑说道："阑姐，你先回去吧，我今天要值日呢，会比较晚。"

夏夜阑往桌子上一坐，抱臂道："你要路壹等你却不要我等你？如果你想去喝奶茶，我可以陪你。"

"算了。"魏冰河毫不犹豫地摇摇头，敛眉苦笑道，"你明知道我不是很喜欢喝奶茶。"

夏夜阑闻言，像被蓦地点燃了导火索，整个人从桌上跳了下来，声音也拔高了八度："魏冰河，你看看你现在什么样子？你那么好，有必要为了迁就别人委屈自己吗？"

"她不是别人，她不一样。"魏冰河倔强地昂起下巴，"而且我听说她可能也喜欢我，我不想错过这个机会。"

"她……"夏夜阑咬紧牙关，脸色涨得通红，却无法再吐露一个字。她不敢说出真相，因为她不想看见她眼中最耀眼的星星从天空中坠落的模样。"你真的不考虑别人了吗？"夏夜阑问。

"不考虑，又没有其他女生和我很熟。"魏冰河对答如流。

"那我呢？"

"阑姐？"魏冰河一下没反应过来，愣愣地说出了心底的想法，"阑姐就是姐姐啊，比亲姐姐还亲的那种！"

"如果我说我喜欢你呢？就像你喜欢路壹那样的喜欢。"夏夜阑不死心地追问。

"阑姐。"魏冰河好看的眉毛蹙成了一团，"别开玩笑了。"

"呵呵，好吧。"夏夜阑露出一个如释重负的笑容，摊手道，"我也觉得这个笑话不好笑。"说完，夏夜阑揉了揉僵硬的脸颊，转过身说道："那我今天就不等你了，我自己想去试试那家新开的奶茶店。"

"嗯，拜。"魏冰河嘴角一勾，又很快垂下了。

有的时候，天翻地覆，只需要一个夜晚——一个漆黑的夜晚，一个没有星星的夜晚，一个刮着凉风的夜晚。

第二天，夏夜阑没有来上学。

路壹问魏冰河，魏冰河说他也不知道，没有人知道。

第三天，第四天，第五天……直到过了一周，路壹都几乎要溺死在席卷而来的绝望中时，再次见到了夏夜阑。

夏夜阑往昔那双炯炯有神的大眼睛下瘀积了浓重的青黑色，整个人看着瘦削了不少，精神状态很差。夏夜阑平静地和路壹打了招呼，但从坐下来开始就一言不发。不和魏冰河腻在一起，不与人攀谈，不在走廊上活蹦乱跳——夏夜阑就像彻头彻尾地变了一个人。从那天起，虽然夏夜阑仍旧照常上学，可是每天都会缺席一段时间，老师们竟然也从来不过问，像是事先知晓了。

路壹自诩了解夏夜阑，那天的矛盾绝对不至于让夏夜阑陷入这般境地，绝对还发生了什么特殊的事情。

果然，没过几天，一个惊人的传闻席卷了全校——学校里有一个女生在独自回家的路上被强奸了。

大家议论纷纷，猜疑的箭头指向了两个人：一个是最近很不对劲的夏夜阑，一个是已经半个月没来上课的景言。

路壹第一时间找到魏冰河，询问他的看法。魏冰河露出了一个难看的笑容，仿佛自我安慰地说道："不会是阑姐，那天她说要先去喝奶茶，就一个人走了。但是奶茶店不远，那天还早呢，天还亮着，哪个强奸犯敢这么嚣张？"

不会的，不会的。路壹一遍遍在心里安慰自己，如同催眠一般。

接下来的几天里，路壹带着魏冰河极尽所能地往夏夜阑身边凑，赶也赶不走。魏冰河清楚，现在是他站在夏夜阑身前，保护她的时候了。

风言风语无孔不入，如同疯狂蔓延的荆棘，而夏夜阑正赤裸地站在荆棘正中，一个不察就是满身伤痕。

这天，路壹和魏冰河一左一右伴在夏夜阑身边，一唱一和地讲着笑话，尽管夏夜阑熟视无睹也乐此不疲。有两个同年级的同学恰好路过他们身边，一眼就认出了夏夜阑。

"这不是隔壁班的夏夜阑吗？传说中可能被强奸的那个。"

"啊？是她啊！感觉毁了……"

"也说不准啊，听说她打架挺厉害的，我觉得是景言的可能性大一点。"

尽管他们自以为压低了声音，他们的谈话还是准确地传到了路壹，魏冰河和夏夜阑的耳中。

路壹和魏冰河忧心忡忡地交换了一下眼神，偷偷向夏夜阑看去。其实，他们心中一直不那么笃定这件事的真相，一直想问却开不了口，总觉得一旦问出口，有些东西就再也回不来了。

感觉到两人炽热的眼神，夏夜阑对之前听着有些膈应的话一笑置之，问道："你们是不是一直想问我？"

没等他们答话，夏夜阑就自顾自地说下去了："没错，是我啊。你们别冤枉景言了，她虽然已经半个月没来了，你们也不能在背后说人家坏话。"

路壹敏感地察觉到刚刚走出不远的两个同学脚步稍稍顿了顿，随即加快速度离开了，想必是已经听到了夏夜阑的话。

风轻云淡得像是在说旁人的故事。

这是夏夜阑，十六岁，人称夏爷，霸气直率，敢做敢当，凭着一腔孤勇护了心头的男孩十年，甘愿把他让给只认识了几个月的女孩，即使发生了难以接受的事情，她也只会为了保全另一个女孩的声誉而大方地承认——没错，是我。

第二十六章

路壹已经不记得当天自己是怎么回到家的了，记忆里空荡荡的一片，没有歇斯底里的喊叫，没有苦涩的泪水，也没有滔天的怒火。

好像有人死死地拽住夏夜阑，却一句话都说不出，只有眼底的天崩地裂和沧海桑田——是她？还是魏冰河？

然后呢？应该是夏夜阑一把甩开了那个人的手，说，她不需要同情。

再然后，夏夜阑就走了。他们一直都知道，夏夜阑要走，他们是拦不住的。

只是这一次，夏夜阑再也没有回来。

无论是路壹和魏冰河，在那天以后就再也没有见到过夏夜阑，也没能联系到她。

学校里，班主任随口说了句"夏夜阑转学了"，便不容置喙地将路壹的同桌换成了一个沉默的男孩，然后在黑板上刷刷写满了公式，吩咐同学们在上课前抄完。

同学们安静地抄完了笔记，不约而同地没有再提起夏夜阑。

路壹压根没有听那节课，课前的笔记也草草抄了一半就放下了。她撑着头看着窗外，天气很好，一如她初见夏夜阑的那天。她就紧盯着太阳较劲，眼睛一眨不眨的，直到不自觉流下泪来。可是她的现任同桌怎么会在马不停蹄的数学课上发现她流眼泪了呢？又不是夏夜阑。她迫切地想找个人解释说她没哭，是被太阳晃了眼，可悲的是连个发现她流泪的人都没有。

魏冰河也在看窗外。

魏冰河说，他去敲过夏夜阑家的门，可是一直没人应。听对门的说，夏夜阑一家应该是搬走了。

现在，魏冰河只能一个人上下学了。

学校里的风言风语随着夏夜阑和景言的消失，也逐渐消停了下来。总有比关心谁被强奸了更重要的事情，比如即将到来的期中考试。

只有魏冰河和路壹没办法干净利落地抽身出来——夏夜阑的消失将她的名字烙上了他们的皮肤，若要揭去，势必要生生撕下一层皮，露出血淋淋的肉。在这个学校渐渐遗忘夏夜阑的时候，只有他们还拼命地记着，死守着这个对他们来说非同寻常的名字。

魏冰河和路壹，好像是守护秘境的卫兵，只有他们是一个世界的人，因为只有他们知道秘境的存在。他们一起吃饭，一起写作业，一起聊天，容不下他人。

于是，魏冰河和路壹的关系越来越好，但是谁都没有捅破那层纸。

他们知道，夏夜阑那天会只身前往奶茶店，就是因为他们俩的关系。可是他们足够怯懦，所以谁都不敢说，即使知道对方心知肚明也闭口不言。

最后一次发现夏夜阑的踪迹，是在一份新闻报道上。

新闻的内容是同城一个强奸未成年少女的罪犯被抓捕归案，被判处了十年以下有期徒刑。新闻还重点表扬了一下受害少女勇敢报案，协助警方抓捕罪犯的行为，顺便宣传了一下未成年人该如何保护自己。

虽然新闻中的受害少女一直以化名出现，但是魏冰河和路壹都一眼就判断出了那是夏夜阑。

当天晚上，他们俩去了以前三个人最爱聚餐的那家烧烤店，点了几瓶啤酒，闷头就开始灌。魏冰河灌得更猛，没过多久就醉了，趴在桌上哭。

魏冰河并不是像寻常男生不如意时那般嚎啕大哭，反而一个人小声地抽噎，像一只受伤的小兽，被同伴抛弃在荒野上。

"魏冰河。"路壹撑着头，眼中也有迷离的醉意，"你哭什么呢，夏夜阑看到又要骂你没有男神架子了。"

"去他狗屁的男神架子！"魏冰河嘟囔道，说起脏话来声音也端着一股矜持劲儿，"来骂啊，夏夜阑有本事就来管我啊，她以前还跟我说不能在外面喝酒呢。"

路壹没回话，缓缓地趴在了桌上，侧头注视着魏冰河被泪水冲刷得异常明亮的眸子。

"对不起。"她突然说道。

魏冰河摇了摇头，说话时鼻音很重："我没有接受这句话的权利，特别是你说这句话。"

"你不知道我在说什么。"路壹说，"但是抱歉，我想我永远也不会告诉你。"

魏冰河没有接话，撑起身子又灌了一口啤酒，然后重重地把杯子往桌上一摔："一个两个都这样，什么都不跟我说，有什么了不起！"

路壹笑着他俩的杯子都拨到一边，挥了挥手："老板，结账。"

后来的故事就按部就班了：路壹和魏冰河考去了两个不同的城市，但是还是时常有联系。大学毕业后，路壹进入电视台工作，而魏冰河在一家杂志社任职，拿着不错的工资，过着不错的生活。

路壹曾经被安排去采访一名画家，那名画家有一幅代表作叫做《瞳》，画面上只有一只眼睛，但是人们都可以清楚的看到这只眼睛里倒映着一个清浅的人影。

路壹没有和艺术家打交道的经验，最开始几次都吃了闭门羹。直到有一次，画家终于让她进了门，但是丝毫没有提及采访，只是邀请路壹参观他的画室。

"你最喜欢哪幅画？"画家问道。

"最喜欢《瞳》。"

"为什么？"画家轻蹙眉头，觉得眼前这个女孩只是随口答了他的代表作，没有自己的见解。

路壹愣了一下，随即甜甜地笑起来："说出来也不怕老师笑话，我以前喜欢过一个人，不过只喜欢另一个人眼中的这个人，后来另一个人离开了，我就不喜欢这个人了。"说完有些羞赧地侧过了头，发丝摆动间露出她修长白皙的脖颈："有些绕，对不对？我也是事后才想通的。"

最终，画家用心地接受了路壹的采访；而路壹也凭着这篇采访稿，声名鹊起，逐渐登上了节目主持人的位置。

路壹惴惴不安地过了一周，她突然害怕起再次遇见夏夜阑，因为她根本不知道如何面对这个她一直没有放弃寻找的人。

她和光阴城的交易，也没法对魏冰河说出口。

既然完全无心工作，她就干脆请了假，听说她缺席的这期《天涯咫尺》收视率破了纪录，她明白这是光阴城来收取代价了。

这样的话，她是不是快要见到夏夜阑了？

重逢，就发生在不经意的那个瞬间，不紧不慢，不偏不倚。

因为大忙人路壹终于赋闲在家，隔壁省的大学学姐结婚就不得不出席了。

"嘤嘤嘤壹壹你能来真是太棒了，mua~"学姐打电话来如是说道。

这么萌的学姐真是不好拒绝啊……路壹默默地开始收拾行李。

来到婚礼举办的酒店前，路壹蓦然注意到门口除了学姐夫妇以外，还站了一对新婚夫妻。

她没来由地心如擂鼓，捏着红包的指尖有些打颤。

她挪着步子离酒店越来越近，刻意没有将视线放在学姐对面的那对夫妻身上，笑吟吟地朝学姐看去。

"小壹壹哦！"学姐向路壹挥了挥手，脸上的梨涡盛满了幸福的笑容。

路壹失笑，加速走过去，将手中的红包递给身边的人，说道："新婚快乐哦！你看，我这次可包了个大的。"

"好的呢。"学姐认真地点了点头，"那你进去多吃点。"

路壹挑了挑眉，不置可否，没将自己正在减肥的事情抖露出来。

头也不回地走到了转角，路壹终于靠着墙开始喘气，她咬咬牙，鼓起勇气将视线一点一点地向另一对新婚夫妻的婚礼展板上聚焦——

"新娘：夏夜阑"。

果然，是她啊。

路壹痴痴地望着一身雪白婚纱笑得张扬的夏夜阑，那么久违的笑容，是她这么多年来午夜梦回都无法奢望的存在。她又转头打量着夏夜阑身边的男人，高大稳重，五官没有魏冰河出彩，但是眼里只有夏夜阑——一如当年夏夜阑眼里只有魏冰河，那个因为存在于夏夜阑眼里，被她默默喜欢着的魏冰河。

方才离夏夜阑最近的时候，路壹一直没敢回头，假装毫不知情地和学姐攀谈着，也不知道夏夜阑有没有认出她来。

她还愿意跟自己讲话吗？她还愿意接受自己的祝福吗？今天之后，她们还能再见吗……

还没等路壹纠结完，就看见夏夜阑竟然朝自己的方向走了过来，她顿时陷入了一片兵荒马乱。

"是路壹吗？"夏夜阑的声音没怎么变，还是清清亮亮的，夹着高中校园银杏叶落地被自行车碾过的清脆声音。

"嗯。"路壹向前走了两步，

走出了转角，对着夏夜阑露出了一个清浅的笑容，"夏夜阑，好久不见。"

"是好久不见了呢。"夏夜阑爽朗地笑了两声，"其实我早就想联系你了来着，但是原来的号都给销了，你们的联系方式一个没留，后悔死了。要是今天把你们都请过来，还能多收点红包。"

"轰"的一声，路壹听见了一堵墙坍塌的声音。她终于看到了墙外面的世界，阳光明媚，天气很好，一如她初见夏夜阑的那天。

她突然就觉得，他们这么多年纠结的小心思统统都是多余的，多余到连重逢都不好意思拿出来说。

毕竟这个人，是夏夜阑啊。

这么多年，不管发生了什么，还是夏夜阑啊。

路壹笑了，那些用离别酝酿出来的忧愁，那些被时间洗涤过的青春，都在扬起嘴角的那一刻，变得风轻云淡。

路壹说："要不我现在就给你包个红包吧，祝你新婚快乐，待会儿还能叫魏冰河过来，他离这也不远，应该能赶在今天再给你补一个。"

"好啊。"夏夜阑拍了拍路壹的肩膀，"够义气啊，正好我也有点想那个小混蛋了。姐姐我当年的保护费都还没收呢，他得给双倍的！"

"我叫他备着。"路壹直接把电话掏出来了，"或许你可以自己跟他说。"

"那我自己说吧。"

路壹听到电话那头接通了，魏冰河的声音在听到夏夜阑说话后戛然而止，然后是激动的回应。

路壹在一旁跟着夏夜阑笑，笑着笑着就觉得眼中沁出了泪花——

夏夜阑，谢谢你可以获得幸福。

第二十七章

郭瞿发现他最近进出光阴城的时间越来越多，似乎他无时无地不暴露在被吸入光阴城的危险中。

其实也算不上什么危险，只是进入光阴城后，他才发现那些扼腕叹息的遗憾、那些跌宕起伏的故事、那些无法挽回的悲剧原来都离自己的生活那么近。原本五彩缤纷的世界被人浓墨重彩地甩了一笔黑色，刺眼得无法忽视。

但他不得不承认，姜涞把事情处理得特别好。

姜涞说过，历来光阴城城主都靠着交换来的光阴过活，因而拥有无尽的寿命；若是长期不进行交易，光阴城城主的力量就会衰弱。按照这个逻辑，姜涞本该是盼着交易越多越好，但是郭瞿次次造访，也只有大半是成功的交易，还有小半，似乎都是被姜涞使了点手段坑蒙拐骗得放弃了交易。

郭瞿记得自己曾经问过一次，姜涞是这么回答的：

"和光阴城交易的人，都是赌徒。虽然目前稳赢，但是赌博总归是有赢有输。小赌怡情，大赌伤身啊。"

郭瞿还想深究下去，可姜涞不屑于向他解释了。

郭瞿只是觉得，姜涞还是心软，心软得一塌糊涂。

她的过去，和她的一头银发一样，令人捉摸不透。

然而，最近有将近一个星期，郭瞿都没有再进入光阴城，这让他不禁有些诧异。

诧异之余，他还是要专注于现下的工作，对学生负责。

本着这种心思，他在某天课后和男生们一起打球时细心地发现，一向爱和他们班抢场地的章天昊一伙人竟然没有出现。

"章天昊呢？"郭瞿抹了把额头上的汗，随口问道。

他们班的一个男生马上接了话："郭哥，你管他干啥呀，又不是我们班的。不在更好，指不定是最近没考好被爸爸禁足了呢！"话语刚落就引起了一阵哄笑。

郭瞿停下了手中的动作，执球站定："你们似乎对他的态度都不怎么友好啊？我记得他以前不是重点班的吗？后来成绩不好才出去的，好歹跟你们也有几个月同班情谊。"

另一个男生说道："章天昊才不顾同班情谊，要跟煜然抢孟姝呢！"说完还装模作样地摇了摇头，"郭哥你咋不关心最近怎么陈煜然同学也不来打球了呢？是知道他跟那个谁谁一起相约图书馆了吗？"

郭瞿眼锋横扫，一个球就朝那个男生扔过去："别贫！你们跟我讲讲章天昊呗，别拿孟姝那件事搪塞我，孟姝跟你们关系可没那么好。"

"好好好，我说我说。"被扔球的男生张晋抱着球倒是老实了，"郭哥你那时还没来，所以不知道，章天昊其实入学的时候成绩真的很好，就比陈煜然差那么一丢丢，排名比孟姝还高呢。但是他有一段时间心情莫名的不好，经常吼人，也不跟我们一起打球了。"

"所以你们就排挤人家？"

另外几个男生一起抬手喊冤："哪能啊？我们也试着去安慰他呗，可是他又不理我们，热脸贴人家冷屁股也挺难受的，渐渐关系就有点疏远了。"

有人补充道："当时他唯一愿意说话的人就是孟姝了，当时孟姝坐他前排，他上课特别爱动人家头发。孟姝被骚扰得烦了，向段老师提出过好几次换座位的申请。"

"当时陈煜然就已经不爽章天昊了，但那时大家都是读书人，就下了个什么月考比排名的战书，说是如果章天昊没考过陈煜然，就不能再骚扰孟姝了。"

"那段时间啊，明眼人都看得出来章天昊学得很认真，但是考试那天不知道为什么缺考了半天，咱学校又不让补考，所以他排名差到直接掉出重点班。"

"我们本来只是觉得有点可惜，毕竟以他的水平，再考回来绝对没问题，没想到他出了重点班以后就彻底无心学习了，也不再跟我们说话，在社会上交了一群朋友，每天迟到早退。"

最后有一个人做了总结："感觉他已经堕落了，大概是没救了，不仅不听我们劝还狗咬吕洞宾，天天在学校找茬，谁还会对他态度好谁就是犯贱。"

"哦，知道了。"郭瞿平静地点了点头，"这孩子确实可惜了。"

张晋有些忿忿不平："郭哥你太冷漠了，竟然都不赞同一下我们，竟然还同情章天昊？"

郭瞿说："这只是你们的说法，在完全了解事实之前，我没有任何资格去下定论。"

光阴城的经历赋予了他一种直觉，发现背后故事的直觉。

章天昊的事情，远没有那么简单。

郭瞿万万没想到他会在学校器材室发现章天昊。

他来到器材室放篮球时，器材室正锁着门，他找负责老师要来钥匙，却发现打不开门，应该是从里面锁上了。

"有人吗？"郭瞿敲了敲器材室的门，并没有人应声。

郭瞿只好把器材室未关死的窗户拉开了一条缝，把篮球扔了进去，没想到里面发出了轻微的抽气声。

好像砸到人了。郭瞿懊恼地撑着头，扬声问道："里面是哪位同学？被篮球砸到了吗？"

器材室内又恢复到静悄悄一片，但是郭瞿侧耳倾听时，辨识出了浅浅的呼吸声。

郭瞿觉得情况有点不对劲，环顾四周发现没人也没有摄像头，咬咬牙一把拉开窗户，撑着窗台跳进了器材室。

器材室的窗帘被拉上了，黑漆漆的一片，郭瞿怕被随意放置的体育器材绊倒，摸索着开了灯。

器材室的角落里，坐着一个男生，他死死地环住自己，把头深埋，身子不住地颤抖。

纵使那个男生没有抬头，郭瞿也隐约辨认出了他——

"你是……章天昊？"

章天昊没有抬头，只是语带哀求地低声说道："老师，我求您快点离开好吗？就当没有见过我！不要跟任何人说！"他的声音沙哑，还带着鼻音，竟是刚刚哭过。

郭瞿没有离开，反而朝章天昊的方向挪了挪步子，寻了块稍微干净点的地坐了下来。

郭瞿坐下来的时候，他发现章天昊的身子明显一僵，仍旧蜷着地没抬头。郭瞿有些好笑，也没有说话，就这么沉默地坐着。

他知道他沉得住气，但章天昊就不一定了。

也不知过了多久，章天昊那边发出砾石磨砂般的声音，黯黯得提不起生气："老师，您赶紧走吧。"

"章天昊，你打算坐到什么时候呢？"郭瞿问道，一点儿也不着急，"天气预报说今晚会下雨，我可不确定器材室会不会漏水。"

"跟你无关。"章天昊回答得很干脆。

"你要是冻死了就跟我有关了。"郭瞿回答，"不过我觉得你天天打球，身体应该还不错，冻不死的吧？"

章天昊那头沉默了一会儿，再出声时已经带了几分无可奈何："老师，您到底来干嘛的？"

"来放篮球。"郭瞿实话实话，"不过你锁着门，我只好扔进来了，刚刚砸到你也不怪我啊。"

想必是被郭瞿哽到无话可说，章天昊没有再说话，而是终于忍不住抬起了头。

章天昊头发凌乱，眼睛红得像是天边残阳，嘴唇上一排深深的牙印，个个都渗出了血。而他就那样静静地抱着自己，坐在那里，像极了一只被困在笼中走投无路、满眼绝望的小兽，令人心生怜惜。

"你……"郭瞿刚开口，就被章天昊打断了。

"老师，你说，杀人要偿命吗？"

第二十八章

郭瞿下意识目带审判地盯着章天昊，心头一紧。

章天昊似乎是被郭瞿的目光灼到了一下，抠在自己皮肤上的手指又用力了些，精瘦的手上青筋暴突，像是要把自己捏碎。

郭瞿意识到了章天昊此时的状态异乎寻常，不敢刺激他，只好沉下声缓缓开口："你……怎么这么问？"

章天昊徒劳地勾了勾嘴角，还是没能扯出一个像样的笑容，原本清俊的脸扭曲成了一个绝望的表情。

他的声音缥缈无力得像来自九霄云外，却字字清晰地传到了郭瞿的耳中："没错，是我啊，我杀了我弟弟。"

一个青春飞扬的男孩，穿着一身干净的校服，头顶利落的短发，晶莹的汗珠在阳光下熠熠生辉——如今他以婴儿在母亲肚子里的姿势，蜷缩在阴暗的角落，红着眼说自己杀了人。

郭瞿刹那间竟有些手足无措，凭借他对章天昊的了解，章天昊绝对不是一个会走上杀人道路的男孩。如今章天昊毫不掩饰的剖白，让郭瞿一时不知道如何应对。

没等郭瞿开口，章天昊语带哀求地继续道："我求求您，老师，别问，别问为什么好吗？要是觉得我该死，就赶紧报警，不要管我了！不要管我了！"说到后面，似是联想到了什么事情，蓦地声音拔高了八度，目眦尽裂。

郭瞿心中一凛，明白自己不能放任章天昊如此这般徘徊在崩溃的边缘，态度瞬间强硬了起来，毫不犹豫地走上前将章天昊一把拽起，厉声喝道："你看看你这个样子，我是你老师，怎么可能不管你？你说杀人就杀人，哪有那么简单的事？又没缺胳膊少腿，你给我站好了！"

章天昊明显被郭瞿的转变吓懵了，失魂落魄地被拉扯着站了起来，眼底一片空荡荡的，看着令人心疼。

"章天昊，你真的知道杀人意味着什么吗？"直至此时，郭瞿仍对章天昊的剖白存疑。

"知道啊。"章天昊仿佛无意识地点了点头，抬起自己的双手，双目低垂，"就是用这双手，捂住一个人的口鼻，看着他渐渐没有呼吸。"

"那你真的这么做了吗？"

"没有！"章天昊的眼底倏地燃起一簇火苗，又瞬间熄灭，余下缕缕青烟糊了双眸，神色莫辨，"我只是、只是不想让他再哭了，我就捂住他的嘴不让他哭，再然后他就不哭了啊……"

从章天昊断断续续的描述中，郭瞿隐隐约约触到了真相，但他不敢笃定，只好尽力安抚章天昊，让他快点冷静下来。

过了好一会儿，章天昊终于神志归位，但仍旧不住地颤抖。

在郭瞿的循循善诱下，章天昊终于说出了事情的来龙去脉。

章天昊的妈妈在他小学二年级时就因病去世了，于是章天昊由爸爸一手带大。

爸爸虽然很忙，但很注重对他的教育，从小严加管教，望子成龙。章天昊就这样，长成了一个学习优异、阳光开朗的少年。

爸爸一直没有再娶，因为爸爸跟章天昊说，他的妈妈是世界上最好的女人，他忘不了她。

　　章天昊以为，他和爸爸会一直这么相依为命。他都想好了，等他长大以后，要成为一名作家，专门写本书感谢爸爸。

　　事情的转折点，出现在他高一这年。

　　一个晚霞漫天的傍晚，爸爸带回了一个大着肚子的阿姨和一个比他小五岁的男孩，宣布他们从此是一家人。

　　他原本以为，这个阿姨也是离了婚和爸爸再婚，那个比他小五岁的男孩是个没了爸爸的可怜孩子，所以对他格外关怀。

　　直到有一天，爸爸不在家的时候，阿姨亲口对他说，她带来的这个，和她肚子里的这个，都是他爸爸的种，是他血脉相连的弟弟。

　　男孩只比章天昊小五岁，也就是说，他在章天昊的妈妈还没去世的时候就已经出生了。

　　当章天昊歇斯底里地冲爸爸喊叫，寻求解释的时候，他心里还存有一丝侥幸——万一阿姨只是骗他呢，万一——

　　然而，爸爸的沉默打破了他所有自欺欺人的希冀。

　　爸爸说："天昊，是我对不起你妈妈，她很好，是我的错。"

　　若说此前，章天昊一直将爸爸视作一座无法超越的巍峨高山，如今这座高山顷刻崩塌，滚落的碎石将他砸得遍体鳞伤。

　　当晚，他砸了家里所有能砸碎的东西，翻来覆去嘴里只喊着一个词："妈妈。"

　　第二天，他被爸爸以不容置喙的态度送到了另外一套房子里，爸爸给出的理由是，阿姨即将生产，怕章天昊偏激的行为伤害到她，希望他能冷静一下。

　　原来，在他爸爸眼中，他只是在无理取闹啊。

　　他突然对生活失去了兴趣：学习成绩好不好又怎样？有没有朋友

又怎样？就连婚内出轨都能理直气壮，他就算辍学，也轮不到别人批评吧？有其父必有其子，想必他骨子里也是个不怎么样的人吧，要不然怎么会傻傻地被骗了那么多年呢？

他不想，也不敢报复任何人，他还要依靠爸爸来支付学费和生活费，还要讨好阿姨来在家里争取一席之位，还要装作关爱弟弟来打消一家人对他的防备——只是无所谓了，他怎样都好，活着就行，不然像她妈妈去世得那么早，接着别的女人就登堂入室、抹去了她的存在。

他缺席了一天的月考，是因为那天阿姨生孩子，他怀着一腔难平的情绪要去看着，亲眼目睹一个和他有着血缘关系的孩子的诞生如何将他推入深渊，万劫不复。

当他听到孩子的哭闹时，他只觉得心在烈火中煎熬，生生撕成了两半。他不知道该哭还是该笑，该上前恭喜还是冲去把孩子掐死——孩子是无辜的，他知道，他都知道。爸爸把他教得很好，明事理、懂是非，于是他只能笑着去说违心的话，爸爸欣慰的眼神让他芒刺在背。

如他所愿，这天之后，他就回家了。

他在家有多逆来顺受，在学校就有多嚣张叛逆。他每天和以前最不

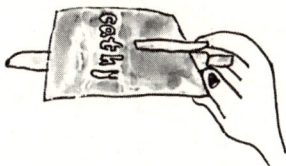

屑的街头混混待在一起，只是不愿意回家。

章天昊是谁？他也不认识了。

这天他睡了个懒觉，反正不在乎迟不迟到，连闹钟都没调。

起来的时候家里一个人都没有，爸爸去上班了，阿姨应该是送大一点的弟弟上学去了，留下那个刚满月没多久的弟弟在摇篮里酣睡。

章天昊开始慢条斯理地捡书包，心情出奇的好，随口哼起了小调。

这种好心情没持续多久，就被隔壁响亮的哭声打断了。章天昊头疼地走进去一看，果然是那个小祖宗又醒了，正卖力地嚎啕大哭。

章天昊回忆了一下平素阿姨怎么哄弟弟的，从床头柜上拿了奶瓶就往弟弟手里塞。没想到弟弟不仅不接，反而小手一挥，将奶瓶打翻在了他身上，弄脏了他唯一一件干净的校服，还将奶腥味染了一身。

"别吵！"章天昊的心情瞬间阴郁，恶狠狠地瞪着那个哭闹的小宝宝。

小宝宝哭得更大声了，还直冲着章天昊挥舞着自己白嫩的手臂，搅得他心烦意乱。

"我叫你闭嘴啊！"章天昊忍不住吼了出来，"你别闹了行不行？"

小宝宝哪会顾忌章天昊的坏脾气，哭声简直要把天花板掀下来，在章天昊耳中简直像是一道催命咒。

他怕，他怕阿姨随时都会回来，听到宝宝在哭又到他爸爸面前告他一状，反正也不是第一次这么做了。白白嫩嫩的宝宝，在他眼中就像是催命的厉鬼，小嘴一张，就能把他的魂给吸走，表情狰狞，面目可憎。

他的脑中一瞬间闪过很多东西，有妈妈的笑容、有爸爸的训斥、有那天黄昏绚烂的晚霞、有学校的篮球场……那些曾经鲜艳过的画面一帧帧转瞬即逝，他下意识地伸手去抓。等意识回笼，他的耳边已清净了不少，而他的手，正捂在宝宝的口鼻处。

他在宝宝清澈的大眼睛里看到了自己，竟然是前所未有的轻松畅快，嘴角还挂着久违的微笑。这是头一次，他觉得他把命运牢牢地握在了手中。鬼使神差地，他没有松手，听着宝宝的哭声越来越弱，直至消失。

他松开了手，去探鼻息，已经没有了。

他头也不回地逃出了家，漫无目的地在街头狂奔，最后还是一头栽进了他最熟悉的校园。

章天昊是谁？一个杀人犯，一个杀了自己亲弟弟的人。

第二十九章

郭瞿听完章天昊的叙述，竟然一点想要怪罪他的心情都没有。

他只能感觉到逆流成河的悲伤，和一个即将溺水的少年最后的挣扎。从头到尾，都没有人想过要拉他一把，或许同学们试图劝阻他，可是他要的是浮木，他们却递给他一根稻草。

他一个人挣扎了将近一年，任由内心荒芜，无人问津。

要是能有一个人陪他一起面对就好了。

郭瞿突然想到了孟姝，他以前真的不能理解章天昊对孟姝的所作所为，包括那次跟陈煜然打架；现在才发现，原来他要的很简单，不过是孟姝一个正眼，能够看见他的存在。

章天昊，已经被他自己弄丢了，他只是希望有一个人能帮他找回来。

然而，孟姝也选择了无视他，因为孟姝心里也没有他的存在。

"章天昊。"郭瞿轻声问道，"那你想过没有，现在要怎么办呢？"

"我不知道。"章天昊眼里只有黯然，希望的火光已经熄灭，给他留下了一整片黑暗。

郭瞿扶住他踉跄的身形，抵住了他的肩膀，侧目看向他："你真的想要以命抵命吗？"

"要不然还能怎样呢？"章天昊声音嘶哑，带着无力的自嘲，"继续上学、工作、结婚？背负人命的家伙，哪能有资格？"

"那你后悔吗？"

章天昊沉默了一会儿，眼底沉寂如同冬日皑皑，最终还是吃力地吐出了"不后悔"三个字。说完之后，他蓦地抬头，眼神焦灼，嗫嚅着似乎想要辩驳，然而还是如鲠在喉，不发一言。

"我理解你。"对章天昊来说，郭瞿的反应完全出乎意料。

章天昊小心翼翼地问道："你真的理解吗？"

"嗯。"郭瞿拍了拍章天昊的肩膀，"你第一次反抗了他们施加在你身上的不幸，虽然结果并不是你想要的，但是你觉得自己迈出了第一步。你在某一点上确实没错，错的不是你，是他们；他们对不起你妈妈，也对不起你。但是你也知道，孩子是无辜的，对不对？"

"对。"章天昊毫不犹豫地点了点头。

"你也是无辜的啊。你何必因为上一代人的恩怨把两个无辜的人搭进去呢？"郭瞿问道，"那样的人，不值得啊。"

"可是，他是我爸爸啊！"章天昊的眼泪毫无预兆地流了下来，他愣怔了一下儿，还是攥紧了拳头，没抬手抹去，所有的委屈都随着一声"爸爸"喷涌而出，避无可避。

郭瞿没再说话，而是一直陪着他哭。直至今日郭瞿才发现，一个身高几乎要追赶上自己的大男孩无声的落泪，真的能引发犹如海啸般铺天盖地的悲伤。

落日终于被驱逐到了地平线之下，夜晚的黑暗攻占了城市上空，这个城市如同往日一般华灯初上，霓虹漫天。

章天昊终于平静了下来，年轻的面庞冷静得可怕。

"带我去自首吧。"他说，"老师，麻烦您了。"

"你不能去。"郭瞿目光沉沉地看着他，已然下定决心，"我带你去另一个地方。"

"去哪？"

"光阴城。"

"啧啧，我就知道你要把人往我这带。"姜涞立在空中，双手抱臂，把城主的架势端了个十成十，"怎么着？现在能耐了，发现自己不用经过我的同意就能往光阴城带人了？"

"如果不是我，他本来也该来找你的。"郭瞿此时才没工夫和姜涞计较，"你自己说过，光阴城的大门永远向有需要的人敞开。"

姜涞撇撇嘴，飘然落地，朝呆愣的章天昊走去："章同学，你说你自己是不是要来找我啊？"

"你是……"

姜涞不耐烦地摆摆手，说道："每次都要做自我介绍，烦不烦？郭导游，麻烦你下次先给游客做个背景介绍可以吗？"

郭瞿斜睨了姜涞一眼，暗忖着她这小孩子脾气估计是没法改了，总归还是自己要让着她些。思及这点，郭瞿做了个深呼吸，耐心地向章天昊介绍了光阴城。

"真的……能复活弟弟吗？"章天昊巴望着姜涞，姜涞仿佛看见自己的身影倒映在他的瞳孔中闪闪发光。

"能啊。"姜涞点点头，"但是要付出代价。"

"是什么？"

姜涞托腮想了想，轻描淡写地说道："你日后的爱情吧，如何？"

"我现在告诉你，在将来，你会如愿以偿地和孟姝在一起；而现在，你要用这段时间来换取你弟弟的生命，你愿意吗？"

郭瞿和章天昊听到孟姝的名字时都面露惊诧，为姜涞口中的未来所震惊。

章天昊自嘲地笑笑，眼底的悲哀犹如荒草连天，一字一顿吃力地说道："杀人犯，哪里会有将来？我换，我换啊！"

死寂尾随着他带着哭腔的呼喊，就连光阴城的云朵都屏息静立。

姜涞缓步走到章天昊跟前，修长白皙的手指搭上他的肩头："你也别太难过，你的一生又不会只有这一场爱情。总有一天，你会碰上比孟姝更好的人，她的心将完完全全属于你。"

"真的吗？"章天昊不敢确信的神色诉说着他内心的不安，他的背脊佝偻，竟是要把自己低到尘埃里的姿态。

姜涞展颜一笑："是的，我保证。"

经过深思熟虑，姜涞还是选择在章天昊离开家的那个时间点直接复活小宝宝，而不改变其他任何人的时间。她也不确定章天昊是否能够忘掉这场交易，忘掉自己曾经背负着一条小生命，用那双捂住宝宝口鼻的手重拾纸笔和篮球，走上本该属于他的人生正轨。

姜涞叮嘱郭瞿照顾好章天昊，就把他们俩送出了光阴城。

她刚刚在逆转时间的时候，发现了一件很有趣的事情，本想找个地方自己好好琢磨，没想到下一秒郭瞿又站在了自己面前。

"你怎么又来了！"姜涞懊恼地扯着自己的头发。

郭瞿面上滴水不漏，心里却也和姜涞说着同样的话。

"来了就来了呗，难道你又想赶我走？"郭瞿一本正经地说道。

姜涞以狐疑的眼神打量了他好一会儿才放过他，问道："怎么样，刚刚章天昊保存了记忆没？"

郭瞿摇摇头，姜涞的心凉了半截，没想到他接着说道："刚刚时间间隔太短，没来得及观察。"

姜涞长舒一口气，叹道："但愿他能忘掉吧。"

姜涞斟酌了一会儿言语，缓缓开口道："其实我刚刚对章天昊撒了谎。"

"什么？"

姜涞叹了口气，说道："其实你也注意到了吧，章天昊未来是绝对不可能和孟姝在一起的。所以，他拿来交换的时间，其实不是这个。"

郭瞿表示完全在意料之中，陈煜然和孟姝的感情有目共睹，虽然还是青春年少，但是他笃定他们有一起走下去的资本。

"其实吧，章天昊本来可以遇上一个这辈子对他最好的姑娘。而且，那个姑娘完全不在意他进过管教所，不仅心疼他，还掏心掏肺地对他好。然后他们结婚了，婚后生活也很幸福。"姜涞摊了摊手，"但是现在没有了，就是这样。因为他根本没进管教所，所以他也遇不上他的姑娘了。"

郭瞿说："这其实挺公平的，那个姑娘算是老天对他的补偿吧。现在没有伤害，自然也不需要补偿。"

"嗯。"姜涞点了点头，"其实我说是孟姝，就是为他举个例子，让他知道他现在放弃的是他的爱人，而不是无关紧要的人，也警告他下次不要冲动行事了，不然代价很大。他压根想象不到他以后会多爱那个姑娘。"

郭瞿突然想到了一点："那那个姑娘呢？这样不也就破坏了她的姻缘？"

姜涞笑着摇了摇头："其实对她来说，不要碰见章天昊会更好一点吧。"

她其实无意中看到过那个姑娘，今天做交易时才认出来是她。

弯弯的眉眼，樱桃小嘴，嘴唇有些上翘，感觉像在嘟着嘴撒娇。这样的姑娘，太有辨识度了。

她曾经在杨百里的故事里，看到过她的身影，地点是邱伊人住院的医院。她看见娇俏的小姑娘费力地穿过人群，投进一个头发花白的老人的怀抱，在惨白的墙壁的包围下，她眼角眉梢竟都是融融春意。她看到小姑娘一路上摔倒了几次，但是仍旧笑着宽慰老人，坚称自己没事。

其实老人都看见了啊，只是小姑娘没看见而已。

没错，小姑娘是个盲人。

要是她的眼睛能放光彩，绝对是世间最珍稀的宝石。

姜涞私心觉着，她不该和一个杀过人的人在一起。她应该是小天使，双手不沾血，衣角不染尘。这世间总有人能将她保护得很好，而不是等着她去治愈。

姜涞突然想到了一个人——光阴城前城主，他的妻子就和小姑娘有点像。

好久都没想过他了呢。姜涞勾起嘴角，闭上了眼，这个斯文变态，全世界也就只剩下她记得了。

第三十章

郭瞿从光阴城出来，发现已经是第二天清晨。最近他进出光阴城的次数越来越多，而且大都不受控制，进出光阴城不会影响现实时间的规则也受到影响，好像有什么事情正在潜移默化地改变。

知道自己也改变不了什么，郭瞿认命地拿起包上班去了。

他特意绕路从章天昊他们班门口路过，发现章天昊破天荒地来得特别早，正坐在位置上看书。郭瞿不知道自己该不该找章天昊谈谈，此时班门口已经聚集了不少同学，怕天昊尴尬，郭瞿马上就离开了。

他到底有没有被抹去记忆呢？郭瞿托腮思忖着，如果他被抹去了记忆，他就只会有他以为他掐死了弟弟，但是弟弟其实并没有死的记忆，也不清楚自己安慰他的那段会不会被完全抹掉；如果没有的话，所有事情他都记得清清楚楚，大概也会记得自己和他在器材室的谈话吧。

从自己和他的关系入手，或许这是个契机改变章天昊和同学们的关系呢。郭瞿暗暗下定了决心，这"闲事"他要管到底。

于是郭瞿坐在位置上，望眼欲穿地盼望着蒋老师快点来，蒋老师是章天昊的班主任，虽然八卦了点，还是特别热心的。

"哟，小郭，你在瞅啥呢？"蒋老师热情洋溢的声音在郭瞿耳边蓦地响起，吓了郭瞿一跳。

"你怎么从后门进来了？"郭瞿纳闷地问道，自己还一直往前门那边张望呢。

"嘿嘿。"蒋老师故作神秘地搓搓手，"我刚刚从班门口绕过来的，你猜我看见谁了？"

还没等郭瞿猜呢，蒋老师就哑哑地往下接话："我看见章天昊了！哇他真的转性了啊？以前他能不迟到我就烧高香了，他竟然还会这么早来看书？简直要刮目相看了！"

郭瞿不得已再次装作惊讶状："真的啊？那你是不是要找他谈谈啊？"

蒋老师高涨的热情一下被打压了下来，头发软趴趴地在额前晃荡："我也想了解一下他的心理状况啊，但是你听过哪个学生因为来得太早被老师找谈话的吗？而且人家只是一天来早了而已，万一只是个巧合呢？那我也太大惊小怪了吧！"

"要不你叫他来搬作业吧。"郭瞿给蒋老师支招，"然后探探口风呗。"

"行！果然你们小年轻就是点子多！"

郭瞿就这样如愿以偿地在课间操时间，在办公室看到了章天昊。

郭瞿看着蒋老师把六十多本练习册全部堆到章天昊一个人身上时，忙敢上前搬下来了一叠，说道："章天昊，这个练习册太重了，老师帮你一起搬过去吧。"

郭瞿感受到章天昊的身体有一瞬间的僵硬，随即闷闷地回了一句"谢谢"。

从办公室到章天昊他们班有一段路程，同学们又全都去做课间操了，空荡荡的走廊里回荡着两人的脚步声。

"你……"郭瞿不知道该如何开口。

"你是想问我昨天的事情吗？"章天昊扯出一抹苦笑，"很遗憾，我没忘。"

"你是指……"郭瞿不确定章天昊在说器材室的事还是在光阴城发生的一切。

"光阴城，还有你。"章天昊眨了眨眼，成功敛去了眼底的疲惫不堪，"还是要谢谢你，郭哥，真的谢谢。"

郭瞿叹了一口气，姜涞担心的事情还是发生了，章天昊没有被抹去记忆，心里就可能永远跨不过杀人这道坎。

"你别想太多，现在什么都没有发生。"郭瞿顿住了脚步，随即章天昊也站住了，"老师们都很愿意帮助你，如果你改变了自己，应该也会接收到来自同学们的善意。"

"我知道。"章天昊垂下了眼，"我只是需要的时间。大概以后的很长一段时间，我都要赎罪了。其实我本来能和家人好好相处，只是用错了方法。"

"你能这么想就好了，但是这不代表你要认同你爸爸的做法。"郭瞿说，"对待未来的妻子，要忠诚，婚内出轨其实真的挺……"他说不下去了，毕竟是章天昊爸爸，他实在不知道该用什么词进行委婉的形容。

"我知道。"章天昊郑重地点点头，"还有不到两年我就成年了，到时候我会独立，这样就不用和他们生活在一起了。"

似乎是意识到话题有些沉重，章天昊话锋一转："话说郭哥你三观这么正，怎么还没找女朋友啊？不会是真的打算为教育事业奉献终身吧？"

"大概是没遇上合适的。"郭瞿无奈地笑笑，"我还年轻呢，你着什么急。"

章天昊压低了声音凑到郭瞿耳边说道："其实，上次那个光阴城城主挺漂亮的，虽然头发白了……"

郭瞿心头一跳，低声喝道："别乱说，人家那可不是凡人级别的了。而且，她有可能听得见我们在说什么。"

"这样啊。"章天昊惴惴地抚了抚胸口，"那我不说了，不说了。"

郭瞿看着他夸张的动作，心知肚明他只是在努力避开那些沉重的回忆，掩饰心中的不安。心底的伤没有那么容易愈合，只能小心翼翼的避开它，等它一点点的长出痂。

所以，郭瞿并没有责怪章天昊对他和姜涞异想天开的编排。但这也促使他思考起来——他和姜涞到底是什么关系呢？

郭瞿的担心其实是多余的，此刻姜涞并没有监视着他们的一举一动，而是一个人晃着雪白匀称的小腿，看着时光泡泡。

她之前就在章天昊的时光泡泡里发现了很有趣的事情，如今终于有闲情坐下来求证。

章天昊的后妈，竟然是个熟人呢——

景言。

在路壹的时光泡泡里出现过，和夏夜阑同样被传为被强奸的女孩。

景言应该和路壹同岁，差不多三十左右，若是有一个只比章天昊小五岁的儿子，那么就意味着她大学没毕业就生了孩子——亦或是说，她根本没有上大学。

当年到底发生了什么？

姜涞没法抑制住自己的好奇心，虽说光阴城城主并没有随意窥探他人过去的权力，但是姜涞还是用了点小手段，以路壹的时间为媒介，找到了景言的过去。

姜涞一口气把时光泡泡看完了，抬手扶住了额角。

真是，触目惊心。

原来路壹和夏夜阑都有一个误会，误会当年校园里的流言蜚语正是指夏夜阑的事情，而夏夜阑不忍景言的名声受到抹黑，干脆站出来承认了被强奸的是她。

哪会有那么巧？夏夜阑的事情并没有理由会被当事人以外的人知道，根本不可能传到校园里来。

其实，同学们口中那个被强奸的女孩，本来应该是指景言。

而且校园里的流言，是有人故意为之。

原因很简单，景言的父亲赌博欠了钱，丢下她们母女俩跑路了。

追债的人找上门来，景言母女哪有可能还得上那么多钱？景言妈妈在得知丈夫欠债的金额后，差点当场晕倒，而景言只能咬着嘴唇站在一边，一遍一遍地和那些凶神恶煞的大叔解释，自己爸爸跑了，家里没剩钱了。

追债的人将景言家看起来似乎值点钱的东西都搜刮走了，尔后不得已忿忿不平地离开，想想还是气不过，景言爸爸跑得那么快，鬼晓得现在躲在那个旮旯里苟且偷生，那么多钱差不多算是打了水漂，不报复景言一家真的吞不下这口气。

他们决定，就从最弱的景言开始。

偏僻的小巷，暴虐的大汉，娇弱的女孩，从眼泪干涸到嗓子嘶哑，从夕阳西下到夜幕降临，黑暗无情地侵蚀着这个花季的姑娘，绝望的浪潮一波波将她席卷，最后将她抛进万劫不复的深渊。

景言遭受的，是比夏夜阑更深沉的苦痛。

而且，世界上只有一个夏夜阑，她的勇气与担当难以复制。

于是景言在接下来的日子里连家门也不敢出，更不要说像夏夜阑一样去上学，所以并没有听到那群人为了继续报复他们家而在学校里散播的流言。同时，她也错过了那段黑暗时光里唯一的温暖——曾有一个姑娘，为了她的名声，毫不犹豫地替他挡住了流言蜚语的滔天箭雨。

那群人来她们家讨债的次数渐渐少了，最后干脆不再出现在她们眼前。因着她们一直没能还上那笔钱，又和父亲完全失去了联络，母亲主张不要报警，带景言去一个新城市生活。

景言依了，这个漂亮的姑娘对命运低下了她骄傲的头颅。

来到新城市后，已经家徒四壁的她们自然不可能会让景言去上学。景言乖巧地提出去饭店打工，凭着自己出色的相貌和已然被打磨得圆滑的个性，获得老板青睐，被推荐去了一家朋友开的高档酒店当服务员，也就是在那里，她遇见了章天昊的爸爸。

第三十一章

景言，其实从来都不是一个甘于向命运屈服的姑娘，她精致的面容带给她的是与生俱来的优越感，如今是她可以毫不迟疑利用的工具。

她不愿意永远在城市里为着生机奔波不定，吃着上顿操心着下顿，看到好看的衣服不能买，看到好吃的东西不能吃。当她看见章爸爸的那一刻，她就知道她改变命运的机会来了。

勾引一个事业处在上升期的男人并不难，而且那时章爸爸才三十出头，剑眉星目，啤酒肚还没出来，景言看着也不会觉得太委屈自己。

意料之外的事情是，她怀孕了。

当时景言以死相挟，还是把这个孩子生了下来，并且做出了绝对不打扰章爸爸家庭生活的保证。一方面是出于要永远绑住章爸爸的心思，另一方面，这个孩子的到来让她热血沸腾——这是一个纯洁无暇的孩子啊，和她血脉相连，心灵相通，她相信她能将孩子养得很好。

没想到，在这个孩子三岁的时候，章爸爸的妻子就去世了。

景言主动找到章爸爸，认真地看着他："你儿子需要一个妈妈。"

"他不会接受你的。"章爸爸目光复杂，"等他长大点吧，我会带你进家门的。"

就这样，一等八年。

其实午夜惊醒的时候，景言也会难过到想哭，颓然擦着眼角，眼泪已经干涸——自己好好的人生怎么就变成这个样子了呢？她会将那个改变她一生的傍晚之前的回忆小心翼翼地拿出来细数：她还记得从小看童话书，最讨厌的就是里面恶毒的后妈，坚信以后一定会嫁给一个正义的王子；上了中学，少女心思开始萌动，她也偷偷地打探过隔壁班班长的消息，躲在后门看他发作业的样子，只是因为有一次无意中看到班长斥责过随手乱扔垃圾的同学，并且自己弯着腰捡完了整个走廊的垃圾；她知道自己漂亮，给她写情书的小男生也不少，她每次都会认真又委婉地拒绝，生怕伤害了人家的一片真心。

如今，自己成了自己最厌恶的那种人。

没有公主被污浊的男人糟蹋过，没有王子会迎娶不纯洁的公主。既然她这辈子都没有办法再成为公主，她只好换一种方式继续活下去。

只是为了，好好地活下去。

在第一次正式与章天昊见面的时候，她本以为章天昊会对她冷言冷语，甚至大喊大叫，没想到这个已经和他爸爸并肩的男孩只是呆呆地站在了原地，然后有些羞赧的摸摸头发，喊了一声"阿姨好"。

习惯于察言观色的景言瞬间明白，章天昊并不知道自己和他爸爸的关系开始于何时，也不清楚自己手里牵着的这个孩子，是他爸爸的亲生儿子。

景言突然就为章天昊感到可悲，她知道纸包不住火，还不如早早挑明，也比一直被蒙在鼓里当猴子耍要好。

既然章爸爸不肯说，那么由她来做这个恶人吧。

挑了个风和日丽的下午，景言对章天昊直说了。

章天昊的反应和她想象中的一样激烈，她亲眼目睹了一头绝望的小兽在得到父亲亲口求证后希望破灭的哀鸣，像极了那条小巷子里的自

己，在铺天盖地的黑暗里苦苦挣扎，自以为幸福的人生就此天翻地覆。

然后，她见证着章天昊如何从一个懂事的优等生，堕落成一个游手好闲的街头混混。她就这么冷眼旁观着，其实是因为不知所措，她为章天昊感到很难过，因为她看到了章天昊眼底的妥协，他是真的向命运妥协了，就像当初的自己。同时她又痛恨起自己和章爸爸，这么优秀的孩子，就这么被他们逼得走投无路，

自己好像是真的做错了，即使自己有心弥补也无济于事。

但是，谁又来弥补她呢？

155

姜涞收起时光泡泡，眼睛涩涩的，有点想哭。

她想起一句话：幸福的家庭都是类似的，不幸的家庭却各有各的不幸。

其实她已经记起来了，在她还未成为光阴城城主的日子里，她曾经见过景言一面。

当时景言还是小饭店的服务员，他们一伙人去饭店过生日，寿星包了最大的那个包厢。一群未成年又打又闹，一直都是景言在一旁耐心的候着，给他们收拾残局。当时姜涞还偷偷地和身边的同学说，这个服务员姐姐真漂亮。

在姜涞的印象里，景言一直都是笑得恬淡隐忍的模样，背脊挺得特别直，修长白皙的脖颈划出美好的弧度，像极了一只白天鹅。

真是很久远很久远的回忆了。姜涞撑着头，无所谓地笑笑，成为光阴城城主前的那个姜涞，这世上已经没人记得了。

姜涞看着周围熟悉的校园环境，一草一木都熟悉得像刻进骨血。她本以为自己只会在这个地方读三年书，没想到下意识里就把光阴城也变成了这副模样，这漫长又难熬的时光全都赔在了这里。

最大的意外，大概是重新遇见了郭瞿吧。

这个傻子，还是一样的傻。

长大以后的样子比想象中好看一点呢。

在下一次郭瞿进入光阴城的时候，他告诉了姜涞章天昊并没有被抹去记忆的事情。

"嗯，其实还不错。"姜涞并没有很大反应，虽然她之前也没有刻意去探寻这件事，"我觉得以后他大概能和他后妈好好相处了。"

郭瞿皱紧了眉头："其实说白了，他后妈也不是什么好人，差不多一年来一直纵容他，是要捧杀他？"

姜涞失笑，摇了摇头："你想多了，或许只是因为他后妈觉得真心对不起章天昊吧。"

郭瞿敏锐地捕捉到了姜涞话语中的深意，问道："你是不是又知道了什么？你平素不是最喜欢各种阴谋论吗？动不动就说什么'这事不简单'。"

姜涞下了狠劲，猛推了郭瞿一把，笑骂道："去你的，我是那种阴暗的人吗？我就是一如花似玉的小姑娘，比纯牛奶还纯。"

郭瞿踉跄一步，稳住脚以后盯着姜涞看，看得姜涞有些发毛，手往他眼前一伸："看什么看，没看过会操纵时间的小姑娘啊？"

郭瞿说："说实话，我有的时候真的觉得你就像我们班学生，也就那般大，做事没个定性；但是有时候吧，又觉得你深沉得可怕，大概是因为太久没接触过正常人。"

还没等姜涞发话，郭瞿补充道："所以好不容易看到个正常的我，就可劲儿地欺负。"

"呵呵呵呵。"姜涞冷笑着摩拳擦掌，"要不我今天就把这欺负的名头坐实吧，我记得你可是最怕痒来着。"

"我没告诉过你啊！"郭瞿下意识脱口而出，"你不会监视我吧？"

姜涞愣了一秒，笑着敷衍过去了，思绪却不知飘到了哪里。

怎么知道的？当然是亲身试验过啊。

第三十二章

阿笙一个人走在熙攘的街头，火辣辣的太阳就高悬在头顶，毫不留情地炙烤着大地，让阿笙脸上的汗水混着她的泪水将一张苍白的小脸抹得斑驳。

她踉跄着脚步，不经意将迎头的路人撞了隔壁满怀，嘟嚷着道了声抱歉，在逐渐飘远的骂声中跌坐在了街边的阶梯上。

阿笙今年已经二十六岁了，却坐在街边哭得像个六岁的孩子。没有人上前去安慰她，或许是因为她的哭声太过放肆，吸气呼气间像是跌宕的海浪拍岸，带着粉身碎骨的决绝。

阿笙确实是这么想的，要是自己当年跟着那些人走了，就算死了也好过现在。

好过在电视上目睹木木的死刑判决。

那个左眼下坠着泪痣的少年啊，现在或许该称为青年，在她心里永远都不会是那个罪大恶极的拐卖儿童团伙头目林生，而是当年那个将"阿笙"这个名字叫得全世界顶顶好听的木木。

要是，要是能重来一次，该有多好？

姜涞坐在光阴城里，百无聊赖，思忖着最近是不是海晏河清，天下太平，来光阴城的人都渐渐少了。

就在这时，姜涞感应到有人走进了光阴城，眼睛一亮，也等不及人家自己寻到通往她面前的路，挥挥手把迷雾都散了，直接把人引到了跟前。

"是你？"姜涞的表情在看清楚面前的人后，霎时变得微妙。

"请问，你认识我吗……"面前的姑娘眼睛红红的，还没从蓦然来到一个陌生地方的惊吓中恢复过来，活像只受了惊的小兔子。

"也不能说是认识吧。"姜涞一改以往嚣张得不可一世的态度，保持着亲和有礼的微笑，"你能来到这，看来是有常人无法帮你达成的心愿，请问我有什么能帮助你的吗？"

"什么都可以吗？"姑娘急切地追问。

"对，什么都可以。"

"我想救一个人，他叫林生。"阿笙低着头，生怕自己又没出息地哭出来，自然就错过了姜涞那个"果然如此"的眼神，"就是那个几个月前被抓的特大拐卖儿童团伙的头目，最近被判了死刑，新闻里都播了。"

"可以呀。"姜涞微微一笑，"你想要怎么救呢？是单纯不想他死，还是想让他完全摆脱现在的生活轨迹？"

阿笙呆呆地喃喃自语道："这样也可以啊。"显然是被姜涞轻松的语气惊到了。之前她看到新闻的第一反应，就是拉着职工宿舍舍友的手疯魔一样地说自己要救木木，结果被舍友一把甩开，大骂自己脑子有病。她控制不住情绪，又怕影响到舍友，只好一个人出来了。

"嗯，都可以的。"姜涞表现得格外有耐心。

阿笙想了想，捏着拳头鼓起勇气抬了头："那我要改变他的命运，他本来就不该被拐走！他那么聪明，我那么蠢。"

姜涞的眼神瞬间变得有些迷离，好像是在透过阿笙看谁的影子，说道："代价很简单，那就你被拐走好了。一人换一人，这很公平。"

阿笙下意识地瑟缩了一下，意识渐渐苏醒，以狐疑的目光打量着姜涞："你怎么能控制已经发生的事情呢？"

姜涞说："这里是光阴城，并不是常识所能理解的地方。我的职责就是为能够进来的人达成愿望，收取代价，仅此而已。那你，是愿意还是不愿意呢？"

愿意，还是不愿意呢？

木木曾经也问过她这个问题。当时他捧着自己的脸，眼睛里仿佛装满了整个夜晚的星星，温柔又耐心地问她："阿笙，你愿不愿意跟我走？"

愿意啊，怎么会不愿意呢？

只要是木木，怎样都是愿意的。

当时，她八岁，木木十二岁。

阿笙六岁才跟爸爸妈妈一起搬来落石村，在此之前，一家人一直住在城里的一栋小洋房，后来是因为爸爸投资失败宣告破产，房子也被银行收走了，才不得已带着他们回了农村投靠在乡下种田的爷爷奶奶。

爷爷奶奶也没料到爸爸这么快会回来，只好圈了后院给他们一家人住。后院原来养着家畜，味道并不好闻，爸爸一直骂骂咧咧个不停，而阿笙怯怯地瑟缩在妈妈身后。

阿笙很怕爸爸不满意，以为自从爸爸生意失败后，只要不满意就会喝酒，喝完酒就会打人，有时打妈妈，有时打她，更多的时候是不分青红皂白地一起打。但是每当爸爸清醒过来时，都会哭着想来抱她们。只要感受到了阿笙的抗拒，爸爸就会一个人躲出去抽烟，一包一包地抽，然后下次喝更多酒，下手打得更狠。

妈妈总会抱着阿笙，顺着她软软的秀发，颤着声音告诉她，爸爸不是这样的人，爸爸以前对她们都很好，只要忍一忍，爸爸总会变回来的。

阿笙正是要上学的年纪，爷爷奶奶把她送到了村里的小学，离家有半个小时的脚程，但是在这山沟子里也算近的了。

爸爸妈妈不放心阿笙一个人上学，可是他们自己也不熟悉山路，爷爷奶奶年纪大了也经不起折腾，于是决定雇个村里年纪大点的娃陪阿笙一起，一来二去就选上了木木。

木木十二岁了，本该是去上学的年纪，家里却因为已经有了个在外地读书、学习成绩优秀的哥哥而强留下了他，只让他在家里帮干农活，说是希望他长大以后能继承家里这一亩三分地。据说谷雨村的人经常能看见木木背着个箩筐，痴痴地眺望着学校的方向，挂着令人心酸的微笑。爷爷奶奶因此打趣地说，让木木带阿笙上学，也算了了木木一个念想。

其实阿笙在爷爷奶奶正式介绍他们认识之前，见过木木一面。当时她初来乍到，撒了欢地到处跑，跑到一个小山包底下迷了路，坐在地上哭的时候被山包上割草的木木看了个正着。

头顶突然传来一句"别哭了"让阿笙吓了一跳，她小心翼翼地抬头看去，未干透的泪水将眼前洗得清亮，只看见一个逆光而立的少年，仿佛和头顶的太阳一样散发着温暖的光芒。木木俯视着杂草和阿笙，而阿笙只能仰视着他。那时，蓝色的天空衬托着木木，一团团的白云，在他背后涌动。

阿笙只顾着狼狈地擦着眼睛，脸蛋像烧灼了一样红彤彤的，压根就没注意到木木是什么时候离开的。

然而，当她再次看见木木的时候，她瞬间就认出了他，还有他左眼下的那颗泪痣。

木木在面对大人时一直都显得谦和有礼，然而当牵着她走上山路的时候，直接揉上了她的头发，眼中满满都是笑意："原来是你这个小哭包。"

阿笙不服气地瞪眼看着他，反倒换来他更放肆的笑声。

就这样，木木牵着她，走过了几百个清晨与黄昏，将那条弯弯曲曲的山路上印满了他们并排的脚印。

直到那天晚上，阿笙的爸爸死了。

喝了酒，脚步踉跄着跌了一跤，撞上了身后的柜子角，人就这么没了。

只有阿笙知道，并没有这么简单。

当时她回到家，已经比平常晚了很多，因为老师为了讲评试卷拖了堂，再加上她有心和木木多待些时间。当她迈进小院的时候，并没有看见妈妈，猜测着妈妈去邻居家摘菜了，有些忐忑地挪着步子。

当她打开门的时候，爸爸正佝偻着背坐在角落，一动不动，像座巍峨的山，还好并没有在喝酒。

阿笙长舒了一口气，捏着自己的成绩单的一角，走近了爸爸，试探性地喊了一句："爸爸？"

"嗯？"只是模模糊糊的一句，听不出喜怒。

阿笙递出了手中的成绩单："爸爸，这是我这次的考试成绩，老师说要家长签字。"

薄薄的纸被一只大手毫不留情地扯了过去，阿笙赶忙松了手。

爸爸沉默了一会儿，突然把成绩单狠狠地甩在了阿笙身上，怒吼起来："你就这成绩，好意思叫我给你签字？数学考59分，竟然不及格！我怎么会有你这样没出息的女儿！"

阿笙飞快地捡起掉在地上的成绩单，表情有些呆愣："我数学考了95分啊……"随即她便说不出话来了，随着爸爸的突然站起，她感到一股弄遇到令人窒息的酒气扑面而来——爸爸竟然刚刚喝了那么多酒？

阿笙满脸绝望，眼神是渗到骨子里的惊慌，她觉得无论她怎样辩白，今天这顿打是少不了了。

"还敢狡辩？"爸爸摇摇晃晃地走过来，一个大耳刮子就把阿笙打到了地上，"现在小小年纪就敢撒谎，以后岂不是要翻天？"

阿笙不敢顶嘴，坐在地上捂着被打肿的脸默默流着眼泪，身上紧接着是熟悉的皮带狠命抽过来的火辣刺痛感，阿笙觉得自己陷入了一片混沌之中，已经分不清哪里痛，只觉得自己被痛感死死掐住了脖子，连喘息都费力。

她在一片模糊中看见了木木，看见木木心疼地抱着她，替她揉开手上的淤青，还将自己省钱买下来的药轻柔地抹在她青一块紫一块的皮肤上。

木木，木木，木木啊！

木木明天还要送自己上学，看到自己身上的伤又要难过了。阿笙不忍心看木木难过的样子，像把黑夜里所有的光都揉碎了塞进木木的眼睛里，闪着破碎的光芒。

阿笙也不知道自己哪来的力气，坐起来对爸爸狠地一推。爸爸完全没有料到自己一向逆来顺受的女儿会反抗，脚步一个不稳，竟直直地倒了下去，后脑勺的位置正好就是一个大柜子，尖角锐利得足以拿来敲核桃。

"砰"！

对阿笙来说，一切都结束了。

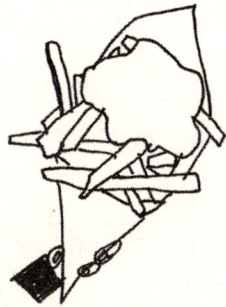

第三十三章

阿笙头也不回地跑出了家门，触目都是浓浓的黑，沉沉地压下来，压得她喘不过气，一张殷红的小嘴失了血色，只像是一条脱水的鱼儿徒劳地张着嘴。

天大地大，却容不下她。

蓦地，面前手电筒的灯一晃，昏黄的光束像一柄长剑，就这么突兀地划破了黑暗。执剑的勇士站在不远处，有着天使般的容颜——

木木。

阿笙脚步加快，毫不减速地扑进木木怀里，眼泪止不住地往下掉。她也不说话，就这么默默地留着泪，头还不安分地在木木胸口蹭着。

"怎么了？"木木的声音满是心疼。

"我，我好像杀了我爸爸。"阿笙的声音渐渐弱了下来，最后几不可闻，"但是，我也不知道他有没有死。"

木木伸手抚上了她红肿的面庞："他是不是又打你了？"

"嗯。"满是委屈的一声闷哼。

有一声叹息被抬眼处倏地亮起的灯火所燃尽，木木蹲下身，轻声哄着她："我带你回去看一眼吧，就偷偷看，不被他们发现。"

阿笙怯怯地牵住木木的衣角："我怕。"

"不怕的。"木木一把抱住阿笙瘦弱的身子，有些笨拙地拍着她的后背，"我保护你呀，木木一定会保护阿笙的。"

手电筒被放在了不远处，两个孩子相互依偎的身影在被层层叠叠的杂草掩住。落石村里没有人注意到有两个孩子紧紧相拥成了最亲密的姿态，他们只关心，村里有人死了。

　　阿笙就抱膝坐在离家不远处的草堆里，看着家门口聚集的人群和格外明亮的屋子就不住地瑟瑟发抖。她其实已经猜到了个大概，妈妈摘菜回来，看见倒地的爸爸，害怕得拿不定主意，就叫来了邻居查看。一传十，十传百，全村的人都知道了，门可罗雀的后院顿时被围得水泄不通。

　　木木去打探消息了，让她一个人在这藏好等他。

　　"阿笙。"明明只是一声轻唤，却让阿笙瞬间找到了木木猫着腰回来的方向。

　　"怎么样了？"

　　"你爸爸死了。"木木拍了拍阿笙的肩头，似是安慰，"他们都说是喝醉了酒不小心摔的，没有人怀疑你。"

　　"那妈妈呢？妈妈有没有在找我？"阿笙偏过头小心翼翼地问道，眼底有一抹不可错认的希冀。

　　"……没有。"木木说，"你妈妈一直在哭，但是应该不是因为找不到你。"

　　"那我该回去吗？"阿笙抬头看着木木，眼神空落落的，满脸不知所措。她乌黑的大眼睛里映着长明的灯火，和那个背光处对她伸出手的少年。

　　"我带你走吧。"

　　后来阿笙才知道，他们这种行为叫做私奔。

　　她也不知道自己在想什么，或许在为失去了爸爸难过，或许在为自己的失手恐惧，或许在为一直哭得妈妈心疼——但是木木对她伸出手的那一刻，她就像一个丢盔弃甲的逃兵重拾了武器，脑子里只想着骑上战马，追随着前方的旌旗勇往直前。

一个决定对八岁的小女孩来说，再简单不过。

你带我逃离黑暗无边，我就追随你天涯海角。

如果，如果没有后来那件事。

没有如果。

木木还能沉得住气溜回家收拾了点东西，趁着家里人都去看热闹了，拉着阿笙就往村外跑，赶上了最后一班到镇上的大巴。

他们应该要逃得更远，木木建议去坐火车，但是他们没有证件，买不了火车票。

于是两个孩子就这样留在了镇上，怀揣着对远方的梦想——直到他们兜里的钱见了底。

就在他们以为即将风餐露宿时，有三个叔叔在街角找上了他们，说是要去落石村，问他们知不知道路，如果带路可以有报酬。

两个孩子相视一眼，答应了。

步行去大巴站台的途中，三个叔叔一直很友善地和他们搭话，说他们是到落石村看望老人的，有很多年没回家了，所以已经不识路了。

"你们去看望谁啊？我们就是落石村来的，说不定知道呢。"木木有礼貌地接着话。

"你们是落石村来的啊，怎么就两个孩子在镇上呢？"一个矮矮胖胖的叔叔腆着大肚腩关切地问道，"爸爸妈妈呢？"

"我们自己出来的。"阿笙不太想提及父母，脆生生地打断了胖叔叔的话。

"这样啊。"胖叔叔隐晦地和身边两个叔叔交换了一下眼神,随即面上笑容更盛,"这么小,真是太不容易了,来,叔叔给你们糖吃。"说完便伸手从裤兜里掏出了一把糖,在阿笙和木木手里各分了一点。

阿笙咧嘴笑了:"谢谢叔叔。"

木木故意落后了他们几步,偷偷用手肘顶了顶阿笙,附在她耳边说道:"阿笙,你衣服口袋小,这些糖你放不下,还是把糖给我保管吧,我们回去慢慢吃。"

阿笙不疑有他,点了点头便把手里攥着的糖全塞进了木木的口袋里。

"哎小朋友,你们怎么不吃糖啊?"胖叔叔回头看着他们,眉毛耷拉在细细的眼睛上,"是不是不喜欢叔叔给的糖啊?"

阿笙和木木都想着把糖带回去吃,但此时不好扫他们的兴,木木只好掏出了一颗糖塞进了嘴里,点点头说:"喜欢吃,谢谢你们。"

说话间他们就走到了大巴站台,熙熙攘攘的人群已经候在了那里,嘈杂的声音压弯了站牌。

"你们坐车就可以直接到了,还需要我们带路吗?"阿笙仰头问道。

"要的要的。"另一个满脸胡茬的叔叔说道,"我们万一下错了站,咋回来都不晓得。而且落石村咱也不熟啊,要是你们能直接带路进村就好了。"

木木坚决地摇摇头:"不,我们不回村,最多带你们到村口。"

胡茬叔叔一沉吟,应了下来。

"人多吵得脑仁疼。"胖叔叔指了指站台后的小丛林,"要不我们

169

往后站站。"

　　木木撑着额头，表情有些难受："我也被吵得头晕，那就往后站站吧。"

　　阿笙懵懂地眨着眼睛，问道："可是人这么多，往后站就挤不上车了啊。"

　　"你不觉得吵得头晕？"另一个戴眼镜的叔叔问阿笙，表情有些微妙。

　　阿笙摇了摇头。

　　"那你照顾一下你哥哥吧。"眼镜叔叔指着木木说道，"咱往后站一点，不打紧的。"

　　他们坐在后头，等了一会儿车都没来，人声鼎沸似是要把天掀开，木木的脸色更苍白了，有些无力地靠在阿笙身上。

　　"木木。"阿笙担忧地在他耳边唤道，"你是不是不舒服呀？要不要我给你找点水来？"

　　"没事。"木木扯出一个虚弱的笑容，"可能是昨晚没睡好，没关系。你别乱跑，万一待

会儿车就来了呢？"

"哪儿能啊？这么久都没来。"阿笙不满地撅起了嘴，"我去给你找水吧，马上就回来。"说完就甩开木木抓住自己的手，咯噔咯噔地往人群中跑，似是只小泥鳅霎时便溜得不见影儿了。

阿笙跑了好些路，才在一家店求来了一杯水，端着水小心翼翼地往回走，也不敢撒开脚丫子跑，生怕把水洒了。

然而，当她走到大巴站台的时候，人群稀稀拉拉地分散开来，一辆大巴车绝尘而去。

她分明看到最后上车的人群里，那个胖叔叔抱着双眼紧闭的木木跟在了最后头，嘴角挂着令人胆寒的笑容。

阿笙怀着惴惴不安的心情等来了下一班车，一下车便不顾三七二十一地冲进了落石村，将其他人的问询置若罔闻，只疯魔一般地问他们有没有人在村口看到过木木。

没有。没有。没有。

阿笙浑浑噩噩地闯进了家门，爸爸的灵柩还没撤走，就放在正厅，妈妈看到阿笙的时候愣住了，冲上来抱住了她，带着哭腔问她这几天去了哪里。

阿笙此刻也不知道哪来的冷静，把事实从头到尾都说了一遍，最后抬着头问妈妈："妈妈，你说木木去了哪里呢？"

妈妈沉默了许久，一把抱住了阿笙，声音有些哽咽："乖阿笙，别想木木了，他……回不来了。他许是，被人拐走了，糖里应该是下了药的。"

"什么是被人拐走了？"

"被一些丧尽天良的人带去完全陌生的地方，或是被卖给不认识的人做孩子，或是被整个残废去讨钱，木木已经十二岁了……后者的可能性大些吧。"

"木木已经十二岁了……后者的可能性大些吧"——这句话成为了阿笙十多年间的噩梦，每每午夜梦回，总是能看见木木拖着残腿坐在街边对她笑，然后泣不成声。

谁都不知道，她在电视上见到完好无缺的木木时有多庆幸。

林生，林生——这个名字只有她懂。

他原本姓苏名木，全村人都叫他二小子，因为他在家排行老二；只有阿笙会脆生生地喊他一声"木木"，从此便在他心里生根发芽长成参天大树，无论头顶多黑，脚下多脏，都始终在他心底最干净的角落枝繁叶茂，郁郁葱葱。

生生不息——阿笙啊。

第三十四章

"他还好好的，长得比小时候更好看了。"阿笙对姜涞说道，"如果我说，我无比庆幸他成了那个团伙的头儿，而不是被打残丢在了某个阴暗的角落，会不会显得很无情，很自私？"

"不会。"姜涞摇摇头，"这个位置，即使不是他，也会有别人。"

"他现在是坏人了，对吗？"阿笙面露哀色地望着姜涞，软糯的声音带着令人心疼的震颤。

姜涞有些不忍心，闭上眼长叹一声："理论上来说，是的。他也导致了很多家庭的离散，或许还有像你一样的姑娘在苦苦等着她们儿时的伙伴归来，我相信你能理解的。"

阿笙双手掩面，将小脸埋进了冰凉的掌心，声音渺远得像是来自远方："努力活下来……有错吗？"

姜涞上前拍了拍阿笙的肩膀："有的时候，并不是错与对能衡量的。不同的选择代表了不同的未来，无论你选择哪一个，都要做好承担后果的准备。"

"如果后悔了呢？"

"这世上确实有很多人没有意识到一些事情的后果，做出选择后就后悔了，比如我。"姜涞的眼神飘忽，似是在回忆一段久远的时光，"我后悔呀，但是又不后悔。因为我知道，再来一次我还是会做这样的决定，然后还是会在长久的寂寥中备受煎熬，然后想着当年的自己怎么这么傻。但是阿笙啊，你要相信你的木木，他和我不一样，我很羡慕他呢——他从来都没有后悔过。"

他从来都没有后悔过，拿自己去换你。

即使葬送未来，赔上性命。

"你觉得你会后悔吗？"姜涞话锋一转，"如果你和我做交易，用自己去换他？"

阿笙想了想，坦诚地说："我也不知道。或许在快撑不下去的时候，抬头看看灯火通明的天空，会有后悔的念头。但也只是想想罢了，如果我知道那个时候木木在世界的某一处过得很好，而不是被逼无奈选择了最危险的一条路，我就不会继续想了。"

"阿笙，你有没有想过……"姜涞顿了顿，还是说了下去，"或许木木根本不愿意你这样做？"

阿笙失笑，撑着脑袋："他怎么可能愿意我这样做呢？不过他又不知道这里，瞒着他就好了。"

"那你，愿意把你此刻那份追悔莫及的痛留给他吗？"姜涞看着她，垂眼一笑，"你们这些人啊，还真是狠心。"

沉默占据了主导，好一会儿才有一个几乎微不可闻的声音响起。

"那我还能怎样呢？"阿笙恍惚地盯着虚空一处，蓦地捂住嘴，崩溃地哭喊了出来，"你说啊！我还能怎样呢？眼睁睁看着他死吗？杀人的是我，该被老天惩罚的是我，木木他那么好，那么好……"

姜涞没有正面回答她，而是抱臂站在了一旁："你别激动啊，先听我给你讲个故事吧。"

这是一个很俗套却又很真实的故事。

有一对情侣，大学相识，毕业结婚，彼此深爱着对方，生活得很幸福。

新婚一年，在一次旅途中，公路上的大货车迎面撞来，开车的丈夫下意识向右猛打方向盘，护住了坐在副驾驶的妻子，自己却当场身亡。

妻子悲痛欲绝，来到了光阴城，找到了上一任光阴城城主许阑山。

"要复活你的丈夫可以，代价是你在那场事故中丧生。"

妻子答应了。

时光倒流，这次丈夫仍然选择了向右猛打方向盘，但是副驾驶座上的妻子还是没有了呼吸。

很意外的，丈夫也进入了光阴城。

"为什么大货车明明撞向了我这边，我老婆却会死呢？"七尺男儿跪地痛哭，背脊佝偻得如同一个耄耋老人，"为什么啊！为什么啊！"

许阑山目光沉沉地看着他，有些不忍心："那你告诉我，你要什么呢？"

"用我的命，换她的，可以吗？"丈夫面带哀求地跪在许阑山脚边，眼里是低到尘埃里的卑微。

许阑山神色难谙地沉吟了一会儿，开口道："按光阴城的规矩，二次篡改时光的代价更高，以命抵命，怕是不够了。"

"你说……二次篡改？"

虽然原则上不能透露之前的交易信息，但是光阴城的更高原则是公平交易，既然顾客问起，必然就要解释清楚二次篡改时光的缘由。

许阑山犹豫了一会儿，还是对丈夫说了实情。

丈夫双眼通红地捶着地面，眼角的泪水都已经干了，声音也早已嘶哑得不像样："她怎么这么狠心啊！她觉得我过着用她的命换来的日子，能过得安心吗？她为什么，为什么不考虑一下我的感受呢？"

"比起死亡，沉重地活下去更需要勇气。"许阑山曾这么说。

后来，丈夫还是离开了，没有交易，就这样孤零零地一个人离开了。

许阑山看到，丈夫没过多久就自杀了，留下了一封遗书。

他说，他深爱着她的妻子，却也深深地恨着她。

并不是你对别人自以为是的好，别人就一定要感激涕零地收下——这是许阑山在和姜涞讲这个故事的时候，留给她的最后一句话。

"上一任城主，他为什么要跟你讲这个故事呢？"

姜涞愣了一下，随即回了神，手指扯过一缕银发在指间漫不经心地把玩："为了劝诫我。"

"那你……"阿笙吸了吸鼻子，不好意思问下去。

"我是更没有勇气的那个。"姜涞不在意地勾了勾嘴角，"别问我了，说说你吧，我至少要确认一下，我之前的十分钟是不是在白费口舌。"

阿笙没有回应，撇过头，鼻音浓重地嗫嚅道："其实我，一直很胆小。"

"嗯，我知道。"

"看着木木接受法律的制裁，然后若无其事地活下去，活到头发白了，牙齿缺了，真的是一件很困难的事情，很难很难。"说着说着，阿笙又带上了哭腔。

姜涞没有接话，而是静静地等着阿笙往下说。

"虽然很大言不惭，但是我知道，木木很喜欢我，就像我喜欢他一样。"阿笙已经哽咽了，"如果是我，是我被拐走了，木木一定也很难过。虽然我不知道他会不会来光阴城，但是他一定会用他自己的方式找我，然后过着那种我觉得很困难的生活。"

"他会的，他会来光阴城。"姜涞说。

"嗯，就是这样，你会告诉他的，对吧？我不想让他恨我，所以，困难的生活还是我来过吧。"阿笙的双眸被泪水洗得清亮，闪烁着无与伦比的光芒，"虽然很难很难，但是我一点一点慢慢来，也就这么过去了。我已经这样过了十多年了啊，没心没肺的十多年。"

不是的，你不是的。姜涞在内心为阿笙辩白着，受人所托，你的痛苦，你的泪水，你的挣扎，我全都看到了呢。

阿笙抿紧了唇，仰头把眼角沁出的泪水又逼了回去："木木现在是坏人了啊，要是他没有受

到法律的制裁，那些分崩离析的家庭又找谁诉苦呢？我不能，不能那么自私啊。就算全世界都恨着他好了，那就留我一个人爱他吧，我这个唯一爱他的人，更要好好地活着啊。"

姜涞偷偷抹去自己的泪水，微笑着走到阿笙面前，握住她的手："受人所托，要不我送你一个礼物吧。"

阿笙似是完全没有注意到"受人所托"，警觉地往旁边一躲："你不会……是要消除我的记忆吧？"

姜涞有些头疼地扶住了额头："你怎么在这种关头就变聪明了呢？"

阿笙还是警惕地盯着姜涞，坚定地摇摇头："我不要，你别乱来啊。"

姜涞施施然往旁边一靠，问道："消除记忆有什么不好？你不记得了，不就不会痛苦了吗？"

阿笙还是摇摇头，坚决地说："我只有记得木木，我才能继续爱着他呀。没有这份记忆的我，就是残缺的我了。"

姜涞失笑，甩甩手："你想到哪去了？我说的是消除你在光阴城的记忆，防止你把这儿说出去呀。"

"我不会的。"阿笙认真保证道，"这里的记忆我也想留着，因为我想记住那个故事。"

姜涞偏头打量着阿笙，长舒了一口气："看来，至少我没有白费口舌啊。"

第三十五章

阿笙走后，姜涞一个人坐在了她储存光阴泡泡的操场上。

她方才，的确是想消除阿笙对木木的记忆。后来还是觉得，阿笙说得对，那个人确实值得世上还有人爱着他，不然就对他太不公平了。

消除记忆不过是受人所托——一个和阿笙一样傻的人，一个拿自己去换别人的人，一个葬送了自己的未来赔上了自己的性命也在所不惜的人。

木木。

她那么笃定木木会在阿笙被拐走后来到光阴城，并不是胡乱猜测；因为这是，确确实实发生过的事情。

最初的最初，被拐走的不是木木，而是阿笙。

木木心疼阿笙，把所有的糖都给了她吃。阿笙贪嘴，在路上就剥了两颗，还没到车站就已经沉沉睡去。

等木木意识到不对的时候，已经来不及了——一个十二岁的瘦弱少年，怎么敌得过三个成年壮汉呢？他眼睁睁地看着阿笙被人贩子抱上了车，而自己被打得动弹不得。

于是，他来到了光阴城，要求让自己被拐走，放过阿笙。

初任光阴城城主的姜涞，对这份工作还抱有热忱，一时多嘴就和木木多聊了一会儿，结果嘴快地应下了他帮忙在他离开后看着阿笙，如果他这次交易并没有被抹去记忆，还要时不时跟他分享一下阿笙的现状。

"你能不能再答应我一件事？"木木问姜涞。

"你说吧，反正我都答应了那么多事了，不差这一件。"姜涞已经无所谓了。

　　木木沉默了一会儿，似是在思索怎么开口，最后说出的话也颇为艰难：“如果……如果有一天阿笙也来到了光阴城，你能不能抹去她与我有关的记忆？”

　　姜涞一声惊呼脱口而出：“你疯了吗？”

　　“希望不会有那么一天吧。”木木仰头苦笑，“如果有那么一天，她肯定是在哪看见了我，而我肯定惨兮兮得让她看不下去。”

　　阿笙能选择拥有勇气，是因为有比她更勇敢的人选择了一条满是荆棘的道路，明知道前路无光，仍是一去不回头。

　　姜涞还记得她每次为了报告阿笙的现状把木木扯进光阴城来时，都能看见他身上的累累伤痕，新伤旧疤在泛黑的皮肤上交错纵横，但那一双清澈的眸子却总是在听见阿笙的消息后，荡漾着令人心醉的温情。

　　“你后悔吗？”姜涞曾问过木木。

　　“我想活下去。”这是木木的回答。

　　后来木木来到光阴城的次数就越来越少，渐渐便不再来了。姜涞不解，询问过缘由，木木只是回答了一句：“现在的我，已经见不得光了。但是，我还是想活下去，很想很想。”

　　姜涞那一次才明白阿笙对于木木的意义——是生命里仅存的光亮啊。所以这次，姜涞才会那么不忍心把这光亮从木木的生命中抹去。

　　彼时姜涞还不是很懂木木那句“活下去”的回答，现在才明白其中深意——人啊，总是没法放弃哪怕一点点的希望。

　　或许在木木午夜梦回的时候，曾看见自己伸手把朝思暮想的小姑娘搂进怀里，埋首于她温热的颈窝，低声说一句，我回来了。

　　你还在等我吗？

光阴城

——我回来了。

姜涞在执行死刑的前一晚，把林生拖进了光阴城。

林生看着姜涞有些愣怔，许久才挤出一个笑容，声音低沉地问好："好久不见。你……果然没变啊。"

姜涞没有答话，而是静静地看着他，眼中似有墨浪翻涌，到了嘴边却是一句转瞬即逝的轻叹："你明天就要死了呢。"

"是啊，我还是没能活下去。"林生有些自嘲地扯了扯嘴角，却是没能扯出一个像样的笑容，"我觉得自己挺该死的。"

姜涞不置可否，只是提了一句："不久前，阿笙来光阴城了。"

林生闻言猛地抬头，这个融入骨血的名字早已在心底翻来覆去千百回，却是许久没从他人口中听到了。他如鲠在喉，明知道一个将死之人不该做什么挣扎，本该毫不留恋地让那些混着鲜血的浪潮将他吞没，漫进他的鼻腔，填满他的胸腔，但还是没能抑制住自己的贪念，嘴唇嗫嚅了好一会儿，才艰难地问道："她……怎么样了？"

姜涞好整以暇地翘着脚，不紧不慢地说："她啊，看到你的新闻了呢，想用自己来换你。"

林生的心脏仿佛被一记重锤砸中，连口腔都弥漫着浓重的血腥味，心底却在血肉模糊中可耻地升温，最后紧紧包裹着那炽热的温度，即使灼伤也在所不惜。

"你没有答应她，对吗？"林生并没有看向姜涞，好似在自言自语。

姜涞摇摇头："这个交易本来就不成立，二次篡改时间需要更高的代价。"

"那就好。"林生展开一抹劫后余生的笑容，有浓墨在他漆黑的瞳孔中晕开，"那么我猜，你肯定没有和她说我们的交易。"

"为什么这么肯定？"

"因为你是世上少数，说过我是个好人的人。"林生看似答非所问，姜涞却一下明白了他的意思。

姜涞有些别扭地转过头："我可是跟阿笙说了，你是个坏人。"

林生展颜一笑，说道："那也挺好的，教她没那么伤心。"笑意融融仿佛冬雪簌簌下陡然初开的寒梅，内敛却惊艳。

姜涞的心有些闷闷的疼，一时鼻酸，连忙岔开话题："我这算是最后一次完成我们的约定，打探阿笙的现状了啊，你不听也得听。我最近又看了阿笙一眼，她加入了一个志愿者协会，帮助找寻被拐孩子的那种。"

"啊。"林生本想说句什么，却被他生生咽了回去，最后只是望着姜涞的眼睛说了句"谢谢"。

姜涞盯着林生，眼眶酸涩却仍瞪着眼，仿佛一眨眼就会错过很重要的事。

"你就没有别的想说的吗？"姜涞一字一顿地问道。

林生说："嗯，这样挺好的。"

姜涞和林生一时相对无言，气氛渐渐归于沉寂，专属于两个孤独灵魂的沉寂。

姜涞突然发问："你有没有后悔过遇见阿笙？"

见林生没有答话，姜涞补充道："你对她来说，是带她走出黑暗，不可或缺的存在。但是你好像没有那么需要她。你原本就活得还不错，要是没有她，你本来有属于自己更好的生活。"

"你呢？你后悔过遇见她吗？"林生反问道。

姜涞诚实地点点头："挺后悔的，她要是知道实情，估计也是和我一样的答案。"

林生有一瞬的哑口无言，但转瞬便笑道："我不该问你的。我的答案是：活着和不死，是有区别的。"

因为一个人，心脏前所未有地鲜活跳动着——

这才是，活着。

从始至终，他的愿望都是活下去。

第三十六章

"好久不见。"姜涞伸手打了个招呼。

"嗯，其实也没多久吧。"郭瞿撑着头，表情隐忍，"头有点疼，最近生病了。"

姜涞有些意外，探头问道："你请假在家休息？"

郭瞿点点头，抿紧唇显然没什么精力说话。

"那你好好休息吧。"姜涞挥挥手，"我也不留你了，本来想问你个问题的。"

郭瞿斜倚着身后的墙壁，拍了拍肩头沾到的石灰，有些无奈："来都来了，你问吧。"

姜涞顺了顺自己的银发，心中颇为不爽，明明只是像顺便了解一下，却跟自己求着他回答一样。她还是不情不愿地开了口："我就是想问问你，对你来说活着和不死有区别吗？"

郭瞿没料到姜涞会突然问他一个这么深奥的问题，有一瞬间的愣怔，不过还是认真地回答道："当然有区别啊。"

"于你而言，区别在哪呢？"

郭瞿想了想，说道："大概是想要活得长久一点的心情吧。如果仅仅是不死的话，好像下一秒结束生命都没有关系呢。"

姜涞的目光攫住了郭瞿，眼睛里仿佛有波浪滔天，但最后又归于平静。她追问道："如果是一个活着的人，因为一件他不足以为之付出生命的事意外身亡了，是不是很可悲呢？"

郭瞿叹了一口气，猝不及防地伸手，毫不留情地揉乱了姜涞的头发，说道："你说你，在光阴城待久了也该懂得你不论怎样都要置身事外的，老是去担心人家的事干什么？再说了，你又怎么知道，对那个死去的人来说，那件事情不足以让他付出生命呢？"

姜涞第一次没有对郭瞿的动手动脚加以反击，而是呆呆地坐在那儿，一言不发，也不知道在想些什么。

"对了，你最近小心点。"姜涞在郭瞿临走前突然开口，"你们那儿应该出了个杀人犯。"

其实郭瞿对他们市最近的一起命案有所耳闻，因为就发生在离他家不远的小区。

但也不是什么特别骇人听闻的大案子，只是有一位中年女性在深夜的时候于小区内被杀害，身上的财物不翼而飞，应当是抢劫杀人。

但奇怪的是，这个杀人凶手完全没有留下任何线索，小区内的监控又年久失修，警方只能根据被害人的死因给出了一个基本的嫌疑人画像，但这模糊的画像让追捕行动无疑是大海捞针。

凶手深夜在住宅区作案，又没有留下痕迹，显然是十分有把握，甚至可以说是富有经验的。小区内虽到深夜，但随时都有可能有人来往，或者让楼上的住户目睹作案过程，所以警方只能寄希望于目击者存在的可能性。

然而，目前为止，目击者还杳无音讯。

事实上，警方的判断并没有错，的确有目击者目睹了凶手作案的全过程。

而且这个目击者，还从背影判断出了凶手的身份。

但是，她没有站出来——谁能因此苛责一个16岁的女孩子呢？

"所以，你到底为什么来找我？"姜涞看着面前惶恐得无法自恃的女孩，已经有些不耐烦了，但仍旧按捺住性子，好声好气地问道。

"我、我也不知道。"韩小青急得红了眼，"我真的不知道这是哪，你放我走吧。"

姜涞头疼地扶住了额角，说道："我刚刚跟你解释过了啊，这里是光阴城，能帮你完成任何愿望，只要付出相应的代价。"说完，不满地低声嘟囔了一句："这不知道你是怎么进来的。"

韩小青有些为难地绞着头发："可是……我没有什么愿望啊。"

姜涞笃定地说："你肯定有，要不然你根本进不来的。好好想想，你最近是不是遇上什么困难了？"

韩小青瑟缩了一下，下意识地环顾自周，发现没有旁人后才暗暗地舒了口气，小幅度地点了点头，承认道："有的。"

姜涞兴奋地一拍手，欢呼道："那就对了，来，跟我说说吧。"

韩小青有些排斥地斜睨了姜涞一眼，满脸不情愿："话说我都还不知道这里到底是什么地方呢，光阴城什么的我可从来没听过。而且上一秒我明明还在家，下一秒就突然出现在了这儿，你难道要用什么超自然主义来跟我解释吗？"

姜涞闻言"噢"地一声捂上了心口，用阴沉的目光死死盯着韩小青："你说你这孩子怎么这么犟呢，我说什么你接受就是了，我又不会害你。你要是实在不愿说吧，我就放你走。真是的，这地方可是有些人做梦都想来的地方呢。"

韩小青仔细琢磨了一下姜涞的话，发现并没有什么不对，将信将疑地问道："那真的什么愿望都可以实现吗？"

姜涞没好气地看了韩小青一眼："你不是刚刚才说没什么愿望

么。"

"我这不是……"韩小青哀叹一声，委屈得泛起泪花的双眸，直愣愣瞅着姜涞，"我也不知道怎么说，但是我最近真的快要死了，你救救我吧！"

姜涞挑眉道："有这么严重？"

韩小青摆摆手，急切地解释道："你别误会，不是得了重病什么的，就是……心里难受……没法形容的煎熬啊。"

"说说看。"

"我……"韩小青回忆起那天晚上自己看到的场景，脸色霎时间变得惨白，上下唇瓣打着颤，"我看到杀人了，就在我们小区。我其实，其实看出来凶手是谁了……可是，可是我不敢说，我也、也不是很想说……"

姜涞捕捉到了一个违和的信息点，马上反应过来，询问道："不敢说我能理解，那为什么不愿意说呢？难道……凶手是你认识的人？"

韩小青不说话了，只是默默地点点头。

姜涞锐利的眼神投向她，仿佛要直窥她的心底："那和你关系很亲密吗？亲戚？"

韩小青摇摇头，轻声答道："不是亲戚，但是……是一个我认为很好的人。"

"谁？"

"我们小区的保安大爷。"

说是保安大爷，其实也不准确。韩小青在第一次碰见保安大爷时，觉得他脸上深刻的皱纹和头顶稀疏的头发似乎很好地诠释了他的年龄，但却从来没有问到过真实年龄。

保安大爷是在韩小青10岁那年到他们小区任职的。彼时的韩小青由妈妈抚养，爸爸因为工作原因常年不在家，是以养成了认生的毛病；但妈妈是个特别注重礼节的人，总是会领着韩小青喊长辈好。那天在小区门口看见了新来的保安大爷，韩小青很自觉地乖乖喊了一声"大爷好"。保安大爷愣怔了一下，随即从眼底绽开融融的笑意，整张脸上的皱纹也在一瞬间生动了起来。

"这丫头好啊。"保安大爷笑着问韩小青的妈妈，"叫啥名？"

"我叫韩小青。"韩小青得了表扬，胆子似乎大了一点，主动做起了自我介绍。

"小青丫头啊，好好好。"保安大爷连说了三声好，愉悦的表情难以抑制。

就这样，韩小青和保安大爷意外地熟络了起来。

韩小青的妈妈不止一次在韩小青面前表扬过保安大爷，说他在小区业主这儿风评很好，不仅每天笑脸迎人，恪尽职守，还会帮着其他人提东西，甚至和园丁一起浇花呢。

韩小青每次听到别人表扬保安大爷，都会情不自禁地勾起嘴角，好

像在表扬着自己一样。保安大爷跟她私下里讲话时，都说"咱家小青丫头"，那她当然也要把保安大爷当做自己人！

韩小青暗暗地想着，保安大爷对她可不是一般的好，那些什么帮忙提东西自然是有的，还会偶尔在夏日里给她递上一根雪糕，让她甜到了心里。这种好都让她一人藏着掖着，舍不得与他人分享。

所以在学校老师布置习作"背影"时，韩小青毫不犹豫地选择了保安大叔的背影，为此，她好几次偷偷尾随着保安大叔进行细致的观察——宽厚的背影，似乎左肩更高些，仿佛背着五指山的孙悟空，看起来很有力量，背脊有不自然的弯曲——如此这般细致的描写，让韩小青的作文一举拿下班里最高分，乐得韩小青放学连家都没回，直接捧着作文蹦到了保安室。

保安大爷看到了作文，抚掌大笑，温柔地拍了拍韩小青的头，说道："咱小青丫头哟，长大了。"

然而，韩小青完全没有料到，就是因为她对保安大爷的背影如此熟悉，才能在那个黑得压抑的夜晚，仅凭昏暗的路灯就从六楼认出了保安大爷的身影。

第三十七章

那天晚上，韩小青为了犒劳一鼓作气写完数学卷子的自己，一连看了两集美剧，等从电脑屏幕前抬起头时，钟表的时针与分针已经在十二那里完成了革命性会晤。

韩小青不敢惊扰已经睡下的妈妈，蹑手蹑脚溜去阳台的洗手池处刷牙。站在洗手池前，正好能看见小区紧锁的后门和周遭已然随着深夜沉睡的灯光——看来小区里大多数人都睡了呢。韩小青这样想着，不免有些心虚，自己一个明天要早起上学的人还站在这一片寥寥几扇有灯光透出的窗户前。

咦？后门有人？

韩小青敏锐地捕捉到一抹在黑暗中穿行的身影，但匆匆一瞥之后就失了踪影。

是不是自己熬夜追剧产生幻觉了啊？韩小青拍了拍自己的脸，心底还是被好奇扎了根。

在后门看到人，确实是有些奇怪的事情，特别是在深夜这个点儿上。

后门是小区早期为了方便搬家公司和装修公司的大车给开的，后来物业发现不方便管理，就给锁死了。后门那一片隔着老远才有居民楼（韩小青家住的那栋就是隔得最近的一栋），也没做绿化，这样一来成了小区里荒废的一隅，积年累月堆满了建筑垃圾，脏乱差三字沾边，压根不会有正常人往那走。

韩小青倒是知道，那锁死的后门给倒弄一会儿就能整出个洞来，勉强能让一个体型较小的成年人钻过——这自然是她小时候本着一番大无畏探索精神得出的结果。

现在在后门的应该是野猫吧——韩小青刚想说服自己移开视线，赶快去睡觉，再次出现在她视线里的身影攫住了她的目光，让她的瞳孔不自觉放大。

"他像是那曾经叱咤风云的齐天大圣，如今却背上了五指山，压垮了他的肩头，却压不断一身反骨。两相抗衡之下，历经沧桑的背脊受不住了，只能以一种尴尬的姿态不自然地弯着。那慈悲的佛陀指尖一点，他右肩担负的重量便沉沉下压，显出那左侧肩胛骨的高耸，耀武扬威地向上顶着，左右也不过是五十步笑百步罢了。"

这段来自她的作文《背影》中的话，蓦地浮现在韩小青脑海中。

韩小青的目光自那一瞬起，便被死死铐在了那个在黑暗中游走的身影上。他来来回回地奔忙着，看不清手里拿着什么东西，又时不时地掏出东西来。

忽略脑中叫嚣着的警醒，韩小青站在窗前挪不开步子，任由头顶昏黄的灯光一点一点在黑夜中晕开。

突然，那头的身影从手中的活计上抬起了头，正对上这一片唯一亮着的一扇窗，久久伫立在原地没有动。韩小青听见了自己反常的心跳声，在寂静的夜里格外清晰，催着她收回目光。

可是，这些都是无畏的挣扎，她确信那个人已经看见了她。

在一片近乎窒息的静默中，韩小青看见那个人缓缓抬起了手，朝她的方向挥了两下，随后便转头消失在无边的黑夜中。

——"小青，我考你个问题！有一天住在八楼的小明不小心看见了街道上有人杀人，杀手看到小明以后，朝他的方向伸出手指点了点，请问杀手是什么意思啊？"

——"是在警告小明不要说出去吗？"

——"傻啦，是在数小明住在多少层，然后，嘿嘿——杀人灭口！"

韩小青转身回到了自己的房间，紧紧蜷缩在被子里。

她想，要真是那个人，不用数就知道她家住几楼了啊。

一夜无梦，韩小青起床后第一次感到日光刺眼。

"小青啊，你今天小心点啊，我听说咱小区后门死人了，警察都过来了。"

是妈妈在说话吗？韩小青突然发现自己像是被整个世界隔离了——一颗鲜活的、知道真相的心脏，在所有人听不到的角落里跳动着，疯狂地迸溅出血液，血迹斑驳了她的视线。

"知道了。"——是自己在说话吗？这尖锐刻薄的声音，来自谁的喉咙？是纤细的，一掐就断的喉咙吗？

韩小青慢吞吞地收拾着东西，心像是两股互不相干的绳子给硬生生扭到了一起，说不上来的煎熬。但一种微妙的力量促使着她仍旧选择了走小区正门出去，如果不出意外，会和保安大爷打个照面。

在那个昨晚已经深深印在心底的身影再次撞入视野中时，韩小青并没有如自己预料的那样僵在原地，不知所措，反而加快了脚步，鞋底和粗砂的地面急剧摩擦着，像是一场惨烈车祸的预告号角。

"大爷早上好。"韩小青急切地想展现自己的友好，脸上堆着夸张又滑稽的笑容，危如累卵，摇摇欲坠。

"是小青啊。"保安大爷从保安室里探出大半个身子，像往常一样和蔼地摸了摸韩小青的头发，"上学路上小心点啊，注意看车。"

韩小青微笑着点点头："知道了。"然后便迈着轻巧的小碎步往公交站台走去，最后一丝理智抑制住了她想要回头的欲望，虽然她知道此刻保安大爷应该还站在她身后用慈爱的目光目送她离去。

心跳加速的韩小青在坐上公交车的时候终于长舒了一口气，像是一只从豺狼的狩猎游戏中逃离的兔子，带着卑微的侥幸与小心翼翼。

她伸手往头上一抹，凑到鼻子边——没有血腥味，只有淡淡的肥皂香。

然而，当她想到那双昨天摸过尸体沾过鲜血的手，在她头上抚过时那隐隐的压迫感，还是忍不住干呕了起来。

说不定那双手的皱纹里，还夹着那个死人的皮肤组织。韩小青这样恶毒地想着，在难以控制的反胃感里收获了前所未有的安全感。

在语文课上，韩小青又再次想到了保安大爷。

自己的那篇《背影》被当做优秀习作贴在教室一隅，然而埋头于题海中的同学们怎会有闲情在一篇作文前驻足？于是每个人都带着莫可名状的自尊与高傲，绕过了那个张贴了优秀习作的角落，好像如此这般便能抹杀别人的作文比自己写得好的事实。

韩小青不敢去看，她知道那个角落已经有了蜘蛛网，灰尘洋洋洒洒落满了纸面，将它昔日的荣光一举抹煞，决绝地将它拖入黯淡无光里——就像黑夜把保安大爷拽入黑暗一样。

昨晚看到的背影，和她在作文里描写的很相似，又很不相似。就像是齐天大圣和斗战胜佛的区别，一颗心还是热的，一颗心却已经在恒久的岁月里冻僵了。

她不喜欢斗战胜佛，很不喜欢。

但是她喜欢保安大爷，直至此刻她仍旧热衷于在保安大爷的日常问候中回馈一点温情与爱，即使她为此感到羞愧。

有没有谁规定，不能喜欢一个杀人犯呢？

韩小青暗暗下定决心，那就不让别人知道他是杀人犯好了。

韩小青没想到，这桩案子会掀起这般轩然大波，频繁地出现在新闻媒体上，每一次目睹，都是对良心的一次炙烤。

案件目前围绕几个关键点展开，也正是这几个关键点，吸引了大众的注意——

第一、发现死者的小区后门，被判断为凶手行凶的第一现场，而且是单人作案，那么会是怎样肆无忌惮、胆大妄为的人，才会有胆量在人口密集的小区行凶；

第二、凶手在杀人过程中沉着冷静，没有留下任何有效证据，不仅在小区行凶，还事无巨细地整理好现场才离开，令人发指；

第三、后门没有摄像头，但是竟然也没有任何目击者，虽说杀人应该是在深夜，但是那么多户居民，按理说总会有一两户没有睡觉又正好站在窗前的，看到了凶手作案的过程。

第四、即使没有住户目击凶杀，值班的保安也应该注意到了不对，可是当天值班的保安都是两两结伴巡逻，都报告没有任何异常，削减了警方对保安作案的怀疑。

韩小青在看到第四点的时候，愣了许久，最后还是无奈地勾了勾嘴角——这样看来，她了解到的也不是全部的真相。

然而韩小青无法预言警察的来访，不然也不会在打开门看到警察的那一刻，面部表情显示出极度的不自然。

警察的来意很简单：既然没有目击者愿意主动站出来，那么就由他们挨家挨户访查，找出目击者的存在。

自警察进门后，韩小青便一直保持沉默，直到她和爸爸妈妈与一高一矮两位警察坐在了餐桌的两边，开始问话时，她才不得不打破自己苦心经营的安静表象。

"我那天是睡得比较晚，但是并没有留意窗户外面，所以什么也没看到。"韩小青抬头看着警察的眼睛，努力表现出诚恳的态度。

高个警察的眉头微不可见地皱了一下，说道："你们这栋楼，是观测后门的最佳场所，如果连你们都看不到那后面几栋就更看不到了。你们应该知道全家哪个地方能最清楚地看到后门吧，能带我去吗？"

韩小青的爸爸站起来，指了指阳台，示意高个警察跟着他走。

"是这儿，站在洗手池前面，抬头就能看到后门的全貌。"虽说韩小青和妈妈没有跟过去，但还是能很清楚地听见爸爸的声音。

"有一个洗手池啊……"警察说，"那我能请问一下你们家一般要是有人站在这个位置，是在干嘛呢？"

"洗漱吧，因为我们家的管道原因，只能把热水接到这里，所以大家都习惯在这洗漱了。"

"洗漱？那我可以问问，您的女儿一般习惯在晚上什么时候洗漱呢？是很早就洗漱完了再去做作业，还是做完作业睡前再洗漱？"

韩小青的爸爸沉吟了一会儿，有些犹豫地开口："我想……是后者吧。"

第三十八章

高个警察回来后，便把矮个警察拉到一边说了些什么。矮个警察转过身后，便挂上了和蔼可亲的笑容，倒是和他圆润的脸相得益彰。

"我能不能单独和小姑娘谈一谈？"矮个警察向韩小青的父母问询，脸上的熟络的笑容如同一个来串门的亲戚。

韩小青的爸爸其实已经想通了警察怎么做的缘由，只能点了点头。

"介意一起去你房间吗？"矮个警察侧头看向韩小青。

"去书房吧。"还没等矮个警察回应，韩小青就先他一步往书房走去。

矮个警察把书房的门关上，和韩小青坐在书桌的两边，脸上的笑意不减："能和我说说你昨晚为什么那么晚睡觉吗？知道你瞒着你爸妈呢，所以特意把你拉进来问。"说完，还向门外的方向挤弄着眼睛，瞬间把自己归为和韩小青同一战线。

韩小青对此番单独约谈的目的已经了然，打心底地觉得矮个警察这般举止有些好笑，面上也状似轻松地接了话："那天晚上追剧呢，的确是瞒着爸妈的。"

"是时下热播剧吗？说不定我也看过呢。"矮个警察仍然不遗余力地套着近乎，"现在的剧怎么着也是40分钟吧，你不会一口气看了两集吧？"

韩小青笑了："我看的是美剧，漫威的，叔叔您应该不感兴趣。美剧一集一个小时左右吧，不瞒您说，我还真看了两集。"

"那熬到了很晚吧？你还记得大概几点钟睡的吗？"矮个警察眼睛

一亮，锲而不舍地追问。

"十二点左右？应该是这样吧。"

十二点左右——正好与被害人遇害的时间相吻合，这个小姑娘是最有可能的目击证人！矮个警察心下一凛，面上却不显，继续问道："这么晚了啊，小孩子熬夜对身体不好哦。对了，你睡前是不是去阳台上刷了牙？"

"是啊。"

"那你有没有往后门那个方向看？抬头就能看到的，好好想想。"

韩小青装作困惑地撑着头思考了一会儿，最后还是摇了摇头："对不起，真的没有呢。其实我有个习惯，刷牙的时候不喜欢站在原地，喜欢叼着牙刷走来走去，所以不怎么会站在洗手池前看正前方啊，这个您可以向我爸妈求证。"

"小姑娘啊，你再想想，或许有过不经意的一瞥，但是你没有回忆起来呢？"

韩小青敲了敲脑袋，轻轻叹了一口气，看向矮个警察："真的很抱歉，至少在我的记忆里，我是什么都没看到的。或许真的如您所说有过不经意的一瞥，但想来也是因为没什么异常而根本没有留心吧。"

"好吧。"矮个警察站起了身，"谢谢你的配合。"

走出了书房，高个警察第一个迎了上来。矮个警察朝他摇了摇头，高个警察脸上的失望一时无法掩饰。

"打扰你们了，这几天要小心一点啊，注意安全。"说完，两位警察便离开了韩小青家。

警察一走，韩小青的妈妈就把韩小青拉到了面前，双手搭在她的肩膀上轻声问询："小青，警察叔叔都问了你什么？"

"就问我有没有看到凶手啊。"韩小青耸了耸肩，"看来是我们家阳台的地理环境太好了。"

"那你有没有看到呢？"韩小青的妈妈耐心地看着女儿，"到底有没有呢？告诉妈妈。"

韩小青毫不犹豫地摇了摇头。

韩小青的爸爸站在一旁目光有些复杂，拉过韩小青另一只手让她坐下，然后便开口道："小青啊，刚刚你不在的时候，那个周警官跟我们聊了聊案子。那个被害者呢，是我们小区新搬来的住户，离异，家里有个上初中的小孩。想必你之前也看过报纸了吧，死因是窒息，大概是有人从她身后用绳子把她勒死的，据推断凶手是个男子，身材中等。"

说到这儿，他顿了顿，看向韩小青："说这么多呢，是想让你心里有个谱，自个儿也小心一点。这桩案子，就发生在我们身边，你还是多了解点为好。你也这么大了，爸妈不可能永远把你当温室里的花朵，不论做什么你自己都要心里有谱，我们不会干涉你的。"

韩小青高昂的头在此刻却低了下去，将汹涌而来的泪意眨了回去，哽噎着回答："知道了，爸爸。"

后来，一家人坐在一起天南地北地扯了些其他话题，韩小青压抑的心情终于舒缓了些。

回到房间后，韩小青用枕头蒙住自己的脸——窒息是一种怎么样的感觉呢？让一个人窒息，又是怎么样的感觉呢？

还没等韩小青有机会回答这些问题，她就来到了光阴城。

听完韩小青的叙述，姜涞也不知道说些什么来宽慰她。

"我也不知道该怎么帮你。"姜涞开诚布公地说，"那你说说看好了，想要做些什么来改变现在的这种困境。"

"我不可能再去找警察坦白的。"韩小青摇了摇头，"但是我现在看到保安大爷也会很难过，甚至……开始怕他了。"

"你认为怕他不对吗？"

"难道怕他很对吗？"韩小青抬头看着姜涞，一双澄澈的大眼睛像是一汪清泉，泛着悲伤的波纹，"你觉得，怕一个天天拍着你的头问好，叮嘱你要注意安全，会给你买各种小零食还会为你感到骄傲的人，是正确的吗？虽然说他杀了人，可是他没有伤害过我啊，连对我一点不好都没有。"

韩小青自顾自地继续说道："这就像是，一个上了战场见了血的士兵，回到家后却被家里人排斥，原因只是他杀了人，你觉得这合理吗？"

"战场上那是身不由己。"姜涞纠正韩小青，"你这个比喻不准确。"

"那你又怎么知道保安大爷他不是身不由己呢？"

姜涞长叹一声，站在韩小青面前说道："这个问题我不想跟你争辩，因为如果换做是我，我有可能也会和你持同样的观点。在理智与情感面前，似乎是理智要让步得更轻易些。但是你也要去想想那个上初中的孩子啊，如果你是他，你又会怎么想呢？会不会想要快点抓到凶手，然后给予他应有的惩罚？"

"我不是他。"韩小青又重复了一遍，"我不是他，所以我没办法站在他的角度思考问题。换句话说，抓到凶手又能怎样呢？他的妈妈已经回不来了啊！"

"韩小青。"姜涞唤着她的名字，表情还是很有耐心，"如果每个人都这样想，那么法律就没有存在的意义，这样一来又会有多少孩子失去父母，多少父母失去孩子，有可能下一个就是你。"

"你觉得要是保安大爷不被抓到，就会继续杀人吗？"韩小青崩溃地蹲了下来，话语中已经带了哭腔，"不会的！不会的！我看到他对小区里的人都很好，有人要搬东西他会搭把手，小孩子骑车摔了他会帮忙去扶起来，如果花匠爷爷的工作很辛苦，他也会去帮忙。你说这样的人，为什么会杀人呢！他……是个好人啊。"

姜涞也在韩小青身边蹲下来，拍了拍她的肩膀，轻声说："这个世界上没有绝对的好人，也没有绝对的坏人。在纯粹的黑色和白色之外，这个世界更多的是灰色。杀人犯有可能转身就收养了一个孤苦无依的孩子，捐款无数的慈善家也有可能在路边踹翻一只可怜兮兮的流浪狗——这不矛盾，因为，我们是人。"

每一个孩子，在长大的过程中总要面对这个世界的多面性——童话里只有善良的公主，和邪恶的女巫，但是现实中却有高贵优雅却无情利用王子以获得财富的公主，和心狠手辣虐待小动物却悉心抚养公主长大的女巫。当他们的世界观被一次次推倒、重塑，他们就一步步地融入了这个世界无边无际的灰色地带。

当一个人将自己的童年定义为白色的那一刻，他就已经步入了灰色。

姜涞想，如果她没有来到光阴城，估计也会是这其中一员吧。

这并不可悲，但是却令人心酸，无力挣扎的心酸。

第三十九章

"我再问一次，需要我的帮助吗？"姜涞问道。

韩小青无力地垂着头："我真的不知道，我知道怎么做是对的，但是我的心告诉我那不对，一切都不对。"

姜涞话锋一转，突然问道："你就那么肯定那天晚上看到的是保安大爷？只看背影的话，有没有可能是你看错了？"

韩小青叹了一口气，说："其实我看到正脸了，他都跟我打招呼了呢。"

"要不我帮你看看吧？"姜涞挥手招来一个透明的泡泡，"我这儿能看见现实中发生过的事情。"

"我能看吗？"

"别看啊，乖。"姜涞笑嘻嘻地往韩小青的方向一点，"我定住你了，不然好奇害死猫，你要是看了，会被天道惩罚的。"

"你到底是谁？"韩小青情不自禁地脱口而出。

"我吗？一个已经被天道惩罚了的人，所以无所畏惧咯。"姜涞哼着小调抱着透明泡泡飘远，娇俏的声音隔着老远断断续续地传来，让韩小青陷入了沉思。

韩小青没等多久，就看到姜涞飘回来了，手里的透明泡泡已经无影无踪。她试图从姜涞的表情里获得对她有用的信息，但是姜涞无懈可击的笑容让她如同雾里看花。

"结果……是保安大爷吗？"韩小青试探着问道。

"这个嘛……"姜涞卖了个关子，拖长的尾音像是一只调皮的小猫挠着韩小青的心，"不能告诉你哦，你只能知道自己本应该知道的。"

韩小青目光炯炯，那股子颓丧的味道不知何时已经退散了——不得不承认，安静地一动不动地待一会儿，真的有助于心情的平复。"那你肯定想到帮我的办法了。"她说。

"没错。"姜涞点了点头，"我的建议是，让警方找到一段当晚的监控录像，然后你的烦恼就会消失了。"

"周围没有监控……"

"我知道呀，所以我要你和我交换。"姜涞将手指轻轻点在韩小青的唇上，制止了她继续往下说，"交易达成之后呢，我会将监控合理地安排过去的，你不用担心。"

"装了监控，保安大爷就会因为杀人被抓，结果还是一样的。"韩小青皱着眉头。

"不对哦，这样一来即使他被抓了，也不会怪罪于你了。现在就是一个死局，唯一看到他的人就是你，现在没有任何其他不利于他的证据，那么如果要抓到他就必须是你提供证据。"姜涞说，"但是有了监控就不一样了啊，抓到罪犯是警察的本事，跟你没关系。"

"我特意来求抓到他，是不是害了他？"

"你相信我吧，这是一个相对两全的处理方法，事情会真相大白的。"姜涞对韩小青展开一个温暖的笑容，"那么你愿不愿意用一段时间来换取这个真相大白呢？"

"哪一段？"韩小青有种不祥的预感。

"不多不多。"姜涞伸出食指摆了摆，"就用你那天晚上看到保安大爷的时间换吧。换完以后呢，你就不会有看到过他的记忆了，多好啊。"

韩小青纳闷地看向姜涞："有这等好事？你再跟我讲讲光阴城的运行机制好吗？"

姜涞难得有耐心，坐下来娓娓道来："这个光阴城啊，就和一个商店一样，有需求的顾客就会走进来，你来买任何你想要的东西，用我认为同等价值的时光作为交换。愿望达成之后，由光阴城随即决定你是否会记得这次交易。"

"你用我目击保安大爷杀人的时间来交易，也就是说如果交易达成我就会忘记那段经历，那如果光阴城随机判定我记得这次交易呢？岂不是矛盾了？"韩小青听出了些不合理的信息，连忙向姜涞求证。

"韩小青同学，你的问题太多了。你只要给我一个答案：交换，还是不交换。"

"换，我相信你。"

"谢谢。"姜涞展颜一笑，"你会知道你想要知道的事情的。"

姜涞抬手，一道刺眼的白光笼罩了整个光阴城。待白光消失后，光阴城内就只剩下姜涞和一个新的七彩泡泡。

"呵。"姜涞轻笑一声，伸手抚上那个新的泡泡，眼底交织着留恋与解脱，"矛盾又有什么关系呢？光阴城会崩溃吗？真期待呢。"

"反正也撑不了多久了。"

一直悬而未决的小区杀人案进来取得了突破性的进展，警方在走访时发现一辆停在后门附近的小轿车并没有关闭行车记录仪，留下了一段决定性的影像。这段录像清楚地记录了凶杀案发生的全过程，警方立即将凶手捕拿归案。

令人没想到的是，凶手竟然真的是小区保安。

"保安大爷和那个傻大个一起被抓了？"韩小青不可置信地重复了一遍妈妈告诉她的消息，"怎么会……怎么会……"她的内心为什么会升起这么强烈的违和感呢？好像她的潜意识告诉她，事情不该是这样……

"你怎么也跟着别人叫傻大个？再怎么说，人家王保安也比你大。"妈妈瞪了韩小青一眼，"你不会还当着人家的面叫过吧？他没杀了你还真是你走运。"

"妈妈！这个……好吧，我错了，但是王保安真的看起来傻乎乎的，看谁都咧嘴笑，精神有点不太正常嘛。我之前还看到他经常跟小动物说话呢。"

"傻是傻，但我本来以为他人还挺好的。虽然不高吧，但是力气大，经常给我们业主忙前忙后的，跟个铁人不怕累似的。"妈妈叹了一口气，"谁能想到呢……据说他是突然扑上去用绳子勒死人家的，情绪看起来很激动。会不会真的有精神病啊？"

"等等！"韩小青脑中灵光一闪，失声叫了出来，"我记得……之前报纸上说是单人作案对吧？那既然是傻……王保安杀的人，那为什么保安大爷会被抓起来呢？"

"因为是大爷帮王保安收拾的现场，要不然你真以为傻子一个晚上就变聪明了啊？要是只有小王一个人，早就被抓到了啊。"妈妈纳闷地看了韩小青一眼，"这个新闻都写出来了，好歹是和你关系那么亲近的保安大爷，你也关注一下啊。"

"我等会儿去看。"韩小青的脑子里很乱，有一个关键信息像是衣服上的线头突然翘了出来，她伸手去扯，却扯出层层叠叠无止尽的线，毫无头绪地缠在了一起。她求助般地看向妈妈，"那你知不知道，大爷为什么要帮忙收拾现场？"

妈妈一摊手："我也很纳闷啊，据说杀人的过程他完全没有参与，小王又和他非亲非故，他何必趟这趟浑水？"说完，妈妈顿了一下，沉沉地看向韩小青："不过呢，知道大爷没杀人我就放心了，不然你跟他走得那么近，我得有多担心啊。"

"大爷不会伤害我的。"韩小青脱口而出。

妈妈不置可否，还是不放心地叮咛了一句："你以后小心点啊，知人知面不知心。"

回到房间后，韩小青突然意识到了不对：为什么保安大爷能将现场处理得滴水不漏呢？

韩小青颤抖着手敲击键盘，每一声轻巧的敲击声都像是铁锤敲打着一根钉子，将钉子渐渐插进她的心窝。在按下"回车"键后，韩小青在第一条检索结果里就找到了自己想要的信息——意料之外，也是预料之中。

为什么她从来没有叫过保安大爷的姓氏呢？

因为她知道保安大爷用的不是真名啊。

韩小青看过保安的花名册，在上面保安大爷登记在册的名字是"金不换"，放在一堆"李建国"、"张志强"里面格外显眼。

"大爷您的名字真新奇。"彼时韩小青侧过头，笑眯眯地看着候在一旁的保安大爷，"我以前都不知道您的名字呢，那我以后叫您'金大爷'吧？"

"这名字不是打娘胎里带出来的呢，叫着怪别扭的。"保安大爷笑呵呵地应道，"要不还是直接叫我大爷吧，整个小区的保安就我一个上了年纪的，不会错认。"

"好啊。"韩小青乖巧地点点头，但还是不肯绕过名字这个话题，"那这个名字是谁给您取的呀？"

"我自己取的。"

"那您原来的名字叫什么呢？"

"怪难听的，小青丫头别跟别人说啊，不然一把老脸就给跌光了。"保安大爷笑着说，"李善全，我叫李善全。"

在搜索引擎里输入李善全的名字，第一条搜索结果的标题触目惊心：

"某市小区杀人案从犯李善全，自曝四十年前杀害叔婶"。

第四十章

四十年前的清光村，还是一个山清水秀的南方小村庄，每天有炊烟和歌声绕着青山爬呀爬，还有清澈的水底匆匆游过的鱼虾。

这里是李善全和妹妹李丹朱的家。特别是对丹朱来说，她长这么大从没有走出过这里。

李大娘在生丹朱的时候死了，李老爹一下接受不了这个噩耗，过劳的身子撑不住，没过多久也跟着去了，留下十五岁的李善全和嗷嗷待哺的妹妹。李善全一个少年家家，自然是没法将妹妹平安养大，只好抱着妹妹跪在了叔叔的房前，求叔叔婶婶一家收留。

他跪了一天一夜，看着妹妹的脸色越来越青紫，他的心底越来越凉。

最后，叔叔还是打开了门，接受了他们。

为了证明自己不会吃白饭，本来在村里读书成绩优异的李善全毅然辍学，出村打工，每个月固定会叫人捎钱给叔叔婶婶，只求他们好好对待自己唯一的妹妹丹朱。

丹朱这个名字，还是他给取的呢。当时看着那个唇红齿白的小婴儿咧着嘴对他笑时，李德全痴痴地注视着妹妹的小红唇，只觉得比那枝头新开的桃花还要娇艳，恳求着族长爷爷能不能叫"丹朱"这个名字。女孩不入家谱，自然不用遵循他们这代"善"字辈的规矩，族长爷爷看他们孤苦伶仃也是可怜，就随他去了。

一转眼，妹妹就已经十三岁了，彼时十五岁的瘦削少年，也已经长成了二十八岁的强壮青年。

虽然李善全一直没结婚，但是叔叔婶婶也很有默契地一直没提这档事——自家还有两个儿子呢，怎会有这个闲钱给一个侄子置办婚礼？所以每次族长来催，他们都想尽各种办法敷衍过去，李善全其实一直都心知肚明。他正好也没这个想法，乐得清闲。

虽然工作很苦，但是每次回家能见到妹妹的笑颜对他来说就是最大的慰藉。

他很想妹妹去上学，可是叔叔婶婶总是用"没钱"这个理由搪塞过去。他不知道女孩子该怎么养，但是心里至少有个概念，自己每次寄回去的钱在村里养个妹妹是绝对绰绰有余，于是还怀揣着一点希冀，叔叔婶婶看在自己每次寄回去那么多钱的份上，总要把妹妹养得像个小公主才好，不上学也就无伤大雅了。

最主要的是，他不敢和叔叔婶婶闹翻脸。要是闹崩了，妹妹是绝对会被赶出来的，要是留在村里无家可归，要是跟着他那更是受苦。

再等等吧，等我自己多攒点钱，盖栋小屋和妹妹一起住——望着城里黑得不纯粹的天空，李善全每次都这样为自己鼓劲。

没想到，他这一等，就等来叔叔婶婶要把妹妹嫁人的消息。

"你们这是要把她卖了！就为了那个糟老头的一千块？"李善全了解完事情的始末，沉着脸冲叔叔婶婶吼道，"她还这么小啊！好歹也养了十几年，你们对丹朱就没有一点感情？"

叔叔上前一步，腆着脸想劝他："这个，善全啊，对丹朱呢，叔婶自然是怜爱的。但是女孩子嘛，最后的归宿总归是个嫁人，早点嫁过去享福岂不是更好？"

"享福？你们竟然把这叫享福？"李善全毫不领情，面色更加阴沉了，"村口那个糟老头已经打死过三任妻子了，你们以为我不住在村里就不知道吗？"

叔叔还想解释，但是话还没出口就被婶婶拽到一边。婶婶插着腰，寸步不让："我告诉你啊，那一千块彩礼钱我已经收了！你妹妹这是嫁也得嫁，不嫁也得嫁！"

"呵呵。"李善全本以为自己早已看穿了这家人伪善的面目，没想到事实比他想象的更加冷酷无情，他为以前那个怀有侥幸心理的自己感到悲哀，"本来还想顾及一点亲戚的情面，但是既然这样就把话说开好了。我寄回来的钱，你们能拿一半用在我妹妹身上我就谢天谢地了，那些你们自己用的就当我和妹妹孝敬你们的，以后桥归桥路归路，我的妹子我带走了，你们自己搞出来的烂摊子自己解决吧。"

"你！"婶婶气得面色铁青，指着他的手都在颤抖。

李善全看着婶婶那如同斗鸡般的架势，心底有些好笑，转头环视了一圈："丹朱呢？我现在就带她走。"

婶婶没想到李善全一言不合就来真的，想想村口那人家好歹在清光村也有些人脉，要是自己真的交不出个媳妇儿给他们，估计下场也会挺惨烈，瞬间就把那斗鸡的气势卸下来了，搓搓手放柔声音道："这个嘛，不是在屋里头嘛。你看这天色也暗了，要不就歇一晚上吧，明天再走成吗？"

李善全不置可否，依旧阴沉着脸："我去找丹朱。"说完就大步流星地往里屋走，婶婶不放心地迈着粗腿跟在后头。

还没等李善全叩开妹妹的房门，一个娇小的身影便突然扑进了他怀里，携着泥土湿润的清香。

"丹朱。"李善全的面色瞬间融成一片春水，眼角眉梢都是温柔的笑意。

"哥哥，你终于回来了。"丹朱用脸蛋蹭了蹭哥哥的衣襟，然后便依依不舍地退出了李善全的怀抱。

李善全牵起丹朱粗糙得开裂的小手，心疼地放在掌心里摩挲了一会儿。明明是两只同样不好看又不细腻的手，细细摩擦的时候却像是两匹丝绸，柔顺而闪烁着细小的光泽。

"来，进屋说。"李善全侧头说道。

婶婶刚想伸手阻拦，就被叔叔一把往后拽。对上老婆不赞同的眼神，叔叔摇了摇头，示意自己有话对她说。

"先让他俩好好待着呗，也就这一次机会了。"叔叔坐在门前的阶梯上，嘴里叼着一根随手捡来的稻草，龇牙咧嘴地说着话，混沌的目光一直看着门口的一亩三分地。

"你啥意思啊？"婶婶推搡了叔叔一下，"话也不说清楚，你是有办法了吗？"

"我以为你跟我想到一块儿去了才会留他俩一晚呢。"叔叔抬头看了婶婶一眼，"晚上夜黑风高的，好办事。"

婶婶愣了一会儿，突然咧出了一口黄牙，无声地笑了起来，脸上的皱纹都挤到了一块儿："好啊你，够阴的啊，我一开始都没想到呢。"

叔叔见怪不怪地斜睨了婶婶一眼："你待会儿给我收敛一点，别让人瞧出不对劲儿，我去跟那边联系。"

婶婶忙不迭地点点头，脸上的笑容却是怎样都抑制不住。

李善全和丹朱聊了好久，一直到太阳彻底在那西山后匿了身影才双双走出房门。

"哥哥，天黑了呢，我们要现在走吗？"丹朱怯怯地扯了扯李善全的袖子。

叔叔婶婶看着他俩终于走了出来，连忙上前帮腔道："这么晚出村多不安全啊，那山路七弯八拐地看不清出了事怎么办？还是先住一晚吧。"

李善全定定地看着殷切的叔婶二人，眼睛一眯："你们俩突然对我们这么好是有什么企图吗？"

婶婶心里一个咯噔，刚想随口诌些借口，就被叔叔抢了先："这个啊，我们是想着你晚上能帮我家天天看看算术题呢，他最近要考试了，所以……"

原来还是有所图啊。李善全嘲讽地勾了勾嘴角，这个符合叔婶本性的解释终于让他吊着的心放下来了。

"好。最后一次。"

"嗯嗯，最后一次了。"叔叔笑着点点头，在垂首的那一刹，嘴角无可抑制地上扬。

清光村的夜黑得很纯粹，只有那黯然的灯泡在头顶上晃出一圈圈昏暗的光，勉强能让李善全和天天看清作业本上的字。

李善全看着天天狗爬般的字迹，委实有些头疼，但看着小男孩满心信任的眼神又不好意思发火，只好耐着性子询问他每道题的思路。

"天天，好好问你哥啊，妈先去找隔壁杨奶奶唠唠嗑。"婶婶尖锐的声音蓦地从门口传来，李善全下意识地抬头去看，也只能在门边依稀辨认出一个披着夜色的身影。

"好。"天天扬声乖巧地应下。

"丹朱呢？"李善全赶在婶婶出门前问道，思忖着怎么这么久都没看见丹朱从房间里出来。

"你妹儿啊？睡了吧。"婶婶随口敷衍道，"我先走了啊。"

李善全蹙着眉，总觉得有哪里不对劲，刚想起身去妹妹房间看看，就被一只小手扯住了衣角。

"哥哥。"天天抬头看着李善全，"我这道题没听懂，能听你再讲一遍吗？丹朱姐姐今天很累了，哥哥去打扰姐姐睡觉不好。"

李善全没法拒绝，顺势坐了下来，嘴里念叨着并不繁复的解题过程，却心不在焉得眼神直往妹妹房间溜。

或许真的睡熟了吧。他这样想着。

第四十一章

后来发生的事情，李善全已经记不清细节了，像是被浓浓夜色泼上了墨水，糊成一团，凉凉地在一根根神经中晕开。

记忆里有一盏昏黄的灯，亮得格外刺眼——好像就是天天头顶这一盏——一直漠不关心地晃着，明暗之间他的心也被割成数不清的碎块。

好像婶婶回来得很晚，他也给天天讲题讲到很晚。

睡前，他不放心地悄悄推开了妹妹的房门——然后呢，他看到了什么？

对了，他看到了一张空荡荡的床铺：妹妹不在家。

然后他就去找妹妹了。似乎自己发了很大的脾气，踹翻了什么东西，然后头顶的灯泡就在震颤中继续晃着，晃着，晃到他的心如坠寒窖。

天天在看他，叔叔在看他，婶婶也在看他。

他看不清他们的表情啊，但是总觉得听见了笑声，一声高过一声，嘲讽的笑声。

接着，他就被婶婶领到了村口的糟老头家。

几个小时前还笑语盈盈的妹妹，如今面如死灰地裹着被子蜷缩在一张脏榻的小角落，小脸蛋上泪迹斑斑，一双眼却是哭干了泪水的死气。

地上，是被撕烂的碎花裙——那是他从城里给妹妹带的新衣裳。

"你瞧这，生米煮成熟饭了，干脆让你妹嫁了吧。"是谁？是谁在说话？

"哥哥，带我走吧。"这是妹妹对他说的倒数第二句话。

最后一句是："哥哥，对不起，我受不了。"

这句话他记得很清，是在他抱着妹妹走在田埂上时，妹妹突然挣扎着下了地，当着他的面跳进那条湍急的溪流前说的。

他也跳下去了，但是没有找到妹妹——活不见人，死不见尸。

手上湿淋淋的，是什么呢？是那条挟着妹妹呼啸而去的溪流留下的水渍，还是留有余温的鲜血呢？

待到李善全意识回炉时，他已经坐上了回城的火车，行李箱里塞着一把结束了两条生命的刀，和一件溅满了血迹的衣服。

他，李善全，在今天不仅失去了最亲爱的妹妹，还杀死了自己的叔叔婶婶。

他成了一个一无所有的杀人犯。

李善全最初也没想过逃跑，心如死灰地在城里按部就班地生活着，就等着哪一天警察带着手铐出现在他面前，给他个痛快。

但是，他等了两年，什么都没有发生。

于是死灰复燃，他又可耻地生出了活下去的念头，凭着这么多年在城里混出的关系，给自己换了个身份，取名叫"金不换"——浪子回头金不换，他如今想要回头了，却没有谁等在他身后等着拿金子来换他从此迷途知返，忘尽前尘。

以前的名字听来慢慢都是讽刺——善全，善全，又如何善全呢？

他开始试着忘掉，自己其实是一个一无所有的杀人犯，努力以金不换的身份生活着，就这样平安地过了几十年。

午夜梦回，他还是能突然想起那昏黄的灯光，在他的梦里晕开一层层无尽的血色。

于是他翻了个身，继续睡了过去。

直到那一次，成为小区保安。

他认识了一个叫做韩小青的姑娘，她笑起来的时候嘴唇红艳艳的，像极了丹朱。

就这样很突然的，对丹朱的思念将他瞬间淹没，让他手足无措。

他不由自主地对韩小青好，因为渴望着她的笑容——生机勃勃，比枝头新开的桃花还要娇艳的笑容。那是第一次，他觉得自己的世界被一抹春光点亮了，而不是那黑压压的夜里晃着一盏昏黄的灯。

闲暇之余，他注意到他有一个同事很与众不同。

那个小王保安，每天都挂着个笑出牙龈的笑容傻乐呵，人看着高高大大一个，却跟个小孩一样思维简单，人称"傻大个"。

这都不是重点，关键是他还好几次看到小王跟动物说话，最爱的是后门那窝流浪猫。

虽然小王能当上保安已经说明了他没有精神病，但思维方式似乎跟常人也不太一样。李善全这么想着，目光总是暗暗落在小王的身上。

关注多了他才发现，小王真的是一个善良到骨子里的人，眼里非黑即白，一厢情愿地相信着这世间所有的美好，跟他这种双手沾血的人截然不同。

"小王，今天又去喂猫啊！"这是他跟小王打招呼的常用开头。

"是啊，嘿嘿。"小王有些羞赧地挠了挠头，"最近阿玲怀小猫了，我得多照料着点。"

"怎么说得你跟这猫爹一样。"他打趣道，"怎的，这猫爹不在吗？"

小王闻言突然有些激动，不容错失的喜色冲上眉梢："是啊！小猫生下来以后我教它们叫我爹好了！"

他看着小王欢快而去的背影，哑然失笑，摇了摇头："竟然是个这么傻的。"

是啊，就是个这么傻的人，当他发现小王杀了人的时候，毫不犹豫地帮他清理了现场，如同他四十年前浑浑噩噩间所做的一样。

虽然那晚他们俩搭档巡逻，但小王顾虑着那窝流浪猫，总是去得早些。待到他找到小王时，一切都已经发生了——地上躺了个一动不动的女人，小王额头处青筋暴起，手里还攥着一根粗麻绳。

"你杀人了。"他平静地陈述道。

"她、这个女人……"小王的声音颤抖着，辨不出是因为激动还是害怕，"她一脚油门就压死了阿玲，还有阿玲肚子里的孩子……她明明看到了！看到了！"

他一时间不知道该说些什么，因为压死一只流浪猫而去杀人这种傻气的理由，也只有从小王口中说出来才那么理智气壮。他看着小王赤红的双眼，和因为脱力而发抖的拳头，突然有些恍惚——四十年前，他也是这样的吗？凭着一腔孤勇，红着眼杀了那些害自己痛失所爱的人，还挺直了腰板坚信他们是罪有应得？

"值得吗？"他突然发问，不知道是在问自己，还是在问小王。

"我……"小王不知所措地紧了紧拳头，意识有瞬间的清明，"我杀人了，杀人是错的；可是她也杀人了！她有错在先！"

"那是流浪猫，不是人。"他耐心地纠正道。

小王毅然摇摇头："对我来说阿玲就是家人，只有她会耐心听我说话，还舔我，不会骂我傻嫌我烦。"

李善全轻轻地勾起了嘴角，仰望着这片和四十年前一模一样的天空，只是同一片天空下再也没有等着他归家的人，也没有一条带他回家的路。

这么多年，他都叫"金不换"，难怪妹妹没有来梦里找过他，原来是不认识他了呀。

他也快要认不出自己了。

他叫李善全，从来都不是金不换。

"你走吧。"李善全转头对小王说，"别站在这碍事，我帮你处理这里。"

小王惊讶地看着他："这不关你的事，我可以去坐牢，没关系的。"

"你要是遇上一个被老头子侵犯的小女孩，

会救她吗？"他突然问了一个不相关的问题。

"会。"小王坚定地点点头，"那个老头子是错的，我还可以把他打一顿。"

"好，你走吧。下次要是看到小女孩被欺负，记得去帮她们。"

小王最后还是走了，留他一人在原地。周遭的灯都没有亮起，像极了四十年前的那个晚上，只是没了那盏晃晃悠悠的老旧灯，看着舒心多了。

在他快要完成手上的活儿时，他敏锐地察觉到附近有一家人的灯光蓦地亮了起来。他心下警觉，赶忙收了个尾，抬头向光源处望去时，却看见了那个熟悉的身影——是小青丫头啊。

他知道韩小青肯定认出了自己，要不然当年那篇《背影》就白写了。他本来就没打算这次再逃脱。事到如今，他难过的是竟然让小青丫头看见了自己与黑暗为伍的身影。

想必她明天就会想明白怎么回事了吧。

他凝视着那个方向，久久伫立，脸上是带着酸楚的温柔。天际的星星黯淡着光芒，悄悄坠入他的眸中温一壶陈年老酒，连着脸上深刻的皱纹，都绕进丝丝酒香中舒展开来。

犹豫了一下，他还是向韩小青挥了挥手：再见了，小青丫头。

从今天起，那个被你叫做"保安大爷"的金不换已经死了。

你大胆地去指证他吧，做个勇敢正义的女孩。

李善全，该去接受他应得的惩罚了。

第四十二章

引发人心惶惶的命案水落石出，但一审判决的结果却还要等不长时间。姜涞已经不想去关注这件事情的后续了，至于韩小青如何在她自以为的真相里打转，又如何理清情感和理智的冲突，都和姜涞无关。

郭瞿在命案调查结果出来之后，进过一次光阴城，状似无意地提起了这个话题。这次他倒是没怀疑姜涞参与其中，只是觉得这件事没有表面上那么简单，试着来探探姜涞的口风。

"你要关心的事，未免也太多了点。"姜涞没来由地觉得心情郁结，明明时隔多年已经平复的心情，随着郭瞿越来越频繁地出现在她面前，又如石子掷湖，激起层层涟漪。

真是个什么都不懂的傻瓜。姜涞郁闷地想。

郭瞿闻言一愣，硬是从中听出了姜涞埋怨自己不关心她的意思，笑呵呵地说道："这不是最近身边的事情比较多么，觉得挺奇怪才问的。你不愿说就算了啊，反正呢，别因此气着自己。"想了半晌还是补了句："你最近……还好吗？"

姜涞的心情稍稍被这句话抚慰了一点，但揪着这个出气口就不打算放了："不好不好，整天都烦死了！有些人一点点破事就来找我，真不知道为什么光阴城会把他们放进来。要不就是一看到我就开始倒苦水的，惨啊，真的惨，但是我是垃圾桶吗？直接说明白自己想要什么不就行了吗？"

"嗯……其实人家不主动跟你说，你也会忍不住好奇自己看的吧？"

"你！"姜涞一时气结，找不到话来反驳郭瞿，干脆一扭头不理他了。

看到小姑奶奶生气了，郭瞿没办法只好又去哄，好不容易哄好了才小心翼翼地开始说正事："你不觉得，最近我被吸入光阴城的频率有点高吗？"

姜涞说："关我什么事，光阴城喜欢你呗，要不你跪下来问问大地，为什么喜欢你？"

郭瞿蹙紧了眉头，显然没有接受姜涞的解释："我有种不太好的预感。"

"你们这种凡人的预感一点都不靠谱。"姜涞抱臂站在一旁，"你要不要听听我的预感？我预感最近光阴城会来一个你的亲戚。"

"谁？"

"你猜啊！"

待到送走了郭瞿，姜涞蓦地卸去了强撑的力气，整个人顺着墙滑坐在了地上，单手扶着墙喘气。

啧，这个傻子预感还挺准的。姜涞勾了勾嘴角，靠着墙闭上了眼。

离开了光阴城，郭瞿又回到了自己家的沙发上。以往在进入光阴城的前一秒是怎样，就会以怎样的姿势回到现实，但这次从光阴城出来后明显像是从半空中落下，在沙发上猝不及防地弹了一下。

郭瞿纳闷地揉了揉自己的屁股，捡起被震到底下的手机，却无意间瞥见了锁屏上显示的微博推送。

"女儿在课外班被欺负，妈妈插手打人……"——后面的文字并没有显示出来，郭瞿心痒地点开了这条新闻，才刚刚看到化名为秀秀的小女孩在课外的舞蹈艺术班里被同学欺负，换下的衣服被扔进了厕所，自己妈妈的电话就打了过来。

"喂，妈。"郭瞿挂念着后面还没看到的部分，有气无力地喊了一声。

电话那头的声音保持着往常的热情，甚至比以往还要激动："小郭同志！你老娘现在要跟你说一件重要的事！挺胸！抬头！坐直！"

郭瞿下意识地按照自家老妈的要求在沙发上坐得笔直，严肃地对着电话那头说："好了，请您指示。"

"你，看了新闻吧？就是那个妈妈帮女儿教训欺负她的同学，最后被送进局子里那个。"

"啊……原来最后是送进局子里了啊。"还没看到结局的郭瞿就这样猝不及防地被妈妈剧透了。

"别打岔！那个录像不是放出来了吗？你看了吗？"

"没来得及看。"郭瞿可怜巴巴地说道，"这不刚闲下来有时间看，您就打电话过来了吗？"

郭瞿妈妈明显对郭瞿这个不及时关注社会热点的行为不太满意，但还是接着往下说了："好吧，那我跟你说啊，我看那个视频里打人的妈妈呢，越看越眼熟，越看越眼熟。哎呀！结果哎！你知道是谁吗！"

"谁？"郭瞿成功被妈妈引发了好奇。

"是你虞表姐啊。"

"啊？"郭瞿惊讶地从沙发上蹦了起来，屁股又被沙发弹了一下，但郭瞿没在意那可以忽略的疼痛，只是继续追问，"虞嵇？大姨的女儿？小时候拉着我天天演戏的那个？"

电话那头传来一声叹息，紧接着确认了郭瞿的话。

"这到底是怎么回事啊？"郭瞿问道。

"哎呦。"郭瞿妈妈一拍大腿，"就是新闻上说的那回事呗。绣绣被人欺负了，虞嵇就直接去课外班甩了那几个欺负人的小姑娘耳光，并且拒不道歉，结果人家家长报警了，警察就把你表姐抓走了呗。这个具体细节，我也不好打电话问你大姨是不？毕竟现在问，就像是赶着趟儿往人家心口上戳刀子呢。"

郭瞿犹豫了一会儿，还是把已经到嘴边的话说出了口："其实吧，要是我女儿呢，情感上来说我估计也会去把那几个蔫坏蔫坏的熊孩子打一顿。但是作为正直的人民教师，我还是不能提倡以暴制暴的。"

"得了吧，你还装。"那头的老妈冷嗤一声，"你心里保准叫嚣着'打得好'呢。你小子不会不记得了吧？之前有一次我们家和大姨家要一起吃晚饭，叫你放学早就去找你表姐一起过来，结果你碰上你表姐被人欺负呢，冲上去就把人家踹倒了，好像还有一个人被你踹进花坛里去了。你小子机灵着呢，还知道打完了人就拉着你表姐赶快跑，听说后面查监控都查不出是谁。"

"嘿嘿，我这么英勇的吗？"郭瞿颇为不好意思地挠挠头，"这个算是见义勇为吧，好像和这件事性质不一样。"

"哼，要我说，有啥不一样？"郭瞿妈妈掰着指头就开始算，"你看啊，这第一，都是孩子被欺负了；第二，都是家属来帮忙；第三，被打的都是未成年人——你说这怎么不一样了啊？"

"妈。"郭瞿深知自家老妈无比护短的个性，无奈地唤道，"这不是打人的不一样吗？我当时也是个未成年人啊，你看表姐这都成年了，和人家幼儿园小屁孩年龄差这么大，再怎么说出去都是以大欺小吧。"

"哦，那以小欺小就可以了吗？是这个理吗？"

被妈妈讽刺的郭瞿心好累啊，直接躺在了沙发上，叹了口气："妈，不是这个意思啊。反正你要知道，这件事呢，我绝对是站在姐姐这边的！我首先是妈妈的儿子，姐姐的弟弟，再是光荣正义的人民教师，可以了吧？"

电话那头终于满意了，嘟囔着"还算有点良心"之类的话，就果断挂了电话。

郭瞿挂了电话，还是耐心地把新闻看完了，又去看了下那个视频。视频里的姐姐自然是看不清脸的，要是让他第一次看，估计也认不出这是表姐。毕竟这么多年没见了，再熟悉的面孔都在心里被时间打上了厚厚一层马赛克。

郭瞿记得因为大姨一家和他们家住在同一个城市里，周末或者假期两家人就经常走动。虞嵇从小就很漂亮，彼时还是瘦猴样的郭瞿每每跟在表姐身后都有些自惭形秽的意味。

他当时一直误认为虞嵇的名字写作"虞姬"，在电视上看到虞姬和楚霸王时，还特别高兴地跟别人说他姐姐的名字也叫这个。因为电视上的虞姬都很漂亮，郭瞿还暗忖过大姨和姨父是不是因为期望姐姐也长得美若天仙，才给姐姐取的这个名——后来他的幻想被打破了，姐姐叫"虞嵇"只是因为姨父姓虞，大姨姓"嵇"。

但是虞嵇自己，是很乐意把自己当成虞姬的。因为名字的缘故，虞嵇小小年纪就对那段荡气回肠的历史产生了浓厚的兴趣，还在大姨和姨父的帮助下弄懂了来龙去脉，从此演戏就成了两个小孩相聚时的保留节目。

"我演虞姬，你演项羽，就是那个特别厉害的西楚霸王。"虞嵇以这句话成功诱拐了当时最大的梦想是成为英雄的小郭瞿。

虞嵇最喜欢的是虞姬自刎那一段。郭瞿每次都配合着演，小小的身板自然没有楚霸王那股子气势，但虞姬自个儿乐此不疲。郭瞿最开始的新鲜劲儿一过，就开始不耐烦，经常演到一半就开始问东问西，最常问的一个问题就是："姐，虞姬为什么要自杀呢？"

虞嵇每次的回答都不一样，但是郭瞿清楚地记得，有一次虞嵇是这么说的："这是她必须要做的事情，只有这样，她才是虞姬。不是战场上一具无名孤尸，不是宫闱里千百名宫妃的一位，而是被历史记住的虞姬。"

郭瞿闻言只摸了个七八分懂，剩下两三分混在虞嵇那双澄亮的眸子里，绕得他晕头转向。待虞嵇岔开了话题，郭瞿仍细细咀嚼着表姐这番话，心底暗自认定了虞嵇是个很不一样的人。

只是后来，虞嵇就几乎没有再拉着郭瞿演过戏；再后来，虞嵇上了初中，就搬到了新区，和郭瞿家隔得老远，再没有两人共处的大把时间，偶尔的小聚，也就勉强保持着姐弟俩还能聊上几句天的关系而已。

第四十三章

郭瞿对于自家老妈说的那件事，其实是印象深刻的。

那天两家人要聚在一起吃饭，吃饭的地点离表姐的高中外国语比较近，正巧郭瞿所在的五中初中部附近又有公交车可以直达外国语，郭瞿的父母就干脆放心地让儿子一个人过来，顺便在半路上带上表姐。

郭瞿问过了，表姐每天下午五点四十放学，而自己五点十分就放学了，碰上公交来的快，正好能赶上表姐刚刚下课的点。

然而，守时的郭瞿在外国语门口等到了六点，熙熙攘攘的人群已经在校门口散去了，都没能等到虞嵇。

不对啊。郭瞿皱了皱眉，虞嵇应该提前知道自己会来，按理说不会和自己错过。难道是在做值日什么的？

深谙自家老妈没有耐心的个性，郭瞿也不敢让他们久等，当下就决定去找找虞嵇，如果她真的在值日就帮她一起扫地。

还好外国语平时不要求穿校服，在出校门前就把五中校服脱掉的郭瞿混在一群学生里大摇大摆地走进了校园。

第一次走进外国语的郭瞿发现，外国语比五中可大多了。看着扑面而来的联排教学楼，郭瞿觉得腿有点发软——自己只知道虞嵇在高二15班，可是这放眼望去，连哪里是高中部哪里是初中部都分不清。

郭瞿本来想找个人问问，可是此时的校园空荡荡的，余剩三两只麻雀在广场上信步。他暗叹一声，打算沿着环校小道找一找有没有校园地图或者标识。

环校小道周围都是绿化和花圃，自有绿叶和夕阳织成的穹顶上蔽成阴，路两旁是清扫过的落叶，偶尔有小虫从落叶底下探出头来，不过分秒又瑟缩着钻了回去。但是，郭瞿却无心欣赏这校园一角的风景，因为他听见了虞稹的声音。

隔着甚远听不清楚，于是郭瞿快步上前，没想到却正好撞见虞稹被一群女孩子围在正中，气氛剑拔弩张。

郭瞿一时不敢轻举妄动，下意识就窝在了附近一丛灌木后面，时刻注意着虞稹那边的情况。

"听说你以后想做演员是吧？啊？凭什么啊？"其中一个高马尾的女孩在虞稹肩头狠狠一推，把她推倒在地，"你是觉得凭你这张脸是吗？你自认为很好看是吗？"

虞稹低着头，没从地上爬起来，也没回话。

高马尾嗤笑一声，转头看向围在自己身边的姐妹，扬声道："她觉得自己长得很好看哎。"

周遭的女生都开始肆无忌惮地笑起来，恶毒的语言接二连三地刺向虞稹——"啧啧啧，要脸不？就她这样，花钱去整容人家剧组都不会要的吧？""天啊，我看是想被导演潜规则吧！""虞稹？还真以为自己是那个迷倒项羽的虞姬了？真是可笑。"

"喂！"高马尾一把拽起虞稹的头发，强迫她看向自己，"刚刚的话你都听到了吧，不要天天不自量力，痴心妄想！"

虞稹的眼神犹如一滩死水，就这般定定地揪着高马尾的目光："你这是，嫉妒我？"

高马尾顿时恼羞成怒，一巴掌扇在了虞稹的脸上，响声惊动了躲在灌木丛后的郭瞿。

看到这，郭瞿实在是看不下去了，头脑一热就冲上前去，一把将围在四周的女孩子用力推开，也不管她们是摔了还是跑了，直奔那个高马尾而去。

高马尾被横冲直撞的郭瞿吓了一跳，还没反应过来，就被郭瞿一脚踹翻在地，趔趄了几步直接摔进了后面的灌木丛，好一会儿都没爬起来。

郭瞿此时终于觉得一腔热血凉了些，心底也免不了一阵发虚，一把拉起还坐在地上的虞嵇："姐，咱们快走。"

两人气喘吁吁地跑出了校园，郭瞿才意识到自己还紧紧抓着虞嵇的手。两人也已经长大了，此刻郭瞿略有粗糙的掌心包裹着虞嵇修长白嫩的手，只觉得烧得慌，赶忙面红耳赤地放开。

虞嵇虽然因为跑得太快也不住地喘气，但是面色很平静，只是垂眼低声说了句"谢谢"。

郭瞿和虞嵇并肩向吃饭的地方走去，诡异的沉默将他们与街边的繁华隔开。郭瞿好几次抬眼看向虞嵇，又在被虞嵇发现前收回目光。此时此刻，郭瞿觉得这个从小亲近的表姐离他很远很远，远到连面容都模糊了。

郭瞿的内心挣扎了一会儿，还是犹犹豫豫地开了口："姐，刚刚那些人……"

"别问！"虞嵇突如其来的激烈反应吓了郭瞿一跳。他不解地看着虞嵇，只见虞嵇仰着头看着已经比她高的自己，眼里竟有哀求："求求你，别问了，可以吗？"

郭瞿这次没有再收回目光，静静地凝视着虞嵇。虞嵇此刻的头发已经散乱，有一缕被汗沾湿，黏在脸颊上。一双明眸微红，睫毛上挂着将落未落的水珠，明显是刚刚哭过了。郭瞿只觉得心疼，往昔那鲜衣怒马，随楚霸王驰骋沙场的虞姬，如今却成了这般楚楚可怜的模样。

"虞嵇啊。"郭瞿这次没叫姐，"你真的很漂亮，别听那些人瞎说。你要是当了演员，我绝对是你的忠实粉丝。"

没等到虞嵇的回应，郭瞿也没觉得尴尬，自顾自地继续说下去："难怪你小时候经常拉着我演戏呢，那个时候我就觉得你演得特别好。

"我不想当演员。"

"什么？"郭瞿瞬间把还没说出口的话咽了回去。

"我不想当演员。"

郭瞿讪讪然地摸了摸脑袋："可是刚刚她们说……"

"你不是也说别听那些人瞎说吗？"虞嵇神色淡淡，"她们自己以为罢了，我没有这个打算。"

彼时的郭瞿真的以为是自己会错了意，一路上都尴尬地没敢再开口。然而，没过多久，郭瞿的妈妈无意间提起，大姨近来找她抱怨说，虞嵇本来下定决心要考艺考以后走演戏的路子，不知怎么的突然改变了主意，但就凭虞嵇现在的成绩，也上不了很好的大学。

郭瞿想，他应该知道原因。

最后，虞嵇考上了一个不好也不差的二本，毕业以后没过多久就结婚了，和丈夫一起搬到了一个与老家相距甚远的城市。

郭瞿去了外地上大学，自大学以后就甚少和虞稔联系。最近一次见面，不过是在他的侄女方锦绣满月的时候，去酒宴上露了个脸。

那日，郭瞿只在进门时和站在门口的虞稔寒暄了几句。虞稔看到他的时候恍惚了一下，随即一巴掌拍在了他的肩头，笑吟吟地说："我的楚霸王，越来越帅了。"虞稔还年轻，笑起来时眼角却已有几道细纹，郭瞿不知为何突然失去了缅怀过去的勇气，落荒而逃般地随口应付了几句，就走进了内场。

落座后，郭瞿忍不住往虞稔那里偷瞄。虞稔今天穿了一件大红色的修身小礼服，一头乌黑的长发如黑瀑直垂腰间，腰杆挺得笔直，下巴微微上扬，像极了戏文里那惯穿红裳的虞姬。郭瞿在恍惚间觉得她下一秒就要抽出一把长剑，红唇轻启，说出那般决绝的话语："愿乞君王，三尺宝剑，自刎君前。"

虞稔一直在笑，眼睛在笑，嘴唇也在笑。然而，郭瞿却并不能说虞稔此时顶顶开心，又或是不开心。他见过虞稔最开心的模样，是在幼时拉着他演戏的时候，那时她的眼中是有光芒的，耀眼到让他无法直视的光芒；但是现在，他发现虞稔眼里的光芒已经灭了，这满堂的灯火辉煌，都不能照进她眼底半分。

郭瞿胸口发闷，又想起方才虞稔唤他"楚霸王"，更是闷得难受，举起满盈的酒杯，一饮而尽。

第四十四章

郭瞿斜躺在沙发了，用手遮着眼睛。

当年的一幕幕，还历历在目。只是他总觉有哪里不对劲，自己虽然在高中时期完全没有和已经去上大学的虞嵇见过面，但感觉这段时间里他们的感情并没有淡，反倒是毕业之后才渐行渐远。

这时，他突然想起来，姜涞曾经跟他说过"最近光阴城会来一个你的亲戚"。

说的是虞嵇？不对！为什么姜涞会知道虞嵇是他的表姐呢？

郭瞿详细了解过姜涞感知现实世界的能力，得知姜涞能看的时光分为三种：一为交易者用来交易的时光，就是七彩的泡泡；二为进入光阴城的人带来的和交易有关的故事，就是纯白的泡泡；第三，就是正在发生的事情。当然，光阴城有一个bug，就是如果有一个并未进入光阴城的人出现在了任意两个或以上的泡泡里，城主就能顺藤摸瓜地看到她的过去，比如同时和路壹与章天昊有关的景言。

据他所知，他从未向姜涞提起过虞嵇，虞嵇或者他也不符合上述的任意一种情况，为什么姜涞就知道他和虞嵇的关系呢？

郭瞿想了半天也没想明白，头晕脑胀，干脆打算今天早点休息。

就在他陷入沉睡的那一刻，他有一种预感，那个从他高中起就开始困扰着他的奇怪的梦，又要来了。最奇怪的是，他明明每次都能感知到这是同一个梦，却从来记不住内容。

第二天清晨醒来，郭瞿下意识地往脸上抹去，指尖的湿润提醒着他脸上还有未干的泪痕。

他这次还是没有记住梦中发生了什么，但是却出乎意料地记住了一个声音。

是谁呢？郭瞿闭眼撑着脑袋，久久不能平静。

好在今天郭瞿并不需要代课，只需要坐在办公室里修改一下课件，批改一下作业，所以魂不守舍的模样倒也没有引起多大的关注。

"郭哥？"

郭瞿循声抬头望去，发现是陈煜然站在他身边叫他。

"怎么了，郭哥身体不舒服吗？"陈煜然把手中抱着的作业，轻轻放下，转头关切地看着郭瞿。

郭瞿摇了摇头，下意识就说了真话："一个从小跟我关系很好的表姐出了点事。"

陈煜然顿了一下，问道："严重吗？"

郭瞿伤脑筋地按住了太阳穴，叹了口气："进局子了。"

陈煜然没有多问，在旁边沉默地站了一会儿，伸手试探性地在郭瞿肩上拍了拍："会好的。"

陈煜然一走，旁边一直装作在认真改作业的蒋老师，就探了个头过来，问道："小郭呀，你表姐怎么会进局子了呢？"

郭瞿知道蒋老师也是出自对自己的关心，可是他那连头发丝都写着八卦的模样实在是让人有些不想回答。

"小郭啊，我小姨父在公安局工作呢，你说出来或许我还能帮帮你？"蒋老师没有等到郭瞿的回答，锲而不舍地说道。

郭瞿生怕蒋老师再这么大嗓门地一吆喝，全办公室都得知道了，只好慢悠悠地挪到他身边，示意他凑耳过来。

"小小地收拾了一下欺负她女儿的熊孩子，被那边的家长告了。"

"那个上微博头条的不会就是你姐吧？"

郭瞿一惊："这就上微博头条了？"

"这还不上微博头条？"蒋老师诧异地看着郭瞿，"这大家反感熊孩子，反对校园暴力也不是一天两天了，好不容易有一个收拾熊孩子的家长，还被关进了警察局，你说大家的反应大不大？"

郭瞿刚想说话，就被蒋老师截去了话头："没想到你姐这么英勇啊，看来你没有你姐的风范啊。"

郭瞿淡淡斜睨一眼，让本来还想继续调侃两句的蒋老师噤了声："别拿我姐的事情开玩笑。"

蒋老师不满地拍了拍自己的胸脯："这哪能啊？我是真觉得你姐干得漂亮啊！你看看网上说的，嗯？这拿同学的衣服扔进厕所里，是正常孩子能干出来的事吗？这种熊孩子，家长不教育，自然有人来教育！要我说啊，你姐就是英勇，即使被拘留了，也不能抹杀她这个行为的正确性！"

郭瞿听到蒋老师这么维护虞毹，反而有些不好意思了："可是警察也说，这小孩子的纠纷，大人不应该插手啊……"

"屁嘞！"蒋老师这厢越说越激动，干脆连在学校不会说的口头禅都带上了，"要是小孩子能解决，当然自己解决了。你看我们班那帮臭小子，惹毛了就打啊，虽然一般自己也讨不到好，但是下次总能威慑别人几分。你看我这当班主任的也不插手他们的小打小闹，他们的关系不也越来越好了吗？但是这个性质不一样啊，这是一伙人合伙欺负人家啊，这定义为简单的纠纷合适吗？"

看到郭瞿摇了摇头，蒋老师继续说了下去："既然是单方面的欺负，那么欺负人家的那一方理应受到惩罚，然而老师不管，他们自己的家长不管，是不是总要有人来管？这个时候你姐站出来的对啊！她要再不站出来，自家女儿被人家欺负出心理阴影怎么办？"

"绣绣从小身体就不是特别好。"郭瞿补充道。

"是吧，你看！还专挑身体弱的欺负！"蒋老师义愤填膺，"那我们来想想，你姐姐能怎么办呢？告诉老师，特别是这种对孩子完全不敢处置的课外班老师，结果一般就是拉着这边小朋友给那边道歉，然后假装一团和气就没事了，下次难保还会不会发生类似的事情呢。如果联系那边家长？哼，那边人多势众，加上能教出这种孩子的家长一般也不是什么善茬，能沟通出什么好的结果吗？要我看啊，你姐直接去教训肇事者的方法既简单又有效，反正在三观正常的家庭，抓到自己家小孩做这种事情，多半是要打一顿的，谁来打不都差不多？再者，能让这些熊孩子明白，做坏事是要挨打的，下次八成就不敢做这种事情了。都才幼儿园呢，可塑性高，要是一味地宠着反而是毁了孩子。"

郭瞿突然问道："要是挨打的是你家孩子呢？"

"我家那个崽？"蒋老师冷哼一声，"我家那个崽要是敢背着老爸做出这种事情，看我不打脱他层皮，在外面挨打了回家还要接着打。要是女孩子，最多在外面给她点面子，好声好气地教她要跟小朋友赔礼道歉，意识到自己的错误，回家以后还是要劈头盖脸训一顿的。"

说完以后，蒋老师皱着眉头回忆了一下自己看到的新闻内容，痛心疾首地摇了摇头："啧啧啧，你看这些熊孩子的家长，怎么一点都不痛心自家小孩做出了这种人渣行径呢，还是对一个身体娇弱的小女孩，竟然关注点在成年人怎么能打孩子？我看你姐，一没用脚踹，二没抄家伙，只是冲上去一人给了两个巴掌，还真打不出什么事来。"

郭瞿拍了拍蒋老师的背："冷静冷静啊。我知道你三观正，可是这就有些有失偏颇了，说什么你家孩子被打就完全不在意什么的。毕竟谁家孩子不是宝呢，到时候你家孩子真被打了，指不定心疼到哪去呢。"

"哎！"郭瞿用手捂住蠢蠢欲动的蒋老师，"你别反驳我啊，我这是站在客观的角度说话。虽然我也支持我姐的行为，但是不得不承认她确实冲动了那么一点点，当然只有一点点啊。毕竟绣绣还是要学会自己长大的，以后面对别人的欺凌，是要自己反抗的，即使敌众我寡，力量悬殊，也要能找到解决办法。"

蒋老师一掌拍下郭瞿捂住自己嘴巴的手，盯着郭瞿看了好一会儿，就在郭瞿以为他又要发表什么长篇大论的时候，蒋老师突然说了一句："看来我适合养儿子，你适合生女儿啊。"说完，就转过头去专注于手上未批改完的作业了。

郭瞿哭笑不得地嘟囔了一句："这要生也不是我生，是我未来老婆生啊。"

第四十五章

郭瞿完成了手上的工作，一个人坐在那闭目养神，脑子里不断地回放着那个出现在自己梦里的声音以免自己忘记。

总觉得……很熟悉，但是一时想不起来在哪听过了。

郭瞿越想越觉得自己离真相只有一步之遥，但是面前这一步却难于登天，心里揪得慌，面色也难看了几分。

"小郭啊。"坐在一旁的蒋老师又探头过来，"你是不是真的很担心你姐姐啊？要不我帮你跟老段请个假？"

"不用了。"郭瞿摇了摇头，咬咬牙还是直起了身，强迫自己不要再想了，"我现在也帮不了我姐什么忙啊。"

我好像以前也没帮上我姐什么忙……郭瞿在心里暗暗说道，突然觉得自己很没用。

其实那天两家人一起吃完饭回家后，郭瞿想了很多很多。虽然当时他还是个懵懂莽撞的热血少年，可是冷静下来以后也意识到自己似乎给虞稔带来麻烦了。他一个外校生，当然不会被抓到找麻烦，可是虞稔还要在那里上一年多的学，这次他是帮她打跑了坏人，下一次指不定那些人就变本加厉地欺负虞稔呢。

然而，郭瞿却怎么也想不起来，自己后来到底有没有再去找过虞稔。按理说，他出于对表姐的不放心，再怎么样都会偷偷溜去看几次，然而在他的印象里却是一片空白。若是没有去看虞稔，总归是在放学后做了些什么的，但郭瞿也完全想不出自己到底做了什么。

他蓦然回忆起他当时问周冬梓的一句话，不禁背后发凉："你就没有怀疑过这一切吗？"

如今，这句话他想问问自己——几乎每晚重复的古怪梦境，偶尔会断片的记忆，被强行吸进光阴城的高频率，被设置成他高中母校的光阴城，和姜涞没来由的熟络……他就没有，怀疑过这一切吗？

现在，他仅有的线索就是出现在他梦中的那个声音，那到底是属于谁的呢？

郭瞿没有想到，问题的答案来得那么快。

一天以后，他又出其不意间进入了光阴城。然而这次，他并没有直接到姜涞的身边，而是站在了校门口。

虽然他初中是在五中上的，但高中却是在外国语，全市最好的中学——也是虞嵇曾经待过三年的高中。在进入高中之后，郭瞿才发现学校的地图就在广场的右侧，所以即使他当年当真沿着环校小道绕着校园走了一圈，也是没法找到校园地图的。

这次进入光阴城之后，他鬼使神差地没有去找姜涞，而是直奔了广场右侧那块有校园地图的告示板。

他认认真真地盯着地图看了好久，终于明白了自己最初进入光阴城时的违和感从何而来——在这个地图上，高中部教学楼中间那两栋楼的一层是满的，标上了对应班级，然而初中部教学楼中间两栋楼的一楼是空的。

在郭瞿的印象里，外国语的校园在他初三升高一的那个暑假做了大幅改造和装修，最明显的改变，就是把初中部和高中部中间两栋楼的一层封掉做了教室。在此之前，那两块地方都是空的，类似于一个封顶的小操场，为了在下雨天给学生们做广播体操提供场地。然而随着外国语

为了适应市教育政策而进行的扩招，现有的教室已经挤不下那么多学生
了，学校只好把两个一层都封了做教室，从此学生们下雨天就再也不用
做操了。

所以，在郭瞿的记忆里，唯一一次有幸见到还未被封起来的一楼是
在他去找虞嵇的时候；而在他正式成为外国语的学生的三年里，过的都
是一下雨就欢呼不用做操的日子。

郭瞿记得，姜涞曾经告诉过他，光阴城的样子是历届城主自己决定
的——也就是说，是因为姜涞的主观想法，导致了现在这个初中部和高
中部明显不处在同一个时间段的情况出现？

为什么呢？

"郭瞿？"

等等！在他梦里出现的就这个声音！郭瞿感受的自己心跳的速度开
始狂飙，有些颤抖地回了头——"虞嵇？"

竟然是虞嵇？在他梦里的声音是虞嵇？

虞嵇看起来面色很不好，眼底的乌青明显，唇色惨白，还有干裂
的皮上翻，但是她那双清亮的大眼睛攫住了郭瞿，让他连呼吸都不敢加
重。

"这是哪里？"虞嵇狐疑地打量着郭瞿，似乎在确定他是不是自己
认识的那个表弟，"你为什么也会在这里？"

郭瞿神色尴尬，一时不知道怎么解释，只好赶紧领着虞嵇去找姜
涞。

郭瞿带着虞嵇往姜涞一惯爱待的操场上走，低着头并没有多嘴；虞
嵇看郭瞿神神秘秘，不愿多说的样子，也没有逼问他，只是沉默地跟随
着他的脚步。又是这种诡异的寂静，一如当年肩并肩走过外国语门前的

姐弟俩，一个想要问，一个不愿说。

出乎意料地，郭瞿并没有在操场上看到姜涞的身影。

这小姑娘又去哪调皮捣蛋了？郭瞿伤脑筋地垂眼沉思，下意识地忽略了背后灼灼的目光。

"郭瞿，你在找谁？"虞嵇忍不住问道。

郭瞿垂在身侧的拳头紧了又松，似是内心有滔天大浪拍岸，但是最终仍只是化作他转头淡淡地说："在找一个能帮你的人。"

虞嵇没有再问，而是突然换上了一种轻松的表情："这里是外国语。"

"对。"

虞嵇眨了眨眼："我都没有好好问过你，你在外国语的三年怎么样？"

"我能开诚布公地说吗？"

虽然不知道郭瞿口中的"开诚布公"指的是什么，虞嵇还是点了点头。

"我觉得，肯定比你的三年过得好。"郭瞿想要故作轻松地说出这句话，话尾还是不自觉拖上了沉重，"姐，你当年为什么要骗我呢？是觉得我太小了吗？"

虞嵇愣了许久，才反应过来郭瞿是在说自己骗他自己不想做演员的事情。虽然这件事确实一直是她心头的一道坎，但是这么多年过去了，她也有了能和自己从小亲近的弟弟开口的勇气："不，跟你无关，是我自己太懦弱了。"

收到弟弟鼓励的眼神，虞嵇深吸了一口气，继续说道："其实这件事，我一直都没有跟家里人说过，说起来唯一知道的家人就是你。我是真的真的很想当演员，从小时候拉着你演戏的时候就开始想了，想到心痒难耐，而那些小打小闹，都是隔靴搔痒。但是越长越大，我也越发意识到这件事情的艰难。你看看电视剧里，想要当歌手或者画家，就要跨过重重阻碍去努力拼搏了，演员？是难上加难。"

"我本来都要放弃这条路了，但是因为我成绩不理想，爸妈想让我去艺考，我突然就觉得前方又有了亮光，虽然只有一点点，但至少我看得见了。当时班里本来就藏不住事，谁去艺考，学些什么，大家都心知肚明。虽然嘴上说着艺考都是差生的选择，他们心里其实是羡慕且嫉妒着艺考生的，因为他们不像其他人受成绩的束缚那么严重，可以去做自己相对比较喜欢的事情。"

"所有的负面情绪之下，就有排挤，有孤立，有欺凌，就是所谓的校园暴力。我并不是唯一的受害者，也不是最惨的那一个，因为我从来不和她们明面上对着干，她们觉得欺负我没什么意思。他们最多也就敢像你那天看到的那样对我，再出格的事情就没有了。有同学告诉过老师，可是她们从来没有下狠手把人身上打出重伤来，也专挑没有监控摄像头的小角落，所有人统一口径，一同否决，没有证据对老师来说也是束手无策。班里其他人什么事都知道，就是不说，对他们来说多一事不如少一事。还有的告诉过家长，家长来学校闹过，但是两边的家长一对峙，谁家孩子不是宝呢，硬是从单方面的欺凌诡辩成了两边的纠纷，最后逼着双方道个歉，这事就算完了。那些女孩子家里都有背景，谁家里都有人能在校长面前说上话；而校方顾及老牌名校的颜面，自家的龃龉自然不愿摊开了让人家笑话，即使有一点闹大的苗头也给及时掐掉了。"

"在这种完全走投无路的情况下，我被自己的恐惧打败了。我恐惧着走进教室，恐惧着去学校，甚至恐惧每一个新一天的到来。我的前路仍然有光，但是我没有自信能走过光明前这片无尽的黑暗。我多少次爬上了学校的天台，看着围栏想着自己要不要就这么跳下去算了，如果我死了那些人的丑恶行径是不是就会被曝光，是不是就没有人再受她们的欺负了——就像虞姬一样，虽然死了，但是从此被历史记住了。然而当我从天台上俯视着楼下时，我发现，我还深深地恐惧着死亡。"

"当我失去了自刎君前的勇气时，我就无法成为虞姬了。"

第四十六章

郭瞿还在等着虞嵇接着往下说，却听见她突然"噗嗤"一声笑开了，指着不远处问他："这是你说的能帮我的人吗？"

郭瞿被虞嵇挡住了视线，之前没有注意到，现在抬头一看，发现姜涞领着身后一堆泡泡从不远处飘了过来，偏生那些泡泡还不安分，有的撩起了姜涞一缕缕银发，上蹿下跳得如同活泼的小鸡仔，而姜涞就是那领头的炸毛老母鸡。

似是感觉到了郭瞿调侃的目光，姜涞下一秒就落地出现在他们面前，狠狠地白了郭瞿一眼。

"虞嵇姐姐。"姜涞乖巧地眨眨眼，"我是来帮你的。"

郭瞿抱臂站在一边，暗忖这爱耍城主威风，自称是自己爷爷辈的小姑娘怎么碰见他姐就如此乖顺，还开口叫"姐姐"了呢？

"这里是？"面对着陌生人，虞嵇还是很谨慎的。但是看着小姑娘巧笑嫣兮的面容，虞嵇本能地就想亲近她一点。

"不存在与普通人认知的光阴城。简单来说就是帮你实现任何愿望，然后拿走一段特定的光阴作为报酬。"

"听起来很厉害。"虞嵇似乎特别快就接受了这个设定，因为在这个熟悉的环境里她的神经放松了许多，而且姜涞说的话让她下意识就想要相信，"你能不能先解答我的三个疑惑？"

"你说吧。"

虞嵇突然转头，指向郭瞿："第一，为什么郭瞿会在这里？"

姜涞看着郭瞿那副"躺枪"的无辜表情，嘴角抑制不住地上扬：

"他啊，上了我的贼船，就下不去了。"

虞嵇完全忽略了身后郭瞿控诉的眼神，很满意这个答案，接着问："第二，你是谁？"

"我吗？"姜涞一撩头发，说道，"我以为已经很明显了，我是光阴城的城主啊。"

"除了光阴城的城主，什么都不是吗？"虞嵇的追问脱口而出，因为姜涞给她带来的那种微妙的熟悉和亲切，让她有些难以置信。

姜涞眼里没有波动，仍旧保持着甜甜的微笑："你确定这个要作为第三个问题吗？我只回答三个哦。"

"算了。"虞嵇挫败地摆了摆手，"那么第三，这里为什么会是外国语的样子呢？"

听到这个问题，郭瞿也一下竖起了耳朵——这正是他这么久以来特别想问的问题，可是每次即将要说出口的时候，都会被姜涞岔开话题。他知道，姜涞对所有进入光阴城的人都有读心能力，所以在捕捉到他内心萌发的念头时，就会把这个念头扼杀在摇篮里，根本不让他问出口。

姜涞这回倒是没有刻意掩饰，而是大大方方地说："自然是因为我曾经是外国语的学生啊。"

郭瞿虽然早就料到了这个答案，但是亲耳听到的时候仍是打了个寒颤——曾经是外国语的学生，又正好经历了初中部和高中部装修前后的两个阶段——那就说明，姜涞在外国语的时间和他自己应该差不多。或许，他们之前就见过？

这时，姜涞若有若无地往郭瞿的方向淡淡斜睨了一眼。郭瞿心中一凛，知道姜涞逆天的读心能力，没有再敢往下想了。

"说吧，要我怎么帮你。"姜涞找了个地方坐下，撑着脑袋看向虞稽。

虞稽坚定地说："我不想被拘留。"

"为什么呢？"

虞稽说："我以前告诉绣绣，只有坏人做了坏事才会被警察叔叔抓走。如今我打了欺负她的小朋友，然后被抓走了，对她来说当别人欺负她的时候打回去就是坏事，是会被惩罚的事情，她以后就更不敢反抗了。我不希望她产生这样的想法。现在她还小，很多事情在一念之间就能决定她的一生的。"

"再说了。"虞稽垂眸一笑，嘴角的弧度很是嘲讽，"哪有这种道理？欺负人的不道歉，要我们被欺负的人家道歉赔钱，不然就送进局子里。为什么过了这么多年，这世道还一点进步都没有呢？"

"但是毕竟是你，作为一个成年人，打了一个毫无还手之力的小孩子啊。"姜涞抚掌叹息。

"钱我会赔，拘留所我不能进。"虞稽斩钉截铁地说，"这个社会要是一直纵容那些欺负人的孩子，校园暴力之类的事情就永远不可能减少。那些说什么再怎么样大人都应该让孩子自己解决的，绝对都是自己没有经历过校园暴力的。什么叫走投无路？什么叫绝望？他们知道吗？绣绣穿着被人踩脏的舞蹈裙，而不是我前两天刚刚给她买的公主裙，泪眼汪汪地扑进我怀里跟我说对不起，她没有保护好妈妈给她买的新裙子的时候，我是心疼，但还理智地想着或许有什么误会——在这个情况发生第二次、第三次、甚至第四次的时候，老师都跟我解释不清，你觉得我还能忍受看着绣绣的表情一天比一天绝望吗？一个才四岁的小女孩啊，该有多喜欢自己的公主裙呢，可是那么漂亮的公主裙和屎啊尿啊掺和在一起的时候，她又在想些什么呢？会不会想着自己以后都不敢穿公主裙了呢？"

郭瞿突然开口问了个问题："虞嵇啊，这几巴掌，是不是迟到了很多年呢？"

虞嵇愣愣地看着郭瞿，目光却没有聚焦在他身上，而是飘向了渺远的过往。她的眼睛里突然就漾起了水光，似春水微澜，惊落了枝头的海棠。虞嵇咬着下唇，双手开始颤抖，最终扯出了一个带泪的微笑，用几乎轻不可闻的声音说道："是啊，真的迟到了很久了。"

"虞嵇姐姐。"姜涞神色不忍，却还是打算点名事实，"当年那些人，现在还过着逍遥的生活，有的在国外夜夜笙歌，有的收敛一点，在爸妈的安排下找了份安稳的工作。即使她们当时被反抗了，被正义暂时压倒了，都不是长久的，因为她们身后还有很多无条件支持她们的人，为她们的前路扫清了障碍。事实就是这样，并不是恶有恶报，善有善报。或许你当时甩了她们几个巴掌，并不代表你获得了长久的胜利，你也知道，她们不是见好就收的人。一时的痛快换来以后变本加厉的欺凌，不划算。相比较来说，隐忍不发，虽然救不了别人，但不失为一种自保的策略。"

看着虞嵇微微动容，姜涞决定再加把火："所以啊，虞嵇姐姐，这几巴掌不迟，你当年也不是被打败了。你看现在这么英勇地为保护自己女儿，坚定地独挡社会舆论的你，怎么会是一个被恐惧打败的loser呢？你一直都是虞姬啊。"

你一直都是虞嵇啊。

你一直都是虞姬啊。

虞嵇终于忍不住了，掩面失声痛哭起来——或许是因为连日来的焦

虑突然找到了宣泄口，或许是因为困扰了自己多年的问题有了答案，或许是因为终于有人可以理解自己的心情，亦或是那道狰狞的伤口终于开始结疤——她就这样，在两人的轮流安慰下，哭得一把鼻涕一把泪，完全没有了往日的优雅气度，如同一个刚出生的孩子，用哭嚎向这个世界宣告着自己的新生。

最后，虞嵇红着眼眶离开光阴城的时候，姜涞推着郭瞿去送她，自己站在后面一个劲儿地挥手，直到他们的身影消失在了视线里，还在锲而不舍地挥着。

直到感知到他们离开了光阴城，姜涞才收了手，席地而坐，抱着手里彩色的泡泡，傻兮兮地笑开了花，不自觉地回忆起了不久前自己与虞嵇的对话——

"我可以让你不被拘留呀，但是你要把你和郭瞿演戏的时光留给我，可以吗？"

"这个会对郭瞿有影响吗？"

"会啊，所有人都不会记得你们在一起演过戏了，以后相关的记忆也会进行适当修改。但是你们小时候在一起相处的时间还是不会被抹杀的，应该会有在一起玩别的游戏的记忆。"

"那我同意。现在，我觉得我也不需要它了。你说得对，我一直都是虞姬。"

"那就这么说定了。"

"嗯，你能告诉我，为什么是这段时光吗？"

"因为……你和郭瞿那时候都好可爱呀哈哈哈哈，我想自己留着多看几遍。"

"你也很可爱呀，我们以后还会遇见吗？"

"应该不会了吧。"

"那，我能不能问一下你的名字？你不是也在外国语上过学吗？或许我曾经认识你？"

"我叫姜涞，三点水的涞"

"过去，将来？你跟郭瞿的名字好配啊。"

"姐姐。"

"嗯？"

"我有没有说过——你的名字真的超级超级好听！酷毙了！"

笑着笑着，姜涞突然紧紧抱住那个彩色的泡泡哭出了声。

第四十七章

一阵尖锐和急促的哨声划破了夜的宁静，宣告着晚自习课间的到来。

原本鸦雀无声的教室里随着哨声一落就炸开了锅，几个男生争分夺秒地拿起饭卡冲出教室，教室里的静谧也被他们席卷而去。

宋郁慢吞吞地把水笔的笔盖盖上，放进文具盒里，整理了一下课桌上略显凌乱的试卷，把它们叠整齐放在课桌的右上角，然后摘下眼镜，起身向门外走去。

行至班门口，宋郁驻足仰视，头顶那块"高三19班"的牌子在昏暗的走廊灯下，看不清明。他转过头看向对面，模糊的视野里只有灯和影撞了个满怀；那辨不出具体内容的喧闹声顶着耳蜗，遥远得像是从天际飘来。

"能别挡着门吗？"

熟悉的声音让宋郁身体一僵，缓缓抬眼，看见比自己高出大半个头的张启明正一脸不悦地看着自己。宋郁趔趄嗫嚅着，睫毛像是风中轻薄的蝶翼般不住地颤抖，最终还是将卡在喉咙的话全数咽了下去，垂眸退到了门外。

宋郁就这样低着头站着，刘海垂下来遮住了他的眼，让人看不清他的表情。待到张启明消失在了门内，宋郁才小心翼翼地抬眸看着他方才站过的地方，嘴角微不可见地勾起——最后一个跟自己说话的人竟然是他，真好。

宋郁依依不舍地收回目光，转身向楼上走去，步子虽然拖得沉重缓慢，但他却没有再回头。

过了几分钟，"碰"的一声巨响回荡在夜晚的校园。

坐在窗边的同学争先恐后地扒着窗户往外看，收回目光时都是一副惊恐的表情——

"有人跳楼了。"

第二天早读，班主任霍老师带来了宋郁因抢救无效死亡的消息。

大多数同学都看向了原本属于宋郁的座位——还没有人来收东西，笔盒和试卷都整齐地放在桌上，书包挂在桌子一侧，仿佛离开的主人下一刻就会回来。

霍老师平静地说："今天老师都要配合学校的调查，一天的课全部改成自习。你们先把昨天发的月考卷订正完，待会儿我会叫学习委员把你们今天在学校要完成的卷子搬过来。都是高三的人了，大家自觉一点，班长管一下纪律……"霍老师的目光触及班长张启明时，瞬间改口："还是副班长管一下纪律吧。"

张启明瞬间感觉到有几道灼热的视线瞄准了自己，如芒在背，却只能装作毫不在意地转着笔。他偷瞄了一眼宋郁的座位，空荡荡得刺眼，一颗心像是被推到了悬崖边。

"喂，张启明。"张启明的同桌陆宇峰用手肘撞了一下他，压低声音问道，"宋郁……是因为你吗？"

张启明没答话，放在桌上的拳头紧紧攥起，手臂上的肌肉也有了起伏。

"哎，你别激动。"陆宇峰赶忙见好就好，"你也不知道对吧，好好好我明白。"

"昨天霍老师找了他。"就在陆宇峰打算跳过这个话题的时候,张启明突然开口说道。

"因为这个?"陆宇峰扬了扬手中的月考卷,好奇地问。因为每次班级排名都会贴出来,他知道这次月考宋郁的成绩一落千丈,还拉低了班级平均分。

张启明刚想摇头,脑中一闪而过昨晚那个站在门口的身影,改口道:"不知道。"

霍老师一进门,就看见校方和警方的人都已就座,严阵以待。

霍老师四下环顾了一圈,诧异地问道:"宋郁的家长没有来吗?"她本来已经做好了心理准备,面对歇斯底里的家长,没想到他们根本没有出现。

何警官说:"宋郁的家长还在医院处理一些后事,大概一个小时以后到。"

"那现在?"霍老师本以为今天的沟通是以安抚家长为主,既然当事人都没有露面,所有人这么严肃地坐在这里干什么?

"哎。"曾校长明白霍老师的未尽之意,示意霍老师先坐下,"是这样的,我们在宋郁同学的口袋里发现了遗书,上面表达了希望家长不要怪罪学校的意思,所以家长也愿意遵从孩子的遗愿,和校方理性地沟通,这个就不劳霍老师担心了。今天,主要是为了调查宋郁同学跳楼的原因。实不相瞒,宋郁同学的遗书里提到了你的名字。"

霍老师心里一个咯噔,警惕地问道:"提到我什么了?"

何警官接过话:"具体内容恕我们先不能告知。为了尽量从客观角度得到最真实的原因,我想先请霍老师叙述一下昨天您与宋同学的谈话内容，再结合宋同学自己的说法。"

霍老师有些不安地咬住了下唇，心头一凛，开始回忆昨天上午的情景。

昨天早读的时候，下发了本次月考卷。霍老师发现一向名列班级中游的宋郁出人意料地掉到了班级倒数，还拉了班级平均分。

在发卷子的时候，霍老师就一直在观察宋郁，看到他拿到卷子以后只是瞟了一眼便塞进了包里，神情恍惚，不由得心生不满，认定他最近的学习态度出了问题。

本来那件事没有产生太大的影响，霍老师就打算置若罔闻的。但是如今，她觉得有必要找宋郁谈一谈了。

霍老师眼神一凛，敲了敲讲台，扬声道："宋郁，课间操的时候到我办公室来。"

班里的同学早就从排名表上知道了彼此的成绩，心照不宣地向宋郁投去同情的目光。然而宋郁只是波澜不

惊地抬头看了一眼霍老师，随即点点头："知道了。"

霍老师走进高三文科办公室的时候，宋郁已经坐在那里等她了。文科办公室比理科办公室小，本来就没有几个老师，如今恰好碰上文科老师大都去另外一个校区开会了，文科办公室一眼望去空荡荡的，除了宋郁就没有别人。霍老师满意地点点头，顺手把门带上，坐在了宋郁面前。

"宋郁，你想跟我解释一下你最近的学习状态吗？"霍老师问道。

宋郁抿紧了唇色苍白的薄唇，眼睫毛不安地颤动着，好半天才憋出一句："没有。"

"那你最近是怎么回事啊？"霍老师有些恼火地说道，"我记得你平时的月考都有个班级二十几名，年级五十名以内，你知道你这次掉了多少名吗？你的年级排名足足退步了两百名啊！就是因为你，再加上朱锐他们几个，我们校区重点班的平均分比老校足足低了20分。"

宋郁察觉到霍老师的不满，不敢出言辩驳，只好低着头保持沉默。

然而宋郁的沉默在霍老师看来，就是无动于衷，对学习的无所谓，不禁更加生气了："你说，最近是不是分心在别的事情上去了！"

宋郁不想撒谎说没有，但也不想说实话，就这么倔强地端着，一声不吭。

霍老师此刻是彻底放弃了委婉地和宋郁沟通的打算，实在是宋郁这种油盐不进的样子让她这个班主任十分痛心。

"宋郁啊。"霍老师冷着声音道，"老师不歧视同性恋，你喜欢张启明这件事闹得风风火火，我也没说什么。但是你看看你现在这个样子，困扰别人还耽误自己，你觉得有意思吗？你也知道，高三就是准高考生了，你花着父母的钱，背负着父母的希望来学校，难道就是为了搞些乱七八糟的关系？你觉得自己对得起谁啊？"

"霍老师。"宋郁的脸色一下变得惨白，眼神张皇地四下逃窜，就是不敢直视老师锐利的目光，"我……"

"别想狡辩说你没有。"霍老师看着宋郁这副慌张的模样，得意洋洋地想着自己终于抓到问题的关键了，"你看看啊，张启明这次也直接退出了前十，明显也是受了你的影响。张启明的家长最看重他的成绩了，要是知道自己儿子这次没考到前十是因为班里有一个男孩子喜欢他，心里指不定有多膈应。你要是真喜欢他，就应该多为他考虑一下，别天天用这种上不了台面的事情去烦他。"

"霍老师，我，我没有想烦他。"宋郁颓然地揪住了自己的头发，苍白的手背上青筋暴起，他却像完全感觉不到痛一样喃喃地说着，"他真的是被我影响了吗？对不起对不起对不起……"

霍老师看着宋郁痛不欲生的模样，于心不忍，放软了语气说："你该说对不起的人不是我，你还是跟他说吧。宋郁啊，我相信你是个好孩子，孰轻孰重自己会掂量，不要成为别人的包袱，知道吗？"

宋郁眼眶红红地点了点头。

霍老师觉得事情解决了，就率先离开了办公室，把空间留给宋郁自己平息情绪。但霍老师心中总有一种不安的感觉在盘旋，临走前瞥见宋郁那双无神的眼睛里，压着层层浓重的雾霭，看不见一丝光明。

第四十八章

张启明也被叫到了办公室。

张启明看着围成一圈的校领导和警方，有些紧张，暗自捏了捏拳头，还是鼓起勇气对上了他们审视的目光。

"你知道宋郁为什么会选择跳楼吗？"何警官问道。

张启明没想到何警官会问得这么直接，刹那间有些愣神，但转瞬就冷静下来了，回答道："具体原因不清楚，但我觉得有一部分与我有关。"

"你很坦诚。"曾校长赞许地看着张启明，鼓励他继续说下去，"那你说说你了解到的部分吧。"

在朱锐无意间翻出宋郁的日记本前，张启明从未想过宋郁会喜欢他。

"啧，我也没想到这是日记本啊，还写了这么劲爆的东西。"朱锐面无表情把宋郁的日记本放回了原位，无奈地一摊手，"我就是想找个作业本。"

"喂，张大班长，这可怎么办呀？"陆宇峰一把箍过张启明的脖子，"咱班第一直男要被掰弯咯！"

张启明心底五味杂陈，板着脸把陆宇峰推开："你胡说些什么？我不会喜欢男生的。"

朱锐一脸惋惜地摇了摇头，拍了拍张启明的肩头："老班长哎，你知不知道现在有一句话，今天立的flag都是为了明天更好地推倒。你看宋郁，小小一只，我觉得他挺可爱的呀。再说了，你之前不是挺照顾他的吗？"

"不管你们怎么说，反正我就是觉得同性恋挺那啥的，对事不对人啊。"张启明英气的剑眉都要揪成一团了，明显内心郁结，"你们别卖腐卖到我头上来，怪恶心。"

"那，这个就当没看见？"陆宇峰指着宋郁的日记本问道。

"当然当做没看见了。"张启明眉峰一挑，"你们还想怎样？翻人家日记还有理了？"

陆宇峰内心的不乐意都写脸上了，抱臂说道："我们这好不容易抓住霁月光风的张大班长一个小把柄，就这样当做啥事没有实在是太难受了。"

"要不这样，我们来打个赌。"朱锐眼睛一转，顿时有了主意，"我们就赌宋郁会不会在这个学期跟我们张班长表白，输了的包一个月的午饭。这平时不用挂在嘴边避免尴尬，说不定还能坑张大班长一次，也对得起我们看了一场，是不？"

张启明冷嗤一声："你们幼不幼稚？肯定是不会了。"

陆宇峰表现得十分积极，瞬间跳到了朱锐身边，兴高采烈地说："那我跟阿锐赌会。"

朱锐满意地点点头："那就这样说定了啊，张启明你大男子汉做事光明磊落一点，别被表白了还藏着掖着不告诉我们。我们呢，平时就不提这件事了，免得你俩尴尬。"

张启明为了堵住这两个好友的嘴，只能表示同意。

张启明对于宋郁喜欢他这件事，过了好几天都没有缓过神来。

因为之前他一直认为宋郁和他的相处模式十分正常，宋郁也没有表现出对他特别热情的态度，甚至主动来找自己说话的次数都很少，怎么就说宋郁喜欢他了呢？

张启明怀揣着这个疑问，每次上课都会偷偷地往宋郁的方向瞟去，偶尔撞上宋郁的视线，宋郁就会回给他一个轻柔的微笑。

唉，这作为一个男生也太娘炮了吧。张启明撑着头无奈地想。

就这样平静地过去了一个月，别说告白了，连稍微超越普通同学关系的举动都没有，朱锐和陆宇峰掰着指头数这个学期还剩多少天，眼神一天比一天绝望。

事情的转机，发生在一次班会课上。

语文老师为了锻炼同学们的辩证思维，特意借来了一节班会课给同学们举行辩论赛，题目由同学们自主票选，没想到最后得胜的是有关是否支持同性恋在中国合法化的辩题。

语文老师也很开明，决定就取用这个辩题，立刻在举手的同学中选了两组同学上台。张启明也位列其中，所代表的观点是"不支持"。

张启明一站上讲台，就收到了坐在台下的朱锐和陆宇峰揶揄的目光。他暗道不好，抬眼往宋郁那里看了一眼，发现他正专注地看着自己，黑黝黝的眸子里倒映着自己的身影。

算了算了，张启明在心中暗叹，待会儿就不要把话说得那么狠吧。

这次辩论赛，说是比赛，但其实同学们都没有什么经验。虽然大体上符合了辩论赛的整个流程，但是到最后两方激辩之下，参赛的每个同学都被调动起了内心深处的火热，你一言我一语，甚至一些不符合要求的话语以一个劲儿地往外吐。语文老师斜倚着讲台，看得津津有味，丝毫没有要阻止的意思。

最终，正方"支持同性恋合法化"的一组取得了胜利。张启明回到座位上时觉得脑子里一堆浆糊，完全理不清思绪。方才那般激辩，抓到人家的漏洞就开始辩论，说实话自己都不记得自己说了些什么。热血从脑子里消退，张启明只觉得浑身无力，累得趴在桌子上不想直起身来，台上语文老师还在总结这次辩论比赛，在张启明听来全都是嗡鸣。

"老哥，下课了。"陆宇峰用手肘碰了碰张启明。

"唔，我再趴一会儿，你们先走吧。"张启明没抬头，埋首于两臂间不耐烦地嘟囔着。

身边的声音逐渐远去，教室不久便归于无人的宁静。张启明终于感觉到脑袋清醒了一点，慢悠悠地直起身来伸了个懒腰。

张启明刚想随着肢体的伸展发出舒服的呻吟，余光里瞥见那个还未离开的身影，硬生生把呻吟吞回了肚子里，颇有些尴尬地问道："宋郁，你怎么还没走啊？"

"张启明，我有认真听你刚刚的辩论。"宋郁没有回答，而是静静地看着他，"你说的那些话，都是真心的吗？还是只是为了辩论而提出的观点？"

张启明瞬间就明白了宋郁的意思，辩论赛如战场，他杀红了眼自然就无所顾忌，什么话都往外冒，想来是有一些过分的言语。但是一想到宋郁对自己异样的心思，张启明一时间斟酌着不知该怎么说才能将伤害减到最小。

"这个啊……"张启明摸了摸头发，"可能有些话说得过了，但是立场没错，我确实不太喜欢同性恋。"

张启明听见宋郁轻声"啊"了一声，便垂下了眼不再看他，似是要将那颗小脑袋埋进洗 白了的衣领里，微微颤抖的模样像极了他七岁时从路边摊上抱回家的小白兔。张启明本来有些心软，想安慰他几句，可是转念一想这样说就好像自己已经知道他是同性恋了似的，干脆心一横，厉声说道："但这是个人选择，我也没有立场谴责别人。"

宋郁缓缓地抬起头，远处西下的太阳照进他的眼中，仿佛摇曳的烛火，颤巍巍地晃着那来之不易的光亮。宋郁问："那如果，我只是说如果，班里有男生喜欢你，你会讨厌他吗？"

张启明从未被这种希冀的目光凝望过，明确拒绝的话如鲠在喉，说不出口。然而，张启明又不愿意给宋郁留下不实的幻想，只能用放软语气说道："不会。我会谢谢他，但是我还是会拒绝他。"

"知道了。"宋郁平静地点点头，平静得让张启明觉得他口中那个喜欢自己的男生并不是他。

"你也早点去吃饭吧。"张启明扔下这么一句话，落荒而逃。

张启明没想到，他第二天中午就被朱锐和陆宇峰缠上了。

"啧啧啧，张启明同学，你做人能不能光明磊落一点啊。"陆宇峰没好气地在他胸口捶了一拳，"昨天宋郁给你告白了？嗯？你不告诉我们啊？"

张启明蹙着眉回忆着昨天的情景——虽然宋郁有暗示性的话语，开始如果他没看过宋郁的日记本，就完全不会想歪啊，这怎么算是告白呢？

"没有。"张启明摇摇头，"真没有。"

朱锐走过来嫌弃地看着张启明："这你就不厚道了啊，我们今天可是听见乔莎莎和宋郁聊天，宋郁说他被你拒绝了呢。"

乔莎莎是班里的大姐大，不知为何最近一段时间和宋郁的关系很不错。

张启明吞吞吐吐地说："嗯……说被拒绝了好像也没错，可是他真的没有明确表白啊。"

朱锐"啧"了一声，拉过张启明就往食堂走："我不管啊，那就是暗示了。谁说一定要说出'我喜欢你'才算是表白？这种你知我知的方法，也算时表白的一种艺术。反正呢，你就是被表白了，我们俩的午饭你包了啊。"

张启明被拖着踉踉跄跄地跟在后面，几度想要挣开朱锐的手，没想到反应过来的陆宇峰也赶上前来帮忙，一左一右把他固定住，让张启明挣脱不得。

张启明被两个好友这种无赖行径惹恼了，气呼呼地扬声道："你俩怎么可以这样耍无赖？要是真的是我输了，我当然愿赌服输。但是明明是宋郁他假设有人喜欢我，我说会严词拒绝那个喜欢我的人而已，这算是告白吗？你们是这样告白的？"

朱锐一把捂住张启明的嘴，咬牙切齿道："张大班长，你是嫌自己声音不够大吗？这方圆几里都听见你刚刚嚎的话了。"

陆宇峰哭丧着脸凑过来，说道："我的妈呀，刚刚好几个我们班的人走过去，都回头看了张启明。怎么办哦，八成是听见了。"

张启明一下回过神来，恨不得扇自己两巴掌，怎么说话不过脑子的呢？他恶狠狠地看着身边两个始作俑者，一左一右各揪一只耳朵，低声说道："就是你俩干的好事。"

第四十九章

到了食堂，三人如坐针毡，总觉得同学在暗处以异样的目光打量他们。特别是张启明，机械地将饭一勺勺扒进嘴里，味同嚼蜡。

陆宇峰终于忍不住开口问道："你说他们到底是听到了，还是没听到呢？"

"要不……我们去打探打探？"朱锐小心翼翼地看了张启明一眼，发现他没有表现出反对的意思，立马拍板决定，"走，我们去打探打探。"

"我跟你们一起去吧。"张启明不安地看着他们。

"不不不，你还是坐这吧，"陆宇峰微笑着把张启明按回座位上，"我和朱锐，为兄弟两肋插刀，万死不辞！"

张启明白了他们一眼，拿起勺子继续装模作样地吃起饭来。

意料之中，张启明没过多久就等来了哭丧着脸的两人。

"班长。"陆宇峰哀嚎一声，瘫在了桌子上，"他们都听见了。不仅听见了，我们刚刚过去的时候还正好在聊这件事。"

朱锐长叹了一口气，摇摇头坐下了："张启明，做好心理准备吧，这群赋闲已久的高三八卦狗，已经嗅到了肉骨头的味道了。"

张启明"啪"地一下扔下勺子，面色冷峻，已经在发怒的边缘了。

"别冲我们发火啊。"朱锐好脾气地把勺子捡回张启明盘子里，"这件事是你自己瞎嚷嚷出去的，说实话我跟陆宇峰已经仁至义尽了。"

"好烦啊。"张启明烦恼地揪着自己的头发，"这都高三了，多放点心思在学习上不好吗？天天想些没谱的事情，真的烦死了！"

"怎么就没谱了？"

"宋郁和我，有可能吗？啊？这简直离谱到天边去了！"

张启明本想应景地拍一拍桌子表达自己的情绪，但是当他发现宋郁就站在他不远处的时候，落下的巴掌狠狠地拍在了自己腿上。

宋郁一个人端着餐盘站在那，宽大的校服衬得他格外清瘦，孤零零地站在一片食堂的喧闹里，仿佛下一刻就要消失一样。他愣怔地看着张启明这个方向，目光却没有聚焦在张启明身上，而是越过张启明看向了食堂那堵发了霉的墙。

张启明崩溃地低吼一声，用谴责的目光戳着坐在自己对面的两位好友："你们怎么不早告诉我宋郁在我身后啊？现在好了，我刚刚说的话他肯定听见了！"

朱锐说："我这不也刚看到吗？默不作声，怪吓人的。再说了，听到又有什么关系？你不是已经拒绝他了吗？"

张启明为难地撑着脸，小声道："虽然不喜欢他，我也不想伤害他呀。你看他柔柔弱弱的，心理承受能力肯定不好，我刚刚的话说得太直接了！"

"那你去道歉？"

"瞎出什么主意！"张启明一掌拍在陆宇峰的头上，"去道歉不是更尴尬吗？算了算了，下次注意一点好了。"

张启明收回手，继续拿起勺子吃饭。他强忍着自己回头的冲动，自然也不知道宋郁是什么时候离开的。

星星之火，可以燎原。

张启明发现，自己对于这种近乎疯狂的围攻，完全没有做好心理准备。

宋郁喜欢他这件事，三天传遍了全班，一周传遍了全年级——一个是德智体美劳全面发张的万年年级前十，一个是沉默寡言没有存在感的病弱少年，光是关于他们俩的故事，就传出了不下十个版本，甚至还有别的班的女生下课特意跑到他们班门口来围观。

女生们多年压抑的腐女属性，终于有了一个宣泄口，光是看着他们俩，眼里都止不住地冒桃心，更不用说偶尔目睹他们短暂的交流，刻意压低的尖叫总能在教室里此起彼伏。张启明发现，只要有女生需要单独来找他，例如交课堂记录本之类的东西，都会叫宋郁代劳。宋郁并不擅长拒绝别人，每每走到他跟前，都是面色微赧，满脸歉意，一般在把那个女生需要带到的话说完后，一句多余的话都不愿多说，立马转身就走，慌乱的步子颇有些落荒而逃的意味。

而男生们多半和张启明熟络，不正经的玩笑从此张口闭口都挂在嘴边，丝毫不放过任何可以调侃张大班长的机会。有的时候话说得混了，张启明一拳打过去，都会有好几个人团结一致地帮忙截着，一脸老大不乐意地看着张启明："不就是开开玩笑，你激动啥？"这般情形之下，张启明着实没法专心学习，实在不愿意耗费心神应付那些每日把他和宋郁的事情当做日常调剂的人，于是渐渐和他们疏远了。

男生们看着张启明状态不对，也知道见好就收，情况稍稍有所改善。然而，就在这个关头，不知道是哪个嫌事不够大的人放出流言："张启明和大家疏远是因为他跟宋郁已经成了，防止宋郁吃醋。"

男生们这次倒没有完全没眼力地沆瀣一气乱传一通，而是争先恐后地来向张启明这个当事人求证。张启明面对一个两个，还能冷着脸否

认；当他面对接踵而至的怀疑与质问时，他脑子里那根名曰理智的弦已经在紧张地发出嗡鸣，岌岌可危。

终于，在某个放学后的黄昏，张启明在校门口拦住了低着头走出来的宋郁："宋郁，我们谈一谈。"

他们就近找了一家奶茶店，在最里面的位置坐下。张启明随即站起来，从书包里掏出钱包，看向宋郁："你要喝什么吗？我请。"

宋郁抬头看着张启明，眼中的光亮转瞬即逝，然后慌忙地低头说道："原味奶茶就好，谢谢你。"

张启明点了点头，没说话，径直走向柜台。他抬头看着价位表，蓦然发现原味奶茶是这家店最便宜的饮料。张启明悄悄打量着坐在角落，乖巧地将两手放在膝盖上的宋郁，心里没来由地不快，像是为了证明似的给自己点了这家店最贵的饮料。

张启明之前打好的腹稿，在见到宋郁的那一刻都被他否决了，那般狠厉的话在他面前说起都感觉自己像个流氓。于是张启明没有回位，而是等到两杯饮料都做好了才一起端了过去。

"知道我今天为什么找你吗？"张启明装作漫不经心地搅拌着奶茶，但是微红的耳朵暴露了他略微紧张的情绪。

宋郁只是轻轻地"嗯"了一声便陷入了长久的沉默。宋郁似是在等张启明说话，判他死刑，许久没等到心里没底，突然开口说了一句"对不起"。

"啧。"这句道歉像是打开了禁锢暴戾小兽的牢笼，张启明决定一鼓作气把话说个明白，他实在是忍受不了宋郁一天比一天沉重的眼神了，"你也没什么好对不起我的。其实吧，我知道你喜欢我，不要问我是怎么知道的啊。虽然我不喜欢同性恋，但是我也没有说感觉这种感情很恶心，我选择尊重你。要说对不起的是我，这件事传出去有我的责任，所以现在我想由我来解决它。你只需要配合我就好。"

"需要做些什么？"宋郁对于张启明已经知道他的心思这一点没有表现出丝毫的惊讶，仍是乖巧地低着头。

"这样，明天我去和班里同学说你喜欢我这种事情其实是闹着玩的，游戏输了的惩罚而已，你帮我作证就好。"

"为什么要否定呢？"宋郁突然抬头望进张启明的双眼，暮霭沉沉瞬间笼罩了明净的湖面，"你知道明明是真的，为什么要说是假的呢？"

张启明烦躁地揉了揉头发，说道："我能理解你尊重你，不代表其他人也可以啊。要是真告诉他们这件事是真的，他们能不关注吗？同性恋在国内毕竟是少数，我可不想像猴子一样被围观。你也不想的，对吧？"

宋郁一反常态地盯着张启明看，一道惊雷点亮了暮色四合的天空，随后而来震耳欲聋的轰隆声，不知是风驰电掣，还是天空支离破碎的声音——张启明突然感到心慌，面前这个人，他似乎从未真正认识过。

"是我的存在给你带来困扰了吗？"宋郁勉强地笑了笑，抿了一口手中已经变冷的奶茶，"你早说就好了，我会看着办的。"

"那你是答应了吧？"张启明不放心地问道。

宋郁点了点头。

"第二天，宋郁没有来学校。"张启明对着警方说道，"因为再之后就是周末了，所以在那之后我有三天没见过他。三天之后的他，就像变了一个人似的，完全把自己隔绝了，拒绝跟任何人交流，我也就没有再敢提让他帮我一起辟谣的事情。"

"那之后还有人在传谣言吗？"何警官问道。

张启明摇了摇头，说："在那以后我跟宋郁没有说过一句话，直到昨天看着他一直挡着门才说了这么久以来的第一句，当然他也没有回应我。两个主角都罢演了，观众当然如鸟兽散。"

"你觉得他为什么会自杀？"

张启明想了想，坦诚地说："我觉得，肯定和这件事情有关，因为这件事情让宋郁很不安，不是因为担心自己，而是担心给我造成困扰。这一点我很感动，但是也仅限于感动了，你也知道，对于一个备考的高三学生来说，没有什么比学习更重要的事情。"

第五十章

张启明没离开多久，宋先生和宋太太就推开了办公室的门，连声道歉："对不起，我们来晚了。"

曾校长起身迎着他们进来，落座之后抢着先开口道："宋先生，宋太太，校方对于宋郁同学的事情感到非常抱歉，如果你们有什么需要，可以随时向我们提。"

宋先生摆了摆手，说道："这个问题我不希望再谈了，我们愿意遵从儿子的遗愿，不找学校的麻烦，所以赔偿的相关事宜你可以和我的律师沟通。我待会儿还有事，今天的时间很宝贵，有话直说吧。"

一旁的何警官听着宋先生一番话，蹙紧了眉头——这些话出自一位刚刚失去儿子的父亲口中，是不是太过冷静自恃？他斜眼观察了宋太太好一会儿，发现她虽然眼睛里还有血丝，但是面上的表情却是滴水不漏。

宋先生好一会儿没等到回话，将有些不满的眼神投向了何警官。

何警官清了清嗓子，说道："请问两位对于宋郁自杀的原因有没有合理的猜测？"

宋太太攥紧了手提包的袋子，声音沙哑地说道："警方不是已经拿到我儿子的遗书了吗？我觉得上面已经说得很清楚了，何必再来问我们。"

何警官愈发觉得这对夫妻有些不对劲，蓦地失去了和他们绕弯的兴趣，直言不讳道："那我就直说了吧，有人向我们反映，月考前一周的周五，也就是上上周五，宋郁没有来学校，你们知道是为什么吗？"

宋先生面色不改地接了话："是我，我让他那天别去上学，好好在家反省一下。"

"宋郁犯了什么错吗？"

"周四晚上，他竟然跟我们说要转学。"宋先生皱紧了眉头，"他都高三了，心思不放在学习上，竟然还提出这种无理的要求。"

周四晚上？那不就是在张启明找完宋郁以后？何警官突然意识到了什么，不动声色地看了宋太太一眼，发现她垂眸不语，手还紧紧地攥着手提包的带子，看上去有点紧张。

"那宋郁有说自己为什么要转学吗？"何警官问。

宋先生闻言一愣，环顾了一圈，无奈地闭上了眼，轻叹一声。

"我想你们都知道了吧。"宋先生再次睁眼时，眉头的皱纹又深了些许，"宋郁他，喜欢男生。他那天晚上跟我说，他喜欢别人的事情被同学们知道了，对别人造成了困扰，他想不到什么好办法解决这件事，就想着如果自己消失了，事情就会结束了，所以才会希望转学。但你们说这是什么事儿？有高三转学的道理吗？还是因为这么奇怪的理由，被我们的同事朋友知道了，我们的脸往哪搁啊。"

何警官心下一凛，问道："恕我直言，宋先生，您是不是在那天晚上打了宋郁？"

宋先生冷静的表情有一刹那的崩塌，转眼又恢复正常。

"对。"宋先生点点头，"教训自己不专心学习还喜欢上同班男生的儿子，有什么不对吗？"

何警官不置可否："宋先生的家务事，我作为外人自然不好评定，只是为了求一个事实罢了。"

谈话进行到这里，气氛莫名地僵住了。在场所有人神态各异：曾校长看起来有所顾虑，并没有主动说话；相比起宋先生的不耐烦，宋太太显得忧心忡忡；何警官一直若有所思，之后的问题也问得小心谨慎。

不到三十分钟，这场尴尬的谈话就结束了。

"曾校长。"走之前宋先生突然点名曾校长，让一直缄默不言的曾校长有些意外。

"您说。"

"私以为，我们夫妻二人算是最配合学校工作的家长之一了，请问曾校长能不能答应我们夫妻二人一个小小的请求？"宋先生也没等曾校长应下，就自顾自地说了下去，"写新闻报导的时候，请不要提及宋郁是个同性恋。"

曾校长还没说话，一旁的何警官却突然站了起来："宋先生，即使您儿子死了，您也不能接受完整的他吗？"

宋先生不咸不淡地斜睨一眼，说道："何警官您自己说的，我的家务事，您作为外人不好评定。"说完，便携宋太太而去。

宋氏夫妇一走，何警官再也坐不住了，直接走到了曾校长的面前："恕我直言，曾校长，这可一点都不像刚刚失去儿子的父母。"

曾校长头疼得揉了揉太阳穴，含糊其辞："何警官啊，每个家庭情况不一样嘛……这个啊，情况有点特殊，麻烦您谅解一下。"

何警官却不愿意陪曾校长打太极，直言不讳："曾校长，老实说，作为警察，我完全有理由怀疑宋郁自杀和他的家庭环境脱不了干系。您要是不关注您口中的特殊情况，我不敢确保以后这种事情不会发生。"

曾校长眼中精光一闪，突然长叹一声，说道："其实我们都知道宋郁自杀的原因是什么，他的遗书里写得清清楚楚，这场装模作样的调查不过是让事实变得更残酷罢了。宋先生，是我市高官，要说在新闻里也是经常露脸的，你没有觉得他有些眼熟吗？这样说您明白了吗？宋郁的死对宋先生来说完全是人生的污点，要是让别人知道他的儿子的死因与同性恋有关，那就是无法抹去的污点了。"

何警官没有露出惊讶的表情："嗯，大概猜到了。这些高门大户，向来将名声看得太重。虽然不能保证，但是宋郁要是有了家人的支持而不是一顿暴打，或许就有很大的可能会避开悲剧的结局。"

"会吗？如果你父母支持你，你还会自杀吗？"姜涞好奇地撑着头问站在一旁的宋郁。

宋郁的神情有一刹那的僵硬，但随即还是自嘲地笑着摇了摇头："谁知道呢，我可从未想过分毫他们会支持我的可能。"

姜涞心疼地拍了拍宋郁的手背，然后把面前的泡泡收了起来。

"怎么样，看着一群人处理自己的后事，心情是不是很奇特？"姜涞歪着头看向低头不语的宋郁，努力找着话题。

"是啊，从来没想过会有这种体验。"宋郁抬头看着姜涞，"我素来不信什么地狱天堂，本以为人死后就是虚无了，没想到还能有说话思考的机会。"

姜涞说："你这种情况在光阴城也是罕见，虽然以前的城主偶尔遇上过，在我这确是头一遭。"

宋郁眨了眨眼，敛去了眼中一闪而过的好奇，欲言又止。

姜涞将宋郁的小纠结尽收眼底，爽朗地笑开了："如今你都死了，就放开一点呗，别太在意他人的目光。有什么问题你就问，左右最坏的结果就是我不回答罢了，我又不会责怪你。"

"就是你说以前的城主……"宋郁说话的声音愈来愈小，收到姜涞鼓励的眼神，突然深吸了一口气，继续说道，"我知道你们理应是长生不老的，就是好奇上一任城主去哪了。"

"死了。"姜涞伸手点了点西边，"那边是他的房子，一艘画舫，
富丽堂皇俗气得紧。"说到这儿，姜涞突然感觉鼻头一酸，竟是突然要
落下泪来，连忙将头转到一边，"如今倒也只有我记得他了。不过光阴
城就是这样，一任城主死了，只有下一任城主记得。我以后绝对要挑个
有良心的记住我，至少他要多活一会儿，记我个百把来年，也不亏。"

宋郁不知道怎么接话，只是觉得是自己的问话让姜涞的情绪低落，
闷声说了句"对不起"。

"你啊。"姜涞摇摇头，"道歉又不能当饭吃，别老是挂在嘴边
啊。对了，你说说你的心愿吧。死魂的心愿都是用世间最爱他的人的时
间来换的。"

"我想消失得彻底一点，让所有人都忘记我。"宋郁神色不改，拳
头却不自觉地攥紧了，"虽然爸爸妈妈表面上表现得很不在意，但是他
们还是会想我。出了这种事情，班里的同学或多或少都会受影响。还有
……张启明，张启明他，好像也在怪自己。"

宋郁浑身一颤，头低得更低了："我，我知道自杀不好，可是我实
在没有留下的意义了。为什么死亡这种事情，都不能将一个人的存在完
全抹去呢？没有意义的人，忘记就好，为什么他们还要记着啊？"说到
后面，宋郁的身体颤抖得更厉害，声音都扯出了嘶哑的哭腔。

"宋郁，你冷静一点。"姜涞轻喟一声，有些不忍心告诉他事实，
"我说过，死魂的愿望要以世间最爱他的人来换，可是最爱你的人已经
死了，你知道吗？"

"最爱我的人……"宋郁怔忪地喃喃着，表情无助得像是一只被抛
弃的小兽，"是不是……外公？"

随着姜涞点头，宋郁的泪水倾泻而下，将他本来就苍白的脸冲刷得毫无血色。他的脑海里闪过很多杂乱无章的画面，充斥着斑驳的光影和泥土的气息，最终停留在那张被岁月雕刻得沟壑纵横的脸，渐渐褪色成葬礼上黑白的照片。

外公死了？外公为什么会死呢？他的神经像是被粗糙的砂砾狠狠摩擦着，不断有零零碎碎的记忆从那个封锁的闸门里溢出来，让他头疼欲裂——是什么东西冲刷了下来？又是谁将他护在了身下？那个一直在说话的人是谁？说什么失去了这件事的记忆又性情大变？为什么他听不懂？

"创伤后应激障碍。"姜涞冷静的声音响起，"宋郁，你幼年时曾在泥石流中被你的外公以命相护，因此你有了创伤后应激障碍，不仅忘掉了你外公的死，还性情大变，成了现在的样子。"

宋郁泪眼朦胧地看向姜涞："你为什么要告诉我？"

"嫉妒你。"姜涞说，"即使最爱你的人不在世了，我也可以满足你的愿望，从而把你拉入深渊。可是你的情况让我觉得你不适合这条路。我嫉妒你，宋郁，你的命是别人的命换来的，你本来不该死的。"

宋郁踉踉跄跄地跑到姜涞跟前，死死拽住她的裙摆："你会帮我的对不对？让所有人都忘记我，忘记我！我这种人不能再给别人添麻烦了，我这种人根本不值的让任何人记住！说啊，你会帮我！即使我不符合你说的条件，但是你还是有别的办法帮我的对吗！"

姜涞疲惫地闭上了眼，再睁眼时已是神色如常："给我一个月，最多一个月，帮你达成愿望。在此之前，你先住在光阴城吧。"

看着宋郁喜出望外地点着头，姜涞用微不可闻的声音嘟囔道："你也算是个有良心的了，记得这次别那么快死了啊。"

第五十一章

自从宋郁在光阴城住下，姜涞觉得这偌大的光阴城终于有了些许烟火气息。虽然两人都不用进食睡觉，但是两人交谈甚欢总好过一人自言自语。

宋郁的存在不能让外人知晓，所以每当光阴城有人来访的时候，姜涞总会将宋郁隐身。虽然他人看不见宋郁，但宋郁能看见别人，甚至还知道了郭瞿，这一来二去倒是将光阴城的运作方式摸了个透彻。姜涞总会在交易之后询问宋郁的看法，惊喜地发现虽然宋郁受幼年的记忆影响，本性软弱，但三观倒是树立得很好。

姜涞暗忖着，差不多是时候了。

"你去过外面吗？"有一天，姜涞突然问宋郁。

宋郁疑惑地看着姜涞，问道："你是指？"

姜涞忍俊不禁地说："你不会真的以为光阴城只有这个校园这么大吧？话说回来，你似乎也没有问过我，为什么这么厉害的光阴城会是中学的样子啊。"

宋郁有些不好意思地挠挠头："既然你不说，我就不问了。不过我确实有点好奇呢。"

姜涞说："光阴城呢，历届城主各自筑城，这只是我自己的城池罢了。我带你出去看看吧，还有其他城主的城池呢，比我的威风多了。"

姜涞领着宋郁出了校门，眼前只有白雾浓重，什么也看不清明。姜涞一挥手，头顶突然传来一阵轰鸣，紧接着便有形态各异的建筑从天而降，径直往地上压了下来，将滚滚雾海震得四下逃窜。

姜涞没转头，抬手向西边一指："这便是了。我跟你说过的画舫，你看看是不是俗不可耐。"

宋郁闻言向姜涞手指的方向看去，引入眼帘的是一艘两层的画舫，丹朱墙柱雕梁画栋，冷翠彩画金碧交辉，顶层飞檐斗拱，琉璃砖瓦，周身仿佛经秦淮河柔媚的河水浸润，迤逦拖着温柔入骨的线条。四下门窗紧闭，却隐约从窗纱里透出些光亮，在影影绰绰里飘浮着无名的瘦影。

宋郁有些不敢相信自己的眼睛，问道："这里面……有人吗？"

姜涞笑着摇摇头："没有。你看到的那个，不过是挂着的剪纸罢了，和杯弓蛇影差不多道理。没有什么所谓的长明灯，这画舫里的蜡烛，是我点的。他最后的愿望我总要满足一下，他想一直看着，便让他一直看着吧。"

"他是谁？"

"上一任城主，许阑山。"姜涞看着那艘画舫，眼神却想透过画舫看见那个早已消失得一干二净的人，"他和我说，他死后，便封印进了那艘画舫里。理论上来说，历代光阴城城主在下一任城主接任后，自己在任期间交换的光阴都会被锁进自己的光阴里，而本人的存在会被彻底抹去，不该有灵魂存续。只是我没办法进入以前的光阴城一探究竟，力所能及的也就是隔空点一根蜡烛罢了，所以也无从得知他是存心诓骗我，还是确有此事。即使是真的，他出不来，我进不去，对于这世间来说，已经没有他这个人了。那个影子是他爱人的模样，如今早已过去百年，我想他也是时候放下了。"

说完，姜涞便闭上了眼，没有再说话。

宋郁安静地站在一旁，看着姜涞有些哀伤的表情，欲言又止。

姜涞突然对宋郁说道："宋郁，你退后些。"

宋郁不明所以，但还是下意识照做了。

就在宋郁站稳的下一秒，从地下传来细细的嗡鸣，随即愈来愈响，惊天动地，震耳欲聋，如同一只沉睡的巨兽蓦然惊醒，挣扎着从地壳里一跃而出。

宋郁难耐地捂住了双耳，惊恐地看着面前的地面开始规整地下陷，他刚刚站着的地方被撕开一道沟壑，往下望尽是咆哮的黑暗与无边的深渊，那些形态各异的建筑一幢幢开始下落，转眼便消失在了深渊的尽头。

最后落下的是那艘画舫，明灭的烛火在黑暗深处转瞬即逝。

随着画舫的消失，嘈杂的声音也随之远逝，徒留一片死一般的寂静。

姜涞满脸无辜地对上宋郁的目光，说道："抱歉，我本来以为还能再撑过些时日。"

宋郁无暇顾及此刻自己正站在悬崖边，颤着声音问道："这到底是怎么回事？"

"如你所见，光阴城最后的挣扎。"姜涞故作轻松地拍了拍自己雪白的裙摆，"放心，下一个不是我们。按照我的计划，这些房子最后应该是能回来的。"

"而且，"说到这，姜涞顿了顿，伸手到宋郁面前，缓缓摊开了自己的手心，一个彩色的泡泡和两个白色的泡泡正乖巧地躺着，"我趁机把重要的东西都拿出来了，平常我还进不去呢。"

或许是因为这三个泡泡的形状被姜涞揉捏得比寻常的要更小些，里面包含的时光，那走马灯般的一幕幕悲欢离合，竟教宋郁看了个一清二楚。宋郁匆匆一瞥，立刻呆住了，许久之后才抬起头惊愕地看着姜涞，连话都说不出一句。

姜涞轻笑一声，将其中一个彩色泡泡和一个白色泡泡放在了左手，另一个白色泡泡留在了右手。她抬起左手，说道："这是许阑山，前任城主。"随即抬起右手，笑吟吟地看着宋郁："这是我。"

"宋郁，现在你有两个故事可以听了，你要先听哪一个？"

许阑山的故事说起来并不复杂，左右逃不过一个"造化弄人"。

许阑山生于明朝的青州，就是现在的山东。许阑山的父亲是乡中义学的教书先生，母亲则生于商贾之家，早年锦衣玉食，后来时逢天灾人祸，家道中落，下嫁之后便与荣华富贵无缘。

虽然许阑山的父亲在乡里德高望重，但是因为读书人骨子里的那份清高，对身外之物不甚在意，许阑山一家人的日子着实过得清贫。许阑山上头还有两个哥哥，都是资质平平，通过童试后再无进展，每日赋闲在家打

着"苦读"的名号，在许阑山看来不过是消耗粮食的米虫罢了。

许阑山其人，确实和两位长兄大相迥异，自幼便是远近闻名的神童，"指物作诗立就"，敏学好问，问题刁钻难解，五岁时便考倒了村里写春联的老秀才，一时声名大噪。也不知是老秀才觉得失了颜面，还是自己钻了牛角尖，没过几天就被人发现在家咽了气。

由于许阑山出生时为痞生，即逆产，不为母亲所喜，父亲又不满许阑山锋芒毕露，恃才放旷，即使他聪颖过人也没有受到全家人的重视。许阑山的兄长们嫉妒幼弟的才华，更看不惯他孤标傲世的模样，时常私下里整一些上不了台面的手段对付他，至少让他的日子过不安稳。

时至万历四十三年，山东春夏大旱，田禾槁枯，民不聊生，饥饿的人们饥不择食，连草根树皮都被扫荡一空，于是出现了史书里骇人听闻的"人市"。

人市，顾名思义，就是公开买卖人口的市场，或者更准确地说，是人肉市场。妇女和孩子首当其冲，被家人反绑了双手牵到集市上卖，名曰"菜人"，只要花钱，就可以买回家屠宰食用以充饥。据传，买者卖者多为菜人的父母长辈，因为不忍心吃自己的亲人，便以卖自家亲人的钱去买别的"菜人"，演得一出自欺欺人的好把戏。

在肚子都填不饱的乡野，自然再无人在乎什么"之乎者也"，义学随即关门，许阑山的父亲也因此断了收入来源，于是本就不富裕的一家五口每天对着已经见底的米缸长吁短叹。即使每天精打细算，食不重味，奈何口多食寡，终于还是到了走投无路的一天。

这个时候，大哥许闳山看着时年七岁，不发一语的许阑山，动了歪念头，这个念头在和自己二弟许阆山商量后成了型。

一日，大哥支开了许阑山，带着二弟跪在了父母面前，把自己的想法说了出来。

父亲听后拍桌而起，气得手都在发抖，指着大哥的鼻子怒斥道："你个孽障，竟然想把自己的亲弟弟卖去人市，你可想清楚了那是个什么地方？我以前教你们的伦理道德，是被狗吃了吗？"

母亲在一旁连忙给父亲顺气，好不容易哄得父亲坐了下来，才冷静地开口道："但是老爷，我们现在还有什么别的更好的方法吗？我们夫妻二人年数已高，是该认命，但闵儿和阆儿活该饿死吗？救自己的双亲兄长于性命攸关之际，哪里不符合仁义道德了？以一人之命换一家之命，不正是孔圣人所说的'有杀身以成仁'吗？"

父亲蓦地回头，眼神怔愣，像是第一次认识自己的枕边人：他素来知道商家女巧舌如簧，杀伐果断，只是她一直洗手作羹汤的温顺模样让他误以为她只是菟丝花般的小女人……罢了！罢了！

父亲扶额叹了许久的气，终究是在两个儿子和妻子殷切的目光中妥协了。

"只是可惜了阆儿，本该是有望成为进士，加官进爵的可塑之才啊。"父亲摇了摇头，叹惋道。

母亲有些不屑一顾地冷哼一声："听说如今朝中党派之争势如水火，一个不小心可是抄家诛九族，咱家不去凑这个热闹也好。"

父亲目光一凛，沉声道："卿卿慎言。"

第五十二章

许阑山躲在门后将父母和兄长的对话听得一清二楚。事到如今，他竟然没有什么被家人出卖的悲伤，只不过有些好笑：这吃人还要挂着仁义道德的牌匾，自己如果拒绝，倒是还会落个"无情无义，忤逆不孝"的名声。

谁不想活下去呢？

晚饭时，母亲对着一碗掺着土色，浑浊得看不清成分的羹汤突然开始哭哭啼啼，话语间只提及家徒四壁，如今是要过食不果腹，捉襟见肘的苦日子了，是她侍候不周，活该先走一步去那忘川河边等百年之后一家人团聚。

许闵山马上跪下，告罪自己两耳不闻窗外事，一心只读圣贤书，竟不知家中境况已如此悲观，这乱世又难求一份生计安家立命，哀求母亲将自己作菜人发卖了给一家人糊口，不该让父母双亲和两个弟弟受苦。

许阆山哀嚎一声，泪流满面，竟是情绪比许闵山还要激动，丝毫不作伪地重重跪在许闵山身边，不停地磕头说是孩儿不孝，居然让父母和长兄挂念至此，长兄至纯至孝，定能照料好父母，求父母将自己卖了，便是最大的恩赐。

母亲哭得更凶了，说是二人功名加身，再怎么说也是通过了童试的秀才，如今社会动荡，朝廷昏聩，只有读书人才是国家未来的希望，怎么可以平白成为别人的盘中餐呢，还是她这个老婆子去吧，希望老爷没了她的侍奉也要福寿延绵。

许阑山冷眼看着这一出母慈子孝的大戏，听到这明显的祸水东引也不发一言。不就是说他是三兄弟里唯一没有功名的吗？就差指名道姓要将他绑去人市了！

父亲估摸着许阑山看着自己的两个哥哥都跪在地上，总该坐不住说几句话吧，没想到许阑山真就一直装聋作哑，小口小口地喝饮着难以下咽的羹汤。

母亲坐在椅子上哭，许闵山和许阆山跪在地上哭，嘴里叨念的反反复复都是那几句话，父亲有些尴尬，出口提点道："阑儿你……"

许阑山故作懵懂地抬起头，对上父亲纠结的目光，似乎在询问唤自己何事。

父亲一时间不知如何开口。许阑山向来聪慧，怎么会不懂这一来二去的言下之意，他们只不过是盼着他他自己主动提出献身，好圆了这"孝道"的幌子，不然由他们开口，就像是在强人所难了。

许阑山把勺子一放，突然说道："母亲和兄长何必执着于人市，没了银两去赚便是。那隔壁耕田的，镇上卖东西的，路边开酒楼的，总有缺人手的地方。我们兄弟三人要是都能找到一份生计，总不会饿着一家人。"说完许阑山暗暗勾起一抹自嘲的笑，自己还是心怀无谓的希冀。两位兄长什么德性，自己这么多年难道还没看清？不过是好吃懒做，眼高手低，岂会愿意去外面做帮工？

这话一出，成功把三人的哭声堵了回去。尤其是跪在地上的许闵山和许阆山，面上赧然，冷汗涔涔，一时不知如何接话。

倒是母亲反应快，拿手帕沾了沾眼角，抽噎着缓声道："你们哥儿仨，生来手里只执诗书，未担重物，那些精巧的手艺活儿更是从未涉猎，哪里有缺人手的地方会要你们？"

许阑山明明有千言万语可以反驳，却如鲠在喉，只是静静地看着不约而同注视着他的家人，心底一片荒凉。

"父亲，母亲，大哥，二哥。"他听见自己口齿清晰地叫出这些本该是他最亲近的人，声音却缥缈得不像是自己的，"若是你们早就决定要送我去人市，直接告诉我就好，何必呢？"

空气在下一秒仿佛凝固了，许阑山用余光瞥见向来刻板的父亲面上似乎有泪水划过。

许阑山难受地闭上了眼，以后，他就是孑然一人了。

他在两位哥哥绑他去人市的途中逃跑了。

许阑山漫无目的地混在难民群里四下流窜，逐渐放下了最初的矜持，看到食物就蜂拥着上前哄抢，抢到手就立马糊满口水，狼吞虎咽地吃完，以免被他人再次抢夺。

若是有以往认识他的人再见到他，定会大惊失色：这哪有昔日负才傲物的神童模样，分明是街头狼狈不堪的小乞儿。

许阑山早就明白了，还是活命要紧。

彼时他还秉着一身傲骨，被人不知道揍过多少回，疼得肝胆俱焚的时候都没低头说过一句服软的话，每每就是以狠厉的眼神盯着那些对他拳打脚踢的人，心中百转千回不过是盼着今朝的隐忍不发能换来往后的一鸣惊人，把现在吃的苦头一一返还。

然而，在鬼门关走过一朝后，他恍然大悟，他至少得有命活到那天。

从那以后，他忍气吞声，对那些曾对他拳脚相加的人恭敬有加，点头哈腰，鞍前马后的表面功夫也没少做，暗地里也是三缄其口，再无往日的怨天尤人。他时常忆起往昔父亲总怪他锋芒毕露，不知现在他左右逢源的样子是否能让父亲满意。

呵，皆为虚妄。他默不作声地啃了一口手里脏兮兮的硬馒头，抬头看着天边一轮皎月，永远是那般不识人间疾苦的清高模样。

不知不觉，浩浩荡荡一群人一路南下来到了兖州。

许阑山人生地不熟，自然谨慎行事。但是这群灾民似乎是在青州被养肥了胆子，有过几次光天化日之下偷鸡摸狗，却被官府坐视不理的经验，竟然想在兖州照葫芦画瓢。许阑山人微言轻，阻拦无路，只能由着他们去了。

没想到，就是这次出了事。

一群携家带口的灾民，被官兵追赶到了河边。前有如狼似虎的官兵，后有波涛汹涌的河水，一群人进退维谷，一时间僵持不下。

突然，从人群中爆发出这样一个声音："东西又不是我们全部人偷的！我们把始作俑者交出去，我们不就没事了吗！"众人想想确实是这个道理，纷纷附和，一时间群起激愤，人声鼎沸，官兵似乎也被震住了，没有再上前。

带头偷东西的人，正是平时这群灾民的老大。此刻几个大老爷们面色铁青，却也知道孤拳难敌群手，这样下去只怕他们是在劫难逃。他们之中最小的那个，忽然面露狡黠之色，将视线聚焦在了作壁上观的许阑山身上，随即对着几人耳语一番，皆得几人连连点头。

一个抱着孩子的妇人悄悄近了许阑山的身，低声说道："小兄弟，那群人多半是要把你推出去顶罪了，你自个儿小心点。"

许阑山不动声色地回望，那几个窃窃私语的人竟被身形瘦小的少年看得不寒而栗，连忙收回了探视的目光。许阑山明白那群人打的是什么主意，不过是看他孤身一人，即使将脏水全往他身上泼也不会有人帮腔，而那些知道真相的人多半又选择明哲保身，所以推他出去做替罪羊定是首选。

许阑山侧头朝妇人莞尔一笑："谢婶子提醒，往后婶子跟着这帮人，也要小心为上。"

妇人还想说什么，就见不远处的那群大汉往前走了一大步迈出了人群，昂首挺胸，一副胜券在握的模样。

其中一人将双手拢于唇边，扬声道："各位官爷，小人可以指认方才偷盗之人，请官爷高抬贵手，放过无罪之人。"

人群突然安静下来，凸显得许阑山一声轻笑格外突兀，瞬间众人的视线便集中在了许阑山身上。

许阑山似是没有注意到旁人投来的目光，朗声道："古人诚不欺我，小人得志，君子道消。在下也不想白费口舌，与搬弄是非之人辩甚么子虚乌有之事。他们接下来的话，各位信也好，不信也罢，恕在下先走一步了。"说完，便毫不犹豫地跳进了滚滚河水里，刹那便没了踪影。

第五十三章

许阑山原以为能凭着自己略识的几分水性，顺流而下伺机上岸。没想到没过多久，他就撞上了一块暗礁，昏了过去。

待他再度睁眼时，他发现自己全身酸痛，躺在一张草席上动弹不得，只能勾勾嘴角嘲笑自己命贱，如此这般也能大难不死。不过这饥荒年代，若是还有人愿意救人，唯一的可能便是留下来作"菜人"吧，他倒是不觉得葬身人腹会比葬身鱼腹体面一些。

许阑山却没有料到，救他的船公在乱世遭难，妻离子散，仅仅是因为善心大发，不仅悉心照料养好了他这一身的伤，在得知他无家可归时还将他留在身边，一留就是十二年。

许阑山时常会觉得，他的一生可能就是这样了，住在一片荒无人烟的河畔，守着一条望不到边际的河，看着行人来往匆匆从不驻足，日日渡人却无从渡己。

他感激船公，也是打心眼儿里情愿赔上自己一生来还船公的恩情，若是他要他接下他手里的船桨，他也会二话不说地应下，从此做个称职的摆渡人。只是午夜梦回，他还是心心念念当年摸着书卷的触感，无数有感而发的诗文在他的肚子里涌动，却从未从他唇畔溢出过半个字眼，全被他和着血腥味吞回了肚子里。

虽然日子过得并不富足，但好在安生。许阑山望着那袅袅的炊烟，恍惚间都会觉得自己生来就是船公的儿子，有限的一生里，似乎都在陪着船公在那滔滔江河之上沉沉浮浮。

这样安宁的日子，终究是被船公的一场重病打破。

光
阴
城

即将弱冠之年的许阑山，跪在船公的病榻前哭得全身打颤。时至今日，他才意识到他这身无长物的一介布衣，要和阎王爷抢人简直是蚍蜉撼树。他在船公病倒的第一天，就搜刮出所有的家当日夜不停地赶往镇上求医，却还是因为银两不够被赶了出来。他不顾自尊，在医馆门前磕了一宿的头，直到头破血流都没能等到自己想要的结果。

说到底，还是钱。

"莫哭。"船公吃力地抬起手，许阑山意会，连忙将自己的脸凑上前，引着船公的手往自己脸上抚，"我这孤老头子，床前能有个人儿为我养老送终，已然心满意足。"

"爹！"许阑山早就把船公视作自己的亲爹，此刻满心都是唯一的亲人即将离去自己却无能为力的痛楚，声嘶力竭如同一只困兽。

船公方才说了一大段话，此刻连气都喘不上来，那张刚刚年过不惑却刻满了岁月痕迹的脸涨得通红，颈侧青筋暴起，目眦尽裂，最后挣扎着不舍地看了许阑山一眼，便久久阖上了双眼再未睁开。

许阑山心中大拗，眼前一黑，再度昏了过去。

这么一昏，让许阑山进入了彼时的光阴城。

许阑山素来不信什么牛鬼蛇神，也对烧香拜佛嗤之以鼻。再虔诚的信徒在生死危难关头都未曾有佛祖现身庇护，许阑山冷眼旁观着那些死到临头的人还痴痴地唤着不相干的人来保护自己，除了好笑就是深感可悲。他一向崇尚的是，人定胜天。

所以当他听见面前被鹤氅衣，支九节筇的老者说只要他能付得起代价，就能遂他任何愿望时，心下只信了三分。

"汝若不信，大可离去。"老者一双眼灼灼如岩下电，眼锋一扫便看穿了许阑山的心思，"只是出了吾这城，纵使悔断了肠子也妄想归返。"

许阑山满眼兴味地问道："那我若是要泼天富贵，需拿何物来换？"

老者道："富贵一事，最为简单，短寿耳。"

许阑山闻言捧腹大笑，却是满面嘲讽，双目含哀："富贵一事，多少人间魑魅趋之若鹜，又有多少无辜之人为之命丧黄泉。怎得到了你这儿便是如此轻巧？短寿何惧？世间愿以寿元换富贵的人岂止一二！若富贵得来如此轻易，世间本该是一片太平！"

老者泰然自若地摩挲着九节筇，淡淡地说道："光阴城本就超脱世俗之外，不能以人世间的规则来衡量。再者，人的欲望无穷无尽，习惯了锦衣玉食，挥金如土的人，岂会不贪恋这世俗温暖，想方设法地追求延年益寿？无论何物，既然有人趋之若鹜，就会有人命丧黄泉。"

许阑山垂首直立，久不应答。老者也不急，往身后的太师椅上施施然一坐，手边凭空出现一杯热茶，揭盖浅斟细饮。

"我换。"许阑山终于抬起了头，眼中有着难以掩饰的蓬勃野心。幼时因家徒四壁饔飧不继被家人绑去人市卖钱，后来又为着一个"穷"字眼睁睁看着这世间唯一一对他好的人病逝，许阑山心中对富贵的渴望早已深种，甚至比他自己预料的还要执拗。

老者似是早就预料到了结果，起身以竹杖凭空一点，半空中便浮现出了一个透明的泡泡，泡影中是一个女子的倩影，如弱柳扶风，不堪罗绮。

"未免旁人起疑，这富贵自然要来得有理有据。"老者捋了一把自己花白的胡须，说道，"此女为江南第一富商苏仲荣的嫡长女苏德音。苏仲荣与其妻感情深厚，并未纳妾，遂只有一儿一女，嫡长子苏燕绥时值弱冠还未娶妻，苏德音二八妙龄却从小体弱多病，被神医断言活不过二十，因此一直待字闺中，苏仲荣私心里并不愿意掌上明珠外嫁，更偏向于招个上门女婿。此乃汝之天时地利人和。"

老者顿了顿，满意地看到许阑山眼中已有顿悟之色，接着说道："苏仲荣与其妻儿命中定有一劫，在苏德音二十岁那年三人会在跑商途中命丧山贼刀下，不久后苏德音也会病逝。那么此时，万贯家财在谁之手？"

许阑山沉声应答："自然是上门女婿。"

老者哂然一笑，颔首道："七日之后，苏德音与其兄会路经汝的渡口，苏德音天真烂漫，对汝这玉树临风又谈吐得体的船公自然颇有好感，以汝的本事让这份感情更进一步应该不难。苏仲荣最宠女儿，门第之见自然比不上女儿的真心。话已至此，汝自当把握机会。"

许阑山沉吟一会儿，问道："我自是想要荣华富贵，却不愿以他人姓名铺就，您看……"

老者不在意地挥挥手："无妨无妨。此乃苏家人的命中注定，这上门女婿纵不为汝也可为他人，倒不如便宜了汝这苦命娃。"

许阑山恭敬地一拱手："谢老先生赐教。"说完，转身便要离去。

老者有些好奇地问道："汝不想问汝还有几年苟活吗？"

许阑山回眸一笑，眼底一片坦荡："不感兴趣。活一天是一天，总好比数着日子等死。"

光阴城的交易后，记得与否全靠天意，许阑山就恰好不曾忘怀。

光阴城这富贵之局，本该是天衣无缝，将那切身体会过世间冷暖的少年推到荣华之巅，再无人敢随意欺侮。然许阑山算尽天机，也未曾算到那最大的变数。

第五十四章

苏德音其人，果真如老者所说天真烂漫，性子单纯良善。许阑山不过是状似轻描淡写地将过往的悲惨经历叙述了一通，便惹得娇娇大小姐落下泪来。许阑山却是第一次看到有人为了自己落泪，刹那间便听见自己冰封的胸膛里那久违的心跳声。一向伶牙俐齿的他面对这水做的人儿一时不知该如何是好，只能和苏燕绥一左一右笨拙地粗声安慰着苏德音。

苏德音哭到后头便有些喘不上气来，许阑山暗自懊悔地看着她蜷在自己兄长宽厚的怀中，一抽一抽的好不可怜。苏德音自然注意到了许阑山灼热的目光，羞赧地往兄长怀里一躲，不经意间竟将头上的簪子甩进了河里。

"我的簪子。"苏德音红着眼，未尽的泪水还在眼眶里打转，一双亮晶晶的眸子可怜巴巴地看向自己的簪子坠落的地方。许阑山心底一颤，竟然想都没想就跳入冰冷的河水中去寻苏德音掉落的簪子。

"哎！"苏德音情急之下伸手去拦，却还是不及许阑山动作快，转眼间便看着他消失在了波涛里。

苏德音担忧地紧盯着许阑山消失的位置，小手紧张地纠起了裙摆，说什么也不愿再躺兄长怀里。苏燕绥也没多说，摸了摸妹妹柔顺的长发权当安慰。

还好没过多久，许阑山便从水里冒出了头，一触及苏德音忧心的目光便笑着挥了挥手里的簪子，表示自己幸不辱命。苏德音只觉得被许阑山眼底灼灼的神采闪得头晕心跳加速，似乎又是发病的前兆，却不舍得移开目光，就这样痴痴地捧着心口站在船缘，自己都没有意识到此刻她的笑容有多么明媚，多么温柔。

许阑山上船后，郑重地将手里的簪子放在了桌上，却没想到下一秒自己满是粗茧的厚掌就被一只纤白柔荑覆住，那细腻温暖的触感竟让他产生了眷恋。

苏德音也没想到自己急切地去拿簪子，竟然会不小心碰到许阑山的手，连忙把手缩回来，霞飞双颊，声如蚊呐，胡乱喃喃着许阑山听不清的言语，细柔的声音如同春日垂柳一般撩动着许阑山的心弦。

许阑山轻咳一声，转过头去，耳根处竟也有了羞赧的红。

两人之间尴尬又暧昧的气氛一直持续到了苏德音下船。许阑山脑子里一团浆糊，直到被岸边的冷风吹得清醒了些才猛然想起老者对其要"更进一步"的嘱咐。他目光沉沉地看着苏德音兄妹二人逐渐远去的背影，竟没有勇气说些什么留住他们。

就在许阑山心绪沉郁打算扭头就走时，苏德音蓦地转身，艳桃色襦裙的裙摆旋成了一朵花。

"喂，我叫苏德音！我下次再来找你玩，你要告诉我你的名字啊！"苏德音一双小手拢在樱唇边，费力地朝许阑山喊着。话音刚落，苏德音便蹦跳着离去，让伸手去捂她嘴的苏燕绥措手不及。苏燕绥回头狠狠剜了许阑山一眼，这女子的闺名哪能随便叫外男知道？偏生苏德音被爹娘宠得无法无天，置礼教于无数，让他这个做哥哥的也无可奈何。

许阑山勾唇一笑，满面春风，唇舌间来回斟酌着苏德音的名字，竟觉得唇齿生香。

后来许阑山才知道，苏燕绥来兖州谈生意，苏德音硬要跟来玩，所以兄妹二人得以在兖州逗留多日，而非许阑山本来以为的仅是路过而已。

半月之后，苏家兄妹要启程离开。走之前，苏德音问许阑山："你要不要跟我回南京？若是你舍不得你那小船儿，秦淮河上署我名下的画舫随你挑，可比你这儿小船气派多了。"说完，苏德音小脸一红，细声补充道："不过，那些画舫都是爹爹给我做嫁妆的。"

许阑山跟着苏家兄妹离开了兖州；又过了三月，许阑山娶了苏德音。

虽说许阑山在苏德音的坚持下进了苏家门，但是苏老爷对于许阑山的出身还是耿耿于怀。虽然苏德音不曾和许阑山提及，但是许阑山知道苏德音夹在他和苏老爷之间受了委屈，明明左右为难却还每日笑脸迎人，与他碎碎叨叨些家常琐事，一副无忧无虑的小女儿模样，看着委实令人疼惜。许阑山暗自下定决心，主动找上苏老爷，表达了自己愿参加科考的想法。

苏老爷起初对这个船公出生的女婿冷眼相待，只觉得这理当从小没碰过书卷的人要以科考入朝为仕简直是痴人说梦，还不如以他们家的资产为他买个一官半职要来得快些。但短短半日之后，苏老爷捧着许阑山一气呵成的书论惊为天人，当下便觉得让自家女婿去参加童子试简直是小材大用，蹉跎光阴，一拍桌子决定为许阑山纳粟入监，直接花银子让他参加乡试。

苏德音虽然知道许阑山定不是寻常船公，但对他的文化水平也没有什么具体的概念。早早看着自家夫君被父亲拉进了书房，直到晌午都颗米未进，苏德音心焦如热锅上的蚂蚁，生怕许阑山在自己父亲处被刁难。苏德音心一横，蹲到了书房的窗台下，悄悄地沾了口水要往窗纱上糊。

"咳咳，怎么嫁做人妇了都没懂点规矩。"苏燕绥的声音蓦地在苏德音身后响起。

苏德音完全没有心理准备，吓得直接坐在了地上，一条崭新的裙子便沾上了春泥。苏德音扭头恶狠狠地瞪了板着脸的苏燕绥一眼，心疼地拂了拂自己的裙子——开玩笑！这可是许阑山亲手挑的布匹，画的样式，送到成衣铺专门给她做的裙子，她今日才头次穿上呢，怎能就此糟蹋夫君的一片心意？

苏燕绥无奈地摇摇头，说道："你怎的盯着你这夫君这般紧？好好的夫婿又不会飞了。"

苏德音轻挑蛾眉，不屑地挥挥手："走开走开，活该你这把年纪都没有夫人。"

这时，书房的大门"嘎吱"一声打开了，许阑山跟在满脸笑意的苏老爷身后走了出来，一出来便看见苏德音投来的殷切目光。

"心肝儿啊。"苏老爷执起苏德音的手，轻轻拍了拍，"这可教你捡到了宝。"说完便留下一头雾水的苏德音，乐呵呵地背着手走了。

苏德音碎步疾走至许阑山身旁，低声问道："我爹这是……称赞你吗？"

许阑山抬手将苏德音额前漏出的一撮碎发拢到耳后，又温柔地拂去她额角的薄汗，一双凤目含情，抿唇笑望着她。

苏德音双颊微醺，秋水翦瞳含羞斜睨，眼波流转，甜如浸蜜的娇笑声撩拨着许阑山的双耳。"就知道我家夫君最厉害了！"苏德音一把抱住许阑山的臂膀，连拖带拽地要把他往房里带，转头吩咐丫鬟再做一桌热的饭菜。

许阑山微诧，垂首看向那张几乎要埋在他臂弯里的素白小脸，问道："娘子可是还没用午饭？"

苏德音理所当然地回答道："嗯，等你呢。"

许阑山闻言黑眸一沉，手上不自觉加重了力气搂住这温香软玉，内心被怀中女子的一句话掀起了惊涛骇浪，面上却是分毫不显，一贯的冷静自恃。

他知道，有些东西已悄然发生改变。

在全家人的呵护下，苏德音也战战兢兢地活到了二十岁。虽然大病小病不断，但苏德音每每看见衣不解带在她床前侍疾的许阑山，总是笑得合不拢嘴。因着苏德音身子弱，许阑山一直注意着未敢让她有孕。然而，在苏德音二十岁生辰的那一天，来诊脉的医生却言之凿凿地声称苏德音已有了足月的身孕。

许阑山死死地盯着苏德音还未显怀的肚子，目眦欲裂，神情颓唐如玉山之将崩。

他清楚地知道，这个孩子活不到出生。

苏德音看着许阑山灰败的神情，以为他是在担心自己的身子，连声解释道："夫君，我的身子不要紧的。我，我一直很想为你生个孩子。"

许阑山没有应答，眼中翻滚的黑云渐渐平复，余剩一片荒草不生的凄清与悲凉。他看着眼前略有不安绞着裙摆的苏德音，一颗心仿佛被她的纤纤玉指揉捏搓拉，生生扯出一道道撕裂的血痕，喉头一梗竟有血腥味上涌。

许久之后，他听见自己用沙哑的声音应了一声，好。

第五十五章

孩子的到来放大了许阑山这四年来愈加剧烈的不安。

他终于接受了一个事实：对他来说，苏德音的重要性远远凌驾于他孜孜所求的泼天富贵。

人定胜天。他这般告诉自己，当下便开始着手安排如何让苏家避免成为山贼的刀下冤魂。

因着苏家的生意近年来在许阑山在官场上的帮衬下越做越大，苏老爷和苏燕绥一年有十个月都不在家，所以贸然阻止他们外出跑商肯定是不明智的。有什么事情能够分散他们的心神呢？许阑山灵机一动，想出了个法子。

没过两天，便有云游四海的得道高僧来苏府化缘，走之前提点一言，若是想保苏德音腹中幼子安康，一家人需去将军山上的龙泉寺吃斋拜佛半年，求得佛祖保佑。苏德音怀孕之事本来就是苏家人的心头大患，再加上苏夫人衷心向佛，当下便催促一家人收拾行李，把手头上的事都吩咐给手下人去做。许阑山因为人在官场身不由己，无法做到一身轻松地去佛寺待上一年半载，特得高僧赦免，言其可以继续投身公事，造福百姓，也算积累福缘。

走的那天，苏德音依依不舍地攥着许阑山的衣衿，红了眼眶。许阑山只得柔声安慰苏德音道，自己有空必去龙泉寺看望她，只求她好好养胎，别耍小性子。许阑山虽然嘴上这么说，心里却是通透：自家娘子的小性子只对着自己，在他看不见的地方，她比谁都坚强。

就这样风平浪静地过了三个月，许阑山的心情却是没有片刻的放松。

一日，苏夫人派人捎口信给许阑山，说是苏德音最近稍稍动了胎气，寺里没有精通医道的僧人，希望许阑山能带她下山看看大夫。许阑山二话不说，当机立断把案头的公文交给了下属，策马扬鞭就往龙泉寺赶。当他赶到龙泉寺的时候，苏德音正坐在床边吃着零嘴，嘴角还有残余的碎渣没有擦干净。

看到许阑山时，苏德音怔住了，似是如何也想不通此时许阑山为何会在此处。许阑山暗叹一声，走上前拿过丫鬟手里的帕子，轻柔地擦了擦苏德音的嘴角，无奈地说："如此贪嘴，岳丈大人和为夫都快养不起了。"

苏德音伸手紧紧抱住了许阑山精瘦的腰肢，埋头嗔怪地"哼"了一声。

许阑山哑然失笑，匆匆拜见过苏老爷苏夫人后，便将苏德音抱上了苏家的马车，自己亲自赶着马车下了山。看诊后大夫说苏德音并无大碍，许阑山见天色已晚，便哄着苏德音在苏府留宿一晚。

然而，他与苏家二老和苏燕绥这一别，便是永别。

当晚，龙泉寺遭贼，因为许阑山暗中布置的侍卫空手而归，一怒之下放火烧山，熊熊大火映红了应天府半边天。

许阑山第二天一早在公衙闻讯时如雷轰顶，第一反应就是绝对不能让苏德音知道。

然而当他匆匆赶回苏府时已经晚了，不知是哪个嘴碎的丫鬟在街上溜达了一圈回来便走露了马脚，苏德音听罢便吐血不止，如今已陷入昏迷。

许阑山第一次在苏府勃然大怒，看着跪了一院瑟瑟发抖的下人，面无表情地说："若是小姐有半点闪失，你们全都去陪葬。"说这话时，他的指甲死死扣进掌心里，疼痛却不能缓解他的半分心慌。他居高临下地看着那些被自己吓得脸色惨白的下人，仿佛又看见了当年的自己，也是这般身不由己，低到尘埃里的卑微。自己这般，又与当年自己唾弃的仗势欺人的达官贵人有何不同？许阑山长叹一声，拂袖离去。

他潜意识里明白，苏德音命中难逃此劫，纵使妙手回春的神医前来也无力回天。但是他不见棺材不落泪，偏要把府里的金银珠宝不要命地往外送，换来那一个个大夫的摇头叹息，将他的心一寸一寸碾成齑粉，撒入那万劫不复的深渊。

待众人走后，许阑山独自一人跪在床前，颤着手指一遍遍小心翼翼地勾勒着苏德音的睡颜。一滴眼泪顺着他的手背滑落，冰冷的触感让他心悸，他怔愣地想要抹去，那滴泪珠却从他的指缝间溜走，消失在苏德音披散的乌发间。

许阑山用那还留着苏德音一缕幽香的指尖，摸了摸自己的脸颊，指尖濡湿的感觉让他惊醒。他以为自己从不感情用事，却发现他的冷静自恃在触及苏德音的那一刻，便溃不成军。

"苏德音。"许阑山低哑的声音牵扯出些许哭腔，若有外人在此，便能听出千般委屈，似是被冷落的猫儿圈着主人的腿，用松软的毛和温热的身躯禁锢住主人离开的脚步。

"苏德音。"许阑山俯身抵着她的额头又唤了一遍，每一次吐字都好像费尽了全身的力气，唇舌间都激荡着血腥味，"你怎么这么狠心。"

在他低下身子去的时候，长发随着他的动作落在床榻上，和苏德音的青丝纠缠在一起。他痴痴地望着那仿佛永远解不开的羁绊，一时竟舍不得起身。

直到身下的人儿红唇微启，酥软的声音唤着他"夫君"，他才大梦初醒般地坐起身，惊喜地看着勉力撑着眼睑的苏德音，想要抚摸她的脸，却怕自己情难自恃不小心伤了这瓷娃娃般易碎的人儿，一时连双手都不知该搁在何处是好。

看着许阑山难得的慌乱模样，苏德音湿漉的水眸又浮起一层泪光，水波潋滟，如那空山新雨，为她苍白的小脸平添了几抹艳色。

"夫君，抱歉。"苏德音痴痴地望着身畔衣冠狼狈，神色颓唐的许阑山，揪心得厉害——这般骄傲的一个人，向来衣冠楚楚，温和有礼，虽然嘴上不说，出身低微确是心头红肿溃烂的一条伤痕，于是对外从来是光鲜亮丽，彬彬有礼，待人接物都教氏族和同僚挑不出一点错处。如今却为了她变成这副模样……这是她深爱的人啊，她却连抬手碰碰他的气力都没有，如今也是该放手了。

"不要说抱歉。"许阑山的喉咙干涩，嘶哑的声音穿过喉咙时无情地撕扯着他的血肉，但他俊朗面容之上温情如水，眉目柔和，只是一双眼睛里痛苦与希冀泾渭分明，出卖了他的内心，"你要是好起来，我便原谅你。若是，若是你敢就这般抛下我一人，我便此生此世都不会原谅你。"

苏德音没有说话，挂着浅浅的笑意看着许阑山，竟是怎样也看不够。许阑山的面孔渐渐在她的视线里模糊起来，双耳处也只剩一阵嗡鸣，再听不见外界的声音，她还是能清楚地辨认出许阑山一张一合的薄唇之间，倾泻而出的是她的名。她想要回应，却连出声的力气都失尽，只能蠕动着失了血色的唇，强撑着的眼睑蓦地失了支撑，轻轻地掩上了她那双惯会说话的眸子，眼角那滴泪水终顺着她的脸颊滑落，在被褥上晕开一团水渍。

许阑山读着她的唇，抱紧她逐渐冰凉的身子泣不成声。

她在这世上留给他的最后一句话是，德音不忘。

许阑山没想到，自己能再次进入光阴城。

许阑山看着时过境迁仍然面容不改的老者，突然"砰"的一声直接跪了下来，双手伏地，前额狠狠地磕在青砖地面之上，那沉闷的敲击声久久回荡在偌大的光阴城里。

"求城主救德音一命。"许阑山恭敬地垂首不起，眉眼低顺。

"呵，竟是汝这小子。"老者优哉游哉地起身，不紧不慢地说道，"怎得？如今这泼天富贵唾手可得，汝竟是说舍就舍？"

"此生所求，唯德音一人，是我起了贪欲，奢求太多。"

老者托腮打量了许阑山一会儿，对许阑山这毕恭毕敬的模样甚是满意，颔首道："倒还真是个情深不寿的样子。可惜喽，佳人已逝不可追也。光阴城自古以来的规矩，一人只可在光阴城求得一事，不可多得。"

许阑山蓦地抬首，声音紧绷："您的意思是……"

"既然汝已求得富贵，就不可再求佳人。"老者说道，"鱼与熊掌不可兼得的道理，想来不用吾与汝多言。"

"我心匪石，不可转也。"许阑山言简意赅，掷地有声，"既然城主能逆天改命，神通广大，就请再帮在下一次。"

老者长叹一声，抚袖道："那便只剩最后一个法子了。佳人起死回生，百年后寿终正寝，只是身侧有他人作陪，汝在其生命中的痕迹被全然抹去，汝可愿？"

久久等不到许阑山的回答，老者捋了捋自己花白的胡须，摇了摇头："将爱妻复生后送入他人怀抱，哪有这般道理？纵使她能多享数十年世昧清欢，与汝而言也着实不是桩划算的交易，罢了，罢了。"

许阑山却突然扬声道："您要保证她余生长乐安好。"

"自然。"

"是我配不上她。"许阑山垂眸敛去了眼中晦暗的神色，朝老者拱了拱手，"那便如您所言，阑山甘之如饴。"

第五十六章

"所以许阑山到底用了什么方法复活苏德音？"宋郁看着泡泡中戛然而止的画面，疑惑地问姜涞。

"答案就在面前啊。"姜涞将泡泡缩回可以放在手掌里的大小，举着晃了晃。

"许阑山成为下一届光阴城城主！"宋郁恍然大悟。

"对，每一任城主其实最初都是凡人，在接手光阴城之后，在人世间的存在就会被永久抹去。因此，苏德音得以回到原本的生活轨迹。"姜涞回答道，"苏德音原本也有一个宠她如命的夫君，在苏德音死后会来到光阴城请求与苏德音共享寿元。清兵入关之后，苏德音的夫君果断散尽家财换一个安生，携妻归隐，两个人虽然比普通人命短了些，但好歹也白头到老，寿终正寝。不过苏家其他人倒是救不回来了。"

"还是很奇怪。"宋郁沉吟一会儿，在姜涞鼓励的眼神下说出了自己的看法，"第一，许阑山怎么就敢担保苏德音的夫君一定会来光阴城请求救苏德音？要是他没来，许阑山岂不是白白做了这桩血亏的交易？许阑山不像是那种会做没把握的事情的人。第二，苏德音病逝本来就是因为苏家人的死给她打击太大了，苏家人救不过来，这桩伤痛一直横亘在苏德音心头，她那样虚弱的身子又是怎么寿终正寝的呢？"

姜涞看了一眼宋郁，笑道："哎，你这书呆子还挺聪明的呢。"看到宋郁有些不好意思地偏过头，姜涞的笑意又深了几分，解释道："首先，前前任城主好像是出生于风水大家，简单来说就是精通算命，自然是算到会有后续这些事情，主动告诉了许阑山。其次，苏德音解开心结就要归功于许阑山了。"

姜涞看着好奇的宋郁，抿唇一笑："我似乎还没告诉过你，虽然光阴城城主不能和外界有任何直接接触，但是却可以深夜入梦，费点精力还能营造梦境。许阑山自然是放不下苏德音，看不得她有一点不开心，每晚辛辛苦苦入她梦，让苏家二老和苏燕绥夜夜在她梦中出现，倒是让苏德音有了庄生梦蝶的感觉，恍惚间觉得苏家人实际上还在。久而久之，苏德音自然就放下了心结，反正她在梦中还能看见其乐融融的一家人嘛。"

宋郁点点头，小心翼翼地伸出一根手指，说道："最后一个问题。"看到姜涞点头，宋郁才接着往下说："我记得你说过……光阴城不能控制感情，那为什么前前任城主能让苏德音对许阑山一见钟情？"

姜涞叹了一口气，拍了拍宋郁的肩膀："我觉得你可能误会了一件事情。并不是前前任城主让苏德音爱上许阑山的，而是苏德音确实是对许阑山一见钟情。你不觉得撤去这一切，他们俩还是很配的吗？"

你不觉得撤去这一切，他们俩还是很配的吗？——这句脱口而出的熟悉话语，让姜涞瞬间有些恍惚。她清楚地记得，当年许阑山对她讲完自己的故事，状似无意地问她："你不觉得撤去这一切，我们俩还是很配的吗？"

彼时姜涞一愣，正纳闷着这般没脸没皮的话怎么会从许阑山口中说出来，但转头撞进许阑山那双暗藏殷切与期许的黑瞳里时，她竟然说不出否认的话。

终究是爱的太久，连自己的存在都狠心舍弃，一腔深情却无人知晓，再坚硬的棱角也被入骨相思磨平，表面上满不在乎，心中却期待着有人回应，至少拍拍他的肩膀，对他说一句："你做得很好。"

姜涞重重地点点头，对许阑山说道："你和她很配。她后来的夫君根本不算什么，要是你能把她照料得更好。"

怎么会不算什么呢？和苏德音生同衾死同椁的是她后来的夫君，却不是他啊。

许阑山朗声附和道："对，如果是我，苏德音还能活得再肆意些，即使天塌了也有我为她顶着。"

姜涞看着大言不惭的许阑山，没有嗤之以鼻，反而鼻头一酸——她能看到他不加掩饰的落寞和凄凉，因为他们都心知肚明，没有如果。

姜涞如今能巨细无遗地将许阑山的故事解释给宋郁听，都要归功于许阑山当年孜孜不倦地讲给她听。"为什么要告诉我这些？"姜涞记得她曾在即将接手光阴城之前这般问过许阑山，"你的事情，本与我毫无干系。"

许阑山笑着揉了揉她彼时已经变成银白色的长发，说道："自然是因为这世上只会有你一个人记住我了。德音不忘，你自然也要记住她，这样千百年之后我们俩的名字还是会被同时提起，也算了却我没有与她死同椁的遗憾。"

"既然你如此斤斤计较，何必把她拱手让人？"姜涞气鼓鼓地拍开许阑山在她头上为非作歹的手。

许阑山的手背上留下了姜涞毫不留情的手掌印，却也不恼，含笑道："你个小妮子不过五十步笑百步罢了。"

姜涞从回忆中脱身，正了正心神，从三个泡泡中挑出剩下那个她还没动过的白色泡泡，对宋郁说道："接下来一个故事，我想讲，但是不强迫你听。"

"关于谁的？"

"关于我。"

"若是我知道了历届城主的私密，这下任城主之位是不是就跑不了了？"宋郁朝姜涞眨眨眼。

"你都知道了啊。"姜涞没有很意外，只是若有所思地把玩着手中的泡泡，"我本来也没想瞒你，你求我让所有人都忘记你，但是你一介孤魂也没有光阴可以用来交易，目前可行的也只有这个法子。你若是不想，可以拒绝。"

"这里挺好的。"宋郁摇了摇头，"你放心，虽然我知道我性格上有些缺陷，但是这个月以来你一直都在刻意将我往好的方向上引，我自然不会辜负你一片苦心。这个城主，我会好好当的。"

姜涞嫣然一笑，暗忖自己看人的眼光果然没错。

"那你呢？"宋郁突然发问，"若是我接任了城主，你是不是就要消失了？"

姜涞点点头，坦然地承认："是。"

"那你的故事，我便好好帮你记着吧。"

最先出现在泡泡里的，是绿树掩映下的SOS儿童村大门。

姜涞是在SOS儿童村长大的孩子。

不像多数在SOS儿童村的孩子一样，有过父母双亡的过去，被无力抚养他们的亲戚送来了村里，姜涞最初的记忆就起始于儿童村。

姜涞是"家"里最小的，七个哥哥姐姐将她宠得无法无天。小时候，姜涞一得空便在村里上房揭瓦，爬树摘花，将闻讯赶来的村长伯伯气得吹胡子瞪眼。原先村长和妈妈们担心小姜涞对于自己和寻常孩子的不同心有芥蒂,从来不敢打她,总是好言好语地劝着。后来发现姜涞根本是左耳朵进右耳朵出,对自己的身世也毫不介意后,只有举着鸡毛掸子的妈妈能治得了她了。

升初中在即,妈妈本想将姜涞送去和村子同片区的学校,就近入学,没想到姜涞发了个猛劲直接考上了市里最好的中学,外国语。由于外国语要求寄宿,姜涞就拎着自己的行李箱开始了第一次长期离开家的生活。

姜涞在初中结交的第一个好朋友,竟然不是同届的同学,而是比她大三岁,与她同期入学的高中部学姐虞嵇。

姜涞与虞嵇正好在同一栋宿舍楼。当姜涞费力地拖着自己的行李箱爬楼的时候,正好碰见刚刚收拾好宿舍打算下楼吃饭的虞嵇。

"看来是学妹。"虞嵇笑眯眯地看着满头大汗的姜涞,"我来帮你一起搬吧。"

就这样,两人把姜涞的行李箱一起搬到了姜涞位于四楼的宿舍,然后协力整理好了房间,最后顺理成章地一起下楼吃饭。

两人的感情最学期伊始时最是如胶似漆,还一同在社团节上报名了学校的戏剧社。待学习生活步入正轨后,因为两人的时间安排和朋友圈都有所不同,相处时间也少了,除了在社团里碰头以外,最多就是在宿舍的楼道里匆匆聊上几句。

因为虞嵇有心隐瞒,姜涞一直都不知道她在校内被欺凌的事情。直到那次虞嵇她们班值周,虞嵇放学后在环校小道上清扫落叶,却被一群不怀好意的女生围堵时才发现这个秘密。彼时,她独自一人在教学楼的天台上练舞,为即将到来的比赛做准备,听到楼下有争执声便按捺不住好奇撑着栏杆往下看，不料却看到自己的好朋友虞嵇被围在中间。

她关了舞蹈配乐，努力侧耳倾听她们都在说些什么，听清后火冒三丈，看着虞嵇骂不还口，打不还手的样子，更是心急如焚，火急火燎地就想跑下楼去帮她。

就在她准备下楼的时候，突然，她看见一个身影从灌木丛后弹了出来，瞬间便将那群欺负人的女生搅了个人仰马翻，随即拉着虞嵇就跑，转眼便没了踪影。

那个人的动作太快，姜涞只认出了那是个男生，看着比虞嵇要高。

难道虞嵇就有男朋友了吗？姜涞想了想这个可能性，心情有点复杂。

事后，姜涞和虞嵇聊天的时候才被告知，那天救她于水火的男生是她表弟，同姜涞一个年级，名字叫郭瞿。

"你俩一个过去，一个将来，真是有缘啊。"虞嵇调侃着姜涞，"要不要我介绍你们俩认识？"

"不了。"姜涞闷闷不乐地答道，心中还在为她与虞嵇谈及那天目睹她被欺凌，虞嵇却让她不要多管闲事介怀。

第五十七章

姜涞没想到，自己能在高中入学的第一天见到活的郭瞿。

由于姜涞的成绩一直保持得很好，直升外国语高中，继续她自力更生的住校生活。她的初中班主任早早就告知了她被分在哪个班，以至于姜涞昂首挺胸走进校门时，略过了门口的分班公告板，直接走进了自己的新班级。

因为没有看分班公告，姜涞自然无从预知新同学们的名字。在她随便找了个地方坐下后，放眼望去大多是陌生面孔，只有几个她熟悉的初中同学被淹没在人群之中。姜涞暗暗给自己鼓气，打算从身边的同桌开始认识。

姜涞偷偷地打量着身边撑着头无所事事的少年——眉眼清秀，身型瘦削，白衬衫的袖子撸到了胳臂肘之上。应该是趁着没有作业的暑假去哪里疯玩了，露出的皮肤都是小麦色，让人联想到在金黄的麦田里翻滚的阳光。

姜涞清了清嗓子，探头过去对同桌的男生粲然一笑，问道："你好，请问你叫什么名字？"

"郭瞿，郭嘉的郭，瞿秋白的瞿。"少年处在变声期，声音有些不自然，但是态度却很和善，"你呢？"

"郭瞿啊，听着真像过去呢。"姜涞下意识地回答道，却蓦然想起虞嵇有一个表弟也叫这个名字，不会刚好就是眼前这位吧？姜涞咽了口水，小心翼翼地看向郭瞿，不确定他有没有听说过自己。

"你好，我叫姜涞，三点水的涞。"

少年眼睛一亮，说道："你的名字和将来，就是指未来的那个词谐音呢。"

姜涞长舒了一口气，看来虞嵇并没有和郭瞿提起过自己。虞嵇可是知道她不少的黑历史呢！

看着姜涞劫后余生，更加灿烂的微笑，郭瞿心中一动，便忍不住想要和姜涞多说上几句："你说咱俩，一个过去，一个将来，班里会不会还有现在啊？"

"应该没有姓现的吧。"姜涞一本正经地回答道，说完以后看到郭瞿笑得露出了一口大白牙，自己也禁不住跟着笑起来。

虽然这临时的同桌马上就被老师拆散了，但是姜涞和郭瞿在开学第一天就熟络了起来，放学后郭瞿还主动请姜涞吃了一根冰棒，说是给第一个认识的高中同学的见面礼。

礼尚往来，来而不往非礼也。姜涞却没有随身带零花钱的习惯，一时间涨红了脸，不知道该还什么礼，思来想去最终只能对郭瞿说，这回礼她明天再补。

看着郭瞿哑然失笑的模样，姜涞鬼使神差之下竟然羞恼地推了郭瞿一下。

郭瞿被这一推，倒也不是很要紧，心下虽然对姜涞不自觉流露出的熟稔很是欢喜，却不得不承认这样的肢体接触对才认识一天的异性来说未免有些过了。但是他瞅着姜涞面色如常，就像啥都没发生一样，自己心心念念倒显得小肚鸡肠了。

"我请你吃冰淇淋，你竟然推我，真是好狠的心。"郭瞿轻描淡写地说道。

"哎！"姜涞自知理亏，却莫名的不想被郭瞿说是狠心，面红耳赤地反驳道，"吃冰淇淋的是嘴，推你的是手，你怎么这般不讲理来怪我无辜的心？"

郭瞿无奈地摇了摇头："真是伶牙俐齿，我自叹弗如啊。"

结果第二天，姜涞送了郭瞿一包薯片，还附上一张小纸片："这是全身上下合作送给你的。"然后郭瞿的同桌就莫名其妙地看着郭瞿拿着一包薯片笑得前仰后翻。

许是因为进入了初中，男女同学之间的关系比之初中要微妙了许多。走得比较近的男女同学，一不小心就会成为晚自习八卦话题的主角，从此看着对方的眼神都会有些不自在。

姜涞和郭瞿的关系就这样不咸不淡地摆着，没有疏远，也没有更进一步。郭瞿总是能在各种大小节日按时给她发节日祝福，她也会绞尽脑汁地给一个不落俗套的回复，至少一看就不是群发的那种。

转折发生在高一上学期快要结束的时候，郭瞿突然截住刚从洗手间出来要走回教室的姜涞，说有话要对她说，希望她能跟他走一趟。

"有什么话就在这里说呀。"姜涞眨眨眼，满心疑惑。

郭瞿的神色有些尴尬，不过还是征求姜涞的意见，"你确定？"

看到姜涞点头，郭瞿深吸了一口气，直视着姜涞的眼睛说道："我喜欢你，现在开始，我要追你。"

完全没有任何心理准备的姜涞被郭瞿这言简意赅，直入主题的话，吓得手足无措，结结巴巴地问道："你，你不会是玩那个，真心话大冒险输了吧？"

郭瞿微醺的脸上浮上无奈之色，低声道："我不在开玩笑，我是真的喜欢你。"

姜涞被突如其来的告白砸得头晕目眩，下意识就拉着郭瞿的手腕往远离教室的方向走："不行不行，我们好好谈谈。"

姜涞虽然走得太匆忙，但是也注意到郭瞿对着在墙后那些探头探脑的兄弟们，比了一个胜利的手势。姜涞一时郁结，终于明白为什么郭瞿要换个地方说话了。

两人直奔天台，姜涞还谨慎地关好了通往天台的门，环顾四周确认没有别人。

"我向你表白就这么见不得人吗？"郭瞿站在一旁，脸上写满了无辜。

姜涞的表情瞬间变得很是纠结，吞吞吐吐地说道："哎呀，这个嘛，再怎么说这种事情让别人知道也不太好吧？"

郭瞿看着姜涞顾左右而言他的模样，唇边勾起一抹坏笑："那看来已经晚了。我开始在走廊上对你告白的时候，可是有好几个同学听到了呢。说不定就我们上楼的功夫，现在已经传到全班了呢。"

姜涞不可置信地看着郭瞿，正思忖着该寻个什么恰当的词指责他，突然想起就在那说话是她自己的提议，真是自作孽不可活啊。

郭瞿静静地看着姜涞变换的表情，突然轻叹一声，柔声道："姜涞，喜欢你是我的事情，你不要有太大的负担。若是想拒绝，直接对我说，烂摊子我都会收拾好；若是没想好，就不要拒绝我以后对你好，可以吗？"

最后三个字被他故意压低了声线，带着少年独有的沙哑，近乎情人间的呢喃，撩拨地摩挲着柔软的耳垂，有着说不上来的魅惑。

原本气势汹汹，张牙舞爪的姜涞，就在郭瞿这番话里融化成了一滩水，再无招架之力。

虽然郭瞿大张旗鼓地说要追她，姜涞也没觉得日子过得有什么太大的不同。同学们对那些朦朦胧胧的关系有着莫大的兴趣，对这种开诚布公的感情反而懒得去说，对姜涞也没有造成什么困扰。

郭瞿说的对她好，是真的润物细无声的那种好，让她想拒绝都拒绝不了。郭瞿不会买什么很贵重的礼物，却总会在姜涞最需要的时候送上她想要的东西；若是姜涞提出要还钱，郭瞿就会让姜涞帮一个无关痛痒的忙，说是就此扯平，然后下一次再捧着礼物出现在姜涞面前。

姜涞的理科成绩在升入高中后略有下降，郭瞿就经常在姜涞做理科作业的时候状似无意地走到她身边，略加指点，只言片语便能让姜涞茅塞顿开。从此，姜涞碰上了什么难解的题目，都会很自觉地拿着作业本走到郭瞿身边。而这时郭瞿无论在做什么，都会先放下手中的事情，给姜涞讲题。

姜涞一直纳闷着，这小子的撩妹技术怎么这么高超呢？后来在和虞嵇的一次聊天中得知，原来郭瞿的很多行为之后，都有这位表姐的指点。

"好啊！你就仗着对我的了解，把我卖给了你表弟？"姜涞忿忿不平地敲击着键盘。

不一会，虞嵇那边的回复便过来了——难得见他态度诚恳，低声下气地求我，哪有不应之理？这一来二去，不仅能增进亲情，还能把好朋友变弟媳，真是美滋滋！最后接了一个大笑的表情。

美滋滋你个头！姜涞一气之下一拳砸向了键盘，然后便抱着砸疼了的拳头欲哭无泪。

姜涞的闺蜜曾经问过她："你到底喜不喜欢郭瞿？"

当时姜涞想了很久，好几次欲言又止，好半天才憋出一个"不知道"。

尔后，她看着闺蜜不认同的表情，苦笑道："这种事情，你不该相信我的嘴，你应该问我的心。"

从小在SOS儿童村长大的经历，让她旁观过太多的人情冷暖。她见过那些有缺陷的孩子是怎样被父母无情地抛弃，见过那些父母双亡的孩子是怎样像物什一般被亲戚互相推诿，见过有幸寻到亲生父母的孩子在父母陌生的眼神下不知所措。

她明白被抛下是怎样的可悲，所以不愿轻易相信感情。只要她还嘴硬地没有承认一段感情的正式开始，即使她有一天被抛下了，她也能骄傲地仰着头装作无所谓。

但是她觉得，按照郭瞿这个攻势，她就快要屈服了。

然而，没过多久，郭瞿以一种异常决绝的方式彻底抛下了她。

第五十八章

过了夏至，蝉便粉墨登场，唱那炙热的阳光，唱那斑驳的树影，也唱那已经在泥土里腐烂的春红。

姜涞即将迎来她16岁的生日，周末特意回家和村里人商量了这件事。村长伯伯和妈妈的意思都是，姜涞回村过了那么多年的生日，是时候和同学们一起好好玩玩了。姜涞想了想便欣然应允。

当她正兴致勃勃地和哥哥姐姐们讨教着哪里比较好玩的时候，突然收到了郭瞿的好兄弟王嘉柏的来电。

姜涞虽然顺手存过王嘉柏的电话，但是王嘉柏怎么会打电话给自己呢？他们俩似乎除了郭瞿，就没有别的交集了。姜涞一头雾水地接听了电话。

"喂，是姜涞吗？"电话那头的声音虽然死死压抑着，仍止不住地颤抖。

姜涞听着王嘉柏的声音，总有一种很不好的预感，轻声说："嗯，你说。"

"今天，我们陪郭瞿去给你买生日礼物。"王嘉柏说到这儿突然停了下来，让姜涞的心高高悬起，好一会儿才艰难地继续说道，"郭瞿在过马路的时候，被车撞了，现在正在医院里抢救。"

"怎么好好地就被车撞了？严不严重？"姜涞惊呼一声，焦急地追问道。

"医生说……不太好。"

姜涞维持举着电话的姿势呆愣在原地，连手中的手机何时从手中滑落都不自知。她的泪水不受控制地往上涌，下意识地就想着今天是不是愚人节，王嘉柏会不会只是在骗她。但是理智压迫着她的神经，逼着她接受这个残忍的事实——那个昨天还笑容明朗的少年，现在正躺在医院的病床上，生死不知。

姜涞一把抹去眼泪，颤巍巍地捡起掉在地上的手机，所幸王嘉柏还没挂电话。

"医院在哪，我现在过去。"

听到王嘉柏报出医院的名字和地址，姜涞立马挂了电话拿上钱包冲出门去。

SOS儿童村地处偏远，最快速度赶到这个医院也要两个小时，姜涞觉得这两个小时是她这辈子经历过最漫长的时间，每一分每一秒都拨动着她最脆弱的神经，让她胸口发闷，呼吸急促。她多想在踏入医院的那一刻，郭瞿完好无缺地站在她面前，狡黠看着狼狈不堪的她，然后毫不留情地嘲笑她这都能被骗到，是不是喜欢他。

如果真的是这样，她会毫不犹豫地告诉他，是。

郭瞿，我喜欢上你了。

你等等我好不好？

当姜涞横冲直撞地冲向急救室门口时，映入眼帘的只有头顶急救灯已经熄灭的手术室大门，和站在门口眼神空洞的王嘉柏。

"人呢？"姜涞直接冲到了王嘉柏面前，发现他完全没有反应，伸手抓住了他的肩膀来回摇晃，"人呢？都去哪了？郭瞿？郭瞿的父母？还有其他你们的人？"

姜涞看见王嘉柏的眼神渐渐聚焦到了自己脸上，却只是颤动着嘴唇，没有说话，急得好不容易憋回去的眼泪又倾斜而出，带着哭腔冲王嘉柏吼道："王嘉柏！你说话啊！你看着我！我是姜涞！你说话啊！"

"走了……"王嘉柏将眼神投向别处，似乎是害怕与她对视。

"走了？"姜涞目眦欲裂地瞪着王嘉柏，生怕他说出自己不想听到的那个答案，"谁……走了？"

"都走了。"王嘉柏轻声说道，"姜涞，你来晚了。"

轻飘飘的一句话，瞬间判了她死刑。她惊恐地倒退一步，却在张皇间将自己绊倒。姜涞坐在医院白花花的地板上，用一双被泪水浸得通红的眼睛仰视着王嘉柏，放软语气哀求道："王嘉柏，你在骗我对不对？你们合伙来骗我，是不是？郭瞿他其实一点事都没有，对吗？"一个个问句的加叠，让她害怕听见否定的答案，她的灵魂此刻一分为二，一部分清醒地将自己划得遍体鳞伤，感觉滚烫的血液一点点从身体里抽空；另一部分还堆砌着不切实际的幻想，悉心呵护着那岌岌可危的火苗。

王嘉柏长叹一口气，强行把姜涞拽了起来，默默从裤子口袋里拿出一张餐巾纸递给她。

"我是特意留下来等你的。"王嘉柏垂手伫立，试探性地将目光停留在姜涞不断耸动的肩头，"郭瞿他……是真的很喜欢你。"

姜涞没有答话，将几乎整张小脸都埋进了纸巾里。

"我的意思是，郭瞿也不希望你因此太过伤心。"王嘉柏垂在身侧的拳头收紧，指甲深深嵌入肉里，"郭瞿给你买的礼物……"

"我不要！"姜涞倏地抬头，满脸狼狈恶狠狠地说，"不是他亲手给我的礼物，我不要。"

王嘉柏不置可否，淡淡地说："那我就先帮你收着，如果你哪天想要了，就来找我。"

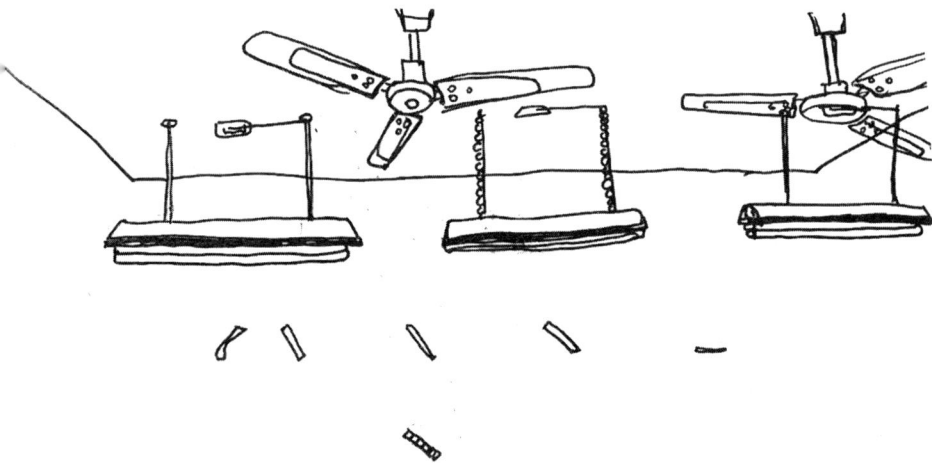

一天后，姜涞重返校园，恍若隔世。

同学们不知从何处都得知了郭瞿的事情，还知晓了他是在给姜涞买生日礼物的路上出车祸身亡，在和姜涞聊天时都小心翼翼地避而不谈，转过身却偶尔会以一种复杂的眼神看着姜涞。

姜涞望着那个空落落的位置，苦涩和痛苦便如惊涛骇浪般席卷而来，待浪潮平息，波涛退去，在她心头空留下满目疮痍。

姜涞的闺蜜忧心地对姜涞说："你这样，是陷进去了。"

"是。"姜涞沙哑着声音，连一个笑容都懒得应付。

在郭瞿离开后姜涞才意识到，他们相处的几百个日夜里，郭瞿为她培养了多少习惯。现在她遇到不会做的数学题，会下意识地往他坐的方向看；涂改带坏了，会默默收好待一个人来修好；晚自习结束后，会站在楼梯口等一句"晚安"……郭瞿永远站在她身后，帮她把一切解决好，把她惯坏。他像最英勇的骑士，总在她最需要的时候从天而降，一路披荆斩棘来到她最柔软的心房前，却突然抽身离去，留下她那颗失守的心在有他的回忆里备受煎熬。

这时她才发现，原来他早已全面入侵她的世界，势如破竹，略地侵城，让手无寸铁的她一败涂地。

思念浸润着微咸的汗水和泪水，不断在她心里发酵，冲破心房，胀进她的心肝脾肺肾，深入骨血，霸占了她的整个身体。她会在趴在课桌上睡着的时候，突然惊醒叫着郭瞿的名字，惹得同学纷纷侧目；也会不自觉地在草稿本上写满郭瞿的名字，在发现之后撕下来又舍不得扔掉。

她记得小时候妈妈气急了拿鸡毛掸子抽她，就是仗着她不怕痛——其实她不是不怕痛，只是反射弧太长，痛感总是迟到。如今她的感情也是这样，呼啸而来，却来得太晚了。

在又一个难以入眠的夜晚，姜涞进入了光阴城。

"你这个情况呢，如果要复活这小子，就要和他共享寿元。"许阑山耐心地解释道，"就是拿你的寿命等价分给他。比如你还能再活八十年，那么从此以后你们俩一共还能再活八十年，可能是你再活四十年，他再活四十年。不过这平分只是一种可能性，到底谁活得更长久一些就

听天由命了。"

"我换。"姜涞毫不犹豫地点点头。不知是不是环境因素影响，她从小就对生活没有什么目标，没想过自己以后要做什么，或者至少要活到多少岁。她总是及时享乐，走一步算一步，唯一的念想就是以后发达了一定要回儿童村报答大家，对于自己反而没什么期许。再活四十年对她来说已经很漫长了。

"我就喜欢爽快的人。"许阑山笑得活像只大尾巴狐狸，"这共享寿元的程序比较复杂，你且跟我来。"说完，便领着姜涞上了画舫的二层。

姜涞生来便有些晕船，在楼梯上走得摇摇晃晃，一到二楼便瘫在了椅子上，随口抱怨道："你这船真逼真啊，我看外面压根就没有水呢，还跟着晃。"

"小姑娘家家懂什么？"许阑山凭空摸出一把折扇，装模作样地晃了两下，"这画舫，讲究的就是情趣。"

姜涞斜睨许阑山一眼，无话可说。

姜涞从看到许阑山的第一眼，就觉得这个人深不可测，表面上温文尔雅，笑容却永远透不进眼睛里，一双黑漆漆的眼瞳里一片死寂，看得人瘆得慌。姜涞也是走投无路，不得不选择相信他，但是这种信任却在显示交易进行中的光束环绕着她的身子上升，却戛然而止时消失殆尽。

"你这是在玩什么花样？"姜涞大惊失色地摸着自己一头银白的长发，逼问道。

许阑山满脸无辜地摊手道："按你们的话说，就是交易没完成但是光阴城没电了，所以就产生了一点小小的副作用。"

姜涞恶狠狠地看着许阑山，怀疑这厮早就预料到了这个事情，表情顿时狰狞得像要将他吞吃入腹。

许阆山对姜涞不满的目光视若无睹，优哉游哉地摇着扇子，满脸云淡风轻。

姜涞咬牙问道："什么时候才能来电？"

许阆山不紧不慢地说道："光阴城千年一个轮回，每九百年便要自动修复一次，自动修复要耗费一百年，期间不能进行任何交易。你这交易倒是不走运，正好赶在了这九百年的关口上，若是要等它来电自然要再等上一百年。"

"一百年？"姜涞脱口惊呼道，"一百年之后大家都尘归尘土归土了，我还有必要复活他吗？"

许阆山赞许地点点头，道："是这个道理。所以姑娘请回吧，恕在下无能为力。"

姜涞好不容易升腾的希望瞬间破灭，脸色难看得像是马上就要哭出来似的。她不想放弃，却也对眼前的境况束手无策，就这么尴尬地站在原地。

许阆山也不催着姜涞走，眼中含笑地望着欣赏着姜涞的窘样，单论笑容确实是让人如沐春风。

姜涞突然眼睛一眯，眼神犀利地看着许阆山，断言道："你还有办法。"

"都说了我无能为力了。"许阆山手中摇扇子的动作不停。

"你还有办法。"姜涞放软了声音，恳求道，"你告诉我吧，我会尽力的。"

"办法确实是有。"许阆山终于松了口，只是神色倏地正经起来，"只是这代价不是一般的大，你可要想清楚。"

第五十九章

当"成为下一任光阴城"城主这个选项摆在姜涞面前的时候，姜涞还是犹豫了。

"你知道，我并没有爱他胜过爱自己。"姜涞垂眸道，"甚至不能算是爱，只是很喜欢很喜欢。"

"你跟我说这个干嘛？"许阑山笑意不减，"你应该和你自己说。"

"但他是为了给我买生日礼物才被车撞的，如果不是因为喜欢我，他就不会死。"姜涞用湿漉漉的水眸瞅着许阑山，眼底的血丝还没散去，活像只红眼的小白兔。

"你也不能这么说。"许阑山说道，"按照你这个逻辑，那家店的店主也有罪了，如果不是因为他把店开在那个位置，郭瞿也不会死。"

姜涞总觉得哪里不对，却想不出话来反驳，低着头喃喃自语些听不清的话。

"有的时候啊，一个人存在的价值不仅是要看他个人，还要看他身边的人。"许阑山提点道，"一个儿孙满堂的老人和一个孤寡老人，你只能救一个，你选哪个？"

"前面那个。"

"这就是了。"许阑山叹了口气，"现实就是这样残酷，有的时候选择权其实不在自己手里。"

"你知道我的身世。"姜涞睁着那双清澈见底的大眼睛瞪着许阑山，"你这是在逼我。"

"我只是让你明白其中利弊，省的你日后再来后悔。"许阑山委屈地用扇子在姜涞鼻尖轻轻一点，"你怎的老是以小人之心度君子之腹？"

"反正你这儿的时间是静止的，你就让我多待几天，好好想一想吧。"姜涞眼珠一转，环顾着画舫内奢靡的装饰，"你这船不错，不过要是不想让你的下一届城主早早夭折的话，还是别让它晃来晃去了吧。"说完便连蹦带跳地下楼去了。

至于背后许阑山扼腕叹息什么"引狼入室，遇人不淑"，姜涞左耳朵进右耳朵出，雁过不留痕。

"所以这就是你的选择？"宋郁两手搁在膝上，乖巧地侧头询问。

姜涞无奈地摇摇头："这其中若有我四分自己的思量，便有六分许阑山那个衣冠禽兽的推波助澜。你想想他从明朝活到现在，早就成精了，我哪能和这种老妖精相提并论？不过我也理解他，一个人在这光阴城待了几百年，外面的世界天翻地覆成了自己完全不敢想象的模样，他也算适应得好的了。要我早就疯了，赶紧随便找个人把城主这烫手山芋给甩了才是正事。"

"所以他在算计你？"

"可以这么说。"姜涞点点头，"城主对光阴城的运转和变化知道得一清二楚，说什么突然没电了完全是在骗我。新城主接任，便要造新城，就能自动修复光阴城确实不假，但这世间若是百年没光阴城也出不了什么大岔子，我看他是难捱那无人问津的一百年才急匆匆地坑了我。"

姜涞看着小心翼翼地抬头看她的宋郁，突然笑了："你别用那种眼神看我啊，会让我觉得自己很可怜的。说来他算计我就和我算计你

GUANG
YIN
CHENG

一样，好像他也是被前前任城主算计的。这光阴城啊，其实就是个大牢笼，城主有着长生不老的能力和翻手为云覆手为雨的本事，却终究都败给了寂寞，连接班人都要算计来算计去才好不容易逮着一个。我经常坐在这大笼子里想我的村子，想我的伯伯和妈妈，想虞稔姐姐，也想我的好朋友们。"

"那你后悔吗？"宋郁问。

"后悔了。"姜涞坦诚地点点头，"当时不过就着一阵年少的冲动，还有一股不服输的气势，总以为什么生命诚可贵，爱情价更高。后来我偷偷查了我当年的交易记录，差点气歪了脖子，你知道郭瞿到底为什么会被车撞吗？"

宋郁很配合地接话道："为什么？"

"他确实是去给我买生日礼物没错，但是他被车撞的原因是他的一群损友们过马路都在拍篮球耍酷。"说到这，姜涞把牙咬得咯吱咯吱响，"然后技术不佳，球滚远了，横在马路中央，一群人你推我搡根本不敢去捡。郭瞿怕那么大个球在路中间会影响来往车辆，便主动去把球捡了，结果就被车撞了。那群混蛋为了逃避责任，当时就派王嘉柏这个蝉联他们初中戏剧社最佳演员三年的人来推卸责任，避重就轻，三言两语就把年少无知的我给误导了，活该给他们背了个这么大的锅。"

"所以啊。"姜涞突然拔高音量，转头看着墙角的位置，"你听够了就出来，别用那种肉麻的眼神看我，我可不是为了你宁愿牺牲自己的高尚之人，你没必要把感动浪费在我身上。我成为光阴城城主，有蓄意误导，有威逼利诱，最后还有长久的后悔，我满腔怨怼无处可发，对你那点小心思早在十年如一日的寂寞中被磨平了。"

在宋郁吃惊的注视下，郭瞿从墙角处走了出来，目光深深地拢住姜涞，不知所措地唤着她的名："姜涞……"

"哎。"姜涞阴阳怪气地应了一声，看着郭瞿瞬间黯然的眼神，还是不忍心继续折磨他，暗叹一声便正经说道，"说来也是我贪心了，你一来其实我就知道，却还是存着私心想让你知道这段你被迫丢掉的时光。我不像许阑山那样傻，为谁做了些什么，都是想要那人知道的。你若是还有什么想问的就一起问了吧，我尽量回答。"

"我每晚重复的那个梦里，可是你？"郭瞿试探性地向前埋了一步，见姜涞没有阻止便一鼓作气地走到了她的身边。

"是。"姜涞面色微沉，"就是你被篡改的那些时光，本来不该有的，是这桩交易出了意外。"

"那我和虞嵇……"

"光阴城改变不了感情。没有了我，你们在高中自然就没怎么联系，但是原来经常来往的情分还在，这就是你觉得不对劲的原因。"姜涞坦言道。

郭瞿斟言酌句，最终还是问出了他最关心的问题："我为什么能频繁进入光阴城呢？"

"你这次进来时是不是从你第一次进光阴城时的路进来的？"得到郭瞿的首肯后，姜涞继续问道，"那你注意到和你第一次见有什么不同吗？"

郭瞿说："那最外面的光阴城古城墙落了些墙砖，看着似乎更破败了一点。"

"这便是原因。"姜涞解释道，"我的这场交易，在许阑山手上开始，但准确来说是在我自己手上完成的，因为许阑山退位时光阴城已经没电了。这个遵循的是光阴城里城主不能违背上一任城主开启的交易原则。但是光阴城里还有一个原则，便是光阴城城主不能用自己的时间进行交易，这和我的实际情况有悖。在光阴城自相矛盾的情况下，运转就出现了问题，你便是那个裂缝所在。"

姜涞的眼锋往郭瞿那里一扫，他茫然的表情让姜涞脸色一沉："因为这个裂缝进入光阴城的次数越来越多，光阴城的裂缝就越来越大，这是一个恶性循环。现在便是你们看到的模样，可以毫不夸张地说，光阴城马上就要崩溃了。"

"崩溃？会有什么后果？"宋郁的眼中有着隐隐的担忧，他可没忘记姜涞说要把光阴城主的位置传给他，那么以后光阴城就是他的责任了。

"在我手上崩溃，自然是我做过的所有交易都不作数了。"姜涞掰着手指数道，"那些交换的命运，那些找到的人，那些复活的生命，那些改变的人生，就要通通恢复原样了。"

"这么惨……"宋郁下意识地打了个寒颤，转头被郭瞿眼中逐渐集聚的阴云吓了一跳。

"那我呢？"郭瞿目不转睛地盯着姜涞，声音微哑，"我的人生被改变，有谁问过我的意见吗？"

"只是少了一个我而已。"姜涞蹙着眉头说道，"况且你还多活了很多年，要是你再这样说，可是有得了便宜还卖乖的嫌疑了。"

郭瞿低下头，许久没修剪过的刘海垂下来遮住了他的眉眼，嘴角微微下垂至一个无可奈何的弧度，轻言道："那我的未来呢？还只是少了一个你吗？"那个"只是"在他的唇舌间迸溅出灼人的温度，飘散在空气里的时候有着说不上来的嘲讽。

"对。"姜涞说，"我们不会再见了。你是裂缝，继续进入光阴城只会让光阴城的情况越来越糟；我是城主，我有责任修好光阴城。今天从这里出去以后，你会忘记有关光阴城的一切，也会……再次忘记我。"说到最后，姜涞还是不禁鼻头一酸。

"修好它？怎么修？像许阑山一样传位吗？"郭瞿的目光太过灼热，让姜涞不敢直视，"姜涞，我不傻。我们不会再见的意思是，你会永远消失了。"

"消失又怎么样！"姜涞终于忍不住吼了出来，"已经不存在的人还在乎消不消失吗？你用着我的寿命，好好替我活着就是了，怎么就是缠着我不放呢？"

郭瞿看着近乎歇斯底里的姜涞，出奇地平静了下来，说道："姜涞，我要许愿。"语气温柔平和，就像在讨论一件再平常不过的小事。

"郭瞿。"姜涞突然上前一步，芊芊十指轻轻扣住了他的手腕，就像多年前在学校的走廊上那样，"这已经是第228个循坏了，你能不能放下你的执念？这是最后的机会了。"

每每走到这一步，他们俩的记忆都会逐渐苏醒。姜涞曾经尝试过劝阻郭瞿227次，却都以失败告终，被郭瞿强行带着进入下一个一模一样的轮回。

不能再这样下去了。姜涞暗自下定决心，抬手摸了摸郭瞿的脸，明明没有任何表情的脸却在姜涞指尖触及他的皮肤的那一刻，在姜涞的手里抖落了满手冰冷的悲伤。

"郭瞿，我帮你终止交易好不好？"姜涞凑近他的耳畔，吐气如兰。

"你怎么终止？"郭瞿神情微动，抬眼问道。

"我会有办法的，只要你答应我。"

第六十章

光阴城，从来都控制不了感情。

姜涞犯过最大的错误，便是在面对郭瞿时将这条准则忘得一干二净。

在她第一次意识到这个错误的之前，郭瞿正平静地对她说："姜涞，我要许愿。"

"别胡闹，你不能做交易。"当时姜涞是这么回应他的。

"姜涞，我知道光阴城的规矩，只要是进入了光阴城的都可以做交易。"郭瞿俯下身子直视着姜涞澄澈的双眼，声音温软得像是在哄无理取闹的小孩，"而且，光阴城城主不可以私自拒绝生意。"

姜涞身子一僵，如同蛇被掐住了七寸，顿时无力反驳。

"那你想要什么？"姜涞紧张地问道。

"想要一直见到你。"郭瞿的眼神太过坦诚，就像他当年那句坦坦荡荡的"我喜欢你"。

"不可能。"姜涞斩钉截铁地说，"成为光阴城城主是不可逆的，从来没听说过谁成了城主还能回到人间。"

"不用去人间，像现在这样就好。"

"你知不知道如果没有新城主上任，光阴城崩溃的危险就一直不会消失？"姜涞不赞同地看着郭瞿，"我不能拿那么多人的人生冒险。"

郭瞿并没有表现出很明显的失望，还是那副耐心劝说的模样："你还是可以让位给下一任城主，但是为了达成我的愿望，说不定光阴城会把你留下来。如果我付得起代价，它总是要满足我的。"

"你知不知道二次篡改时间的代价要更高？"姜涞盯着执拗的郭瞿，无力感涌上心头，"听我一句劝，不值得。你不过就是刚刚躲在那看了一会儿泡泡，难道不就是和看别人的故事一样吗？"

"姜涞啊，你是不是忘了一件事。"郭瞿终于卸下了微笑的假面，露出满脸摇摇欲坠的悲伤，"光阴城从来都控制不了感情。"

姜涞闻言猛地抬头，脸色煞白，眼里的惊慌怎么都无法掩盖——她怎么会忘了这么重要的事？所以郭瞿对她……

"所以即使我们没有相处过哪怕一秒，第一次见面我还是会喜欢上你。"郭瞿自嘲地笑了笑，"我的学生如今也就你这般大，我最开始完全没有往这方面想，后来意识到了我的真实情感也是觉得无法理喻，根本不能接受。但是现在我知道了，无论何时何地，你的出现就会牵扯着我的情感，让我无法自拔。"

"对不起。"

"不是你的错，该说对不起的是我。"郭瞿温柔地望着她，笑容干净澄澈一如当年，"是我让你寂寞了这么多年。以后让我陪着你，可以吗？"

又是那种撩人到犯规的声线，让郭瞿的形象和那个在天台上说要"以后对她好"的少年重叠在了一起，姜涞就在这种温柔攻势下，被哄骗得头脑一热答应了郭瞿的交易，代价是郭瞿余下的全部生命。

姜涞万万没想到的是，光阴城处理这桩交易的结果，竟然是塑造了一个永不停息的轮回。

从最初郭瞿进入光阴城目睹杨万里的父亲暴怒要打姜涞开始，到郭瞿说要许愿结束，他们俩已经在这个轮回里循环了228次。

而郭瞿作为光阴城裂缝的关键点所在，一次次进入光阴城，加剧了光阴城缝隙的撕裂，在228次之后光阴城终于不堪重负，濒临彻底崩溃。

"第228次，你放过我，我也放过你，好吗？"姜涞的眼泪不自觉从眼角滑落，郭瞿伸手去接，冰凉的泪珠在滚烫的手心里瞬间消失不见。

"姜涞，你实话告诉我，你要怎样终止？"郭瞿没有松口，扳过姜涞的身子，一定要问出答案，"是不是……还是要消失？"

姜涞正要说话，郭瞿却将食指抵在了她的唇上，低声说道："现在开始，是诚实的时间。"

姜涞被郭瞿挡着不能说话，一双大眼睛盯着他眨呀眨，眨出了泪光。姜涞依稀记得，这是她当年最喜欢对郭瞿说的话，因为郭瞿总是在给她讲题时故意讲错给她设绊子，考察她能不能发现错在哪，然后不厚道地微笑着看她窘迫得红了脸，最后还是得可怜巴巴地求助他。

"现在开始，是诚实的时间。"——当姜涞这样说的时候，郭瞿就一定要讲正确答案了。

郭瞿收回了手，姜涞点了点头："好，我说实话。我不会消失，我会成为光阴城的一部分。"看着郭瞿似懂非懂的眼神，姜涞暗叹一声，问道："还记得女娲补天吗？"

"你要用自己去补光阴城！"郭瞿惊怒道。

"非此不可。"姜涞本来自己对于这件事没什么太大的感觉，看着郭瞿为她担忧的样子，却突然觉得很难过，"这已经不是我们俩的事情了。这关乎到很多人的命运，我不敢任性。"

"那我的愿望呢？"郭瞿紧紧地抓着姜涞的肩膀，仿佛一松手她就会立刻消失一样，"不是开始了就无法逆转吗？"

"你还是可以看到我啊。"姜涞努力让自己笑起来显得没那么勉强，歪着头咧出一个灿烂的笑容，"我会一直在这里的，虽然不能再像现在这样和你说话了，但是你见到光阴城就是见到我了。这个也不算犯规啦，只要交易者自愿接受了愿望达成形式的转换，光阴城会尊重你的想法。你还是可以继续进入光阴城，只要你想。"

"……我是裂缝。"

"不，以后你就不是了。你有着我的寿元，而我是光阴城的一部分，也就是说，你也有了光阴城的一部分。"姜泱说话时看似认真地与郭瞿对视，实际上将目光落在了他的睫毛上。这个已经从少年蜕变的男人，悲伤的时候眼睛怎么能这么好看？像是刚刚从寒冬的沉寂中苏醒的冰湖，蒙着一层氤氲的雾气，根根分明的睫毛上若有若无地挂着细密的水珠，如同清晨里沾着露水的草尖儿。

那片翻滚着阳光的金黄麦田，已经无处可寻了。

郭瞿刚想说话，就被姜泱打断了。姜泱抬脸看着他，脸上挂着令人心疼的微笑："你让我先说完，我怕我待会儿就改变主意了。"

"姜泱……"

姜泱被郭瞿的眼神刺得心中一悚，慌乱地移开了目光，自顾自地说道："我修补光阴城之后，我就和光阴城一样不死不灭，你与我共享寿元，虽不能逆天成精，但总归会比普通人要活得长些。"

"已经达成的交易确实不可逆，但是把剩余的百年寿命给了光阴城没关系，我的寿命还有无数个百年分给你。"

"虽然你命长，可是不要挥霍，光阴城这地方你还是少来为好，万一下次看着看着心血来潮，又想用我给你的寿命换点东西，吃亏的就是我了。"

"好好活着，好好去做你自己想做的事情，这样才对得起我大方地分给你这么多年。你明明以前和我说你想做飞行员，现在却成了英语老师。"

"光阴城的事情你千万不能随便往外说，最多以后给你的孩子当睡前故事讲，讲的时候记得描述一下城主长得沉鱼落雁，闭月羞花。"

"你说完了吗？可以轮到我说了吗？"郭瞿嗓音低哑，姜涞红着眼睛的样子让他觉得自己胸口兜了一只啼血的杜鹃，那哀婉的鸣叫在他的每一寸骨骼里回荡。

没有等到回答，郭瞿继续说道："我就想问一个问题。姜涞，你还喜欢我吗？"

无论是过去的我，还是现在的我，只要能让你喜欢的便是那个真正的我。我不问你是否后悔，也不问你是否值得，我只想讨你一句轻巧的喜欢，才能心安理得地放你去扮演那个不为人所知却伟大的角色。

"姜涞，想好了再说，现在还是诚实的时间。"

"喜欢。"姜涞下一秒便开口说道。

郭瞿背着手笑着，眼睛里浮现出浅浅的波光，一层一层温柔地席卷而来，舔舐着岸边的模糊的倩影。

"那么姜涞，没有第229次了，我放过你了。"有温暖的湿意，悄悄为他遮上了眼睑，"你要不要说些什么与我道别？"

"郭瞿，我的16岁生日礼物你还没给我。"

郭瞿惊愕地看向笑得肆意的姜涞，完全没想到她会说这个："那你要什么？"

"我要你彻底忘了我。"

郭瞿一句"不可能"还没脱口而出，就看见姜涞唇边的笑意更深了些，露出她甜甜的梨涡。

"你以为我真的会这么说？"姜涞舔了舔自己的小虎牙，咧嘴一笑，"我才没这么无聊。郭瞿你给我听好了，我要你永远记着我，即使得了老年痴呆症也只准最后一个忘记我。我要你好好记着，这命不是你自己的，你得给我过好了，过精彩了，才能勉强算是对得起我。

"以后你结婚了，也不能忘了我，要是你老婆问起你的情史，你就大大方方告诉她你高中的时候喜欢一个姑娘，但是没追到手人家就死了，伤心一会儿之后发现青春时期的懵懂感情就是荷尔蒙刺激之下的冲动，从此以后一门心思扑在学习上。

"要是你的孩子不幸偷听到了你们的聊天，含着手指走过来问你高中那个姑娘和妈妈哪个好看，你一定要说那个姑娘好看，但是你爱的是他的妈妈。

"如果你最后成为了一个成功人士，有人问你成功的秘诀是什么，你就告诉他们，是放过那个只算喜欢谈不上深爱的姑娘，以及过马路的时候不要拍篮球。"

"听清楚了吗？"姜涞说完才发现自己早已泪流满面，却放任泪水打湿了白裙子也不伸手去擦。

"好，我答应你。"郭瞿的声音也已经哽咽，却还是温润如初，"生日礼物送完了。16岁的姜涞，生日快乐。"

"谢谢你。"

谢谢你祝我生日快乐，

谢谢你送给我礼物，

谢谢你喜欢我，

也谢谢你放过我。

番外

　　"好久不见，欢迎来到光阴城。"宋郁看着这个不请自来的熟客，慢条斯理地放下了手中锄草的锤头。

　　郭瞿的眉宇间透着深深的无奈："你说你，建什么样的光阴城不好，非要仿造你和外公住过的乡下小土屋。这一建吧，还要把周边的生态环境配齐全了，每天自己让那杂草长出来又自己去锄，真的有那么无聊吗？"

　　宋郁不好意思地挠挠头，坦诚地说道："确实挺无聊的，这不闲着也是闲着么，感受一下当年外公做过的事情好歹还能打发一下时间。"

　　郭瞿一时语塞，不知该说些什么好。

　　看出了郭瞿的尴尬，宋郁体贴地转移话题："别说我了，说说你吧，你怎么一年都没来了呢？"

　　郭瞿的表情顿时变得有些僵硬，长吁了一口气道："去年去爬山，下山的时候摔了个半残，在医院躺了半年，还好现在没留下什么后遗症。半年落下的工作我剩下半年可谓是补得天昏地暗，本来想着来看看你，忙着忙着就忘了。"

　　"只是来看我吗？"宋郁揶揄地看着郭瞿。

　　郭瞿轻咳一声，耳根微红，不自然地侧过头去。

　　"好啦，不逗你了，你这次来肯定还有事要说。"宋郁眨了眨眼。

　　郭瞿两手一摊："就知道瞒不过你。最近我爹娘都催着我相亲呢，之前看在我是伤残的份上放过了我，如今积聚了一年的火力我可有些招架不住了……"

宋郁挑了挑眉："所以呢？"

"没事，就随口一说。"郭瞿的眼神一黯，笑得有些落寞，"想来到时候给你发喜帖，你也是去不了的。"

宋郁明白郭瞿最想听什么，却偏偏不往那上头引，换了个话题和郭瞿继续聊得热火朝天，最后面面相觑的时候便三言两语打发了他，一套程序熟能生巧，即使一年未练也不见丝毫生疏。

郭瞿走后，宋郁抬头对着虚空笑道："如今他发现我这儿这么无聊，说不定下次就隔两年再来了。"

平静的半空中突然有一阵微风拂过，似乎在回应着宋郁。

宋郁笑容不改，继续说道："剩下的你都听到了，他特意来可不是说给我听的。"

这次半空中却静悄悄的，宁静如初。

宋郁哀叹一声，捡起了锄头，自顾自地嘟囔着："怎么郭瞿一走就睡回去了呢？竟然连听我多说几句都不肯。这个狠心的女人，我本来还想祝她得偿所愿呢。"

虽然光阴城寂寞如雪的生活让宋郁对前任城主的怨念越来越深，他还是在郭瞿结婚那天如约叫醒了她，让她和自己一起通过泡泡看着婚礼的进行。

宋郁透过泡泡神情复杂地看着笑得满面春风的郭瞿，瘪着嘴说道："这下你不用担心了，看来是真心相爱的人。"

他的指尖有轻风绕过，温和舒缓。

宋郁勾了勾手指，轻声说："你终于可以安心去睡了，他……应当是不会再来了。"

他指尖的风流连了一会儿，然后便抽身而去，消失不见了。